凝煉知識品味閱讀

凝煉知識品味閱讀

台灣古典詩詞｜讀本

曾進豐　歐純純　陳美朱◎編著

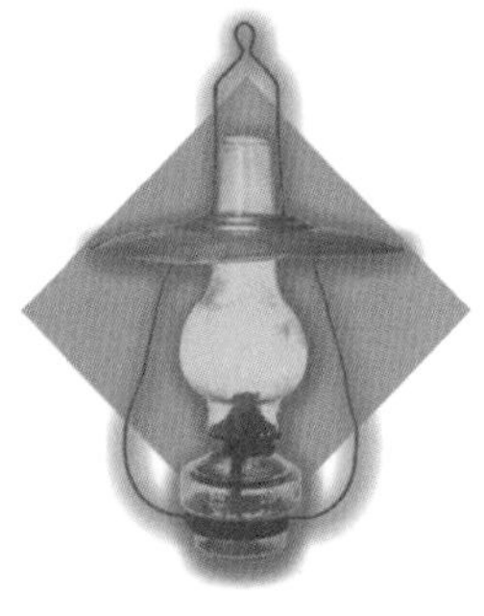

五南圖書出版公司 印行

(1) 參考圖片

圖1　為「沈光文紀念碑」，位於善化鎮光文里。（曾進豐攝）

圖2　為「沈光文書法手跡」，內文即其〈懷鄉〉詩，現藏於善化慶安宮中。（曾進豐攝）

圖3　為「留庵故居」，明盧牧洲先生出生長養之所，位於金門金城鎮賢厝里。（曾進豐攝）

圖4　為「有明自許先生牧洲盧公之墓」，位於故居北約百公尺處。（曾進豐攝）

(3) 參考圖片

圖5　為「赤嵌樓」（普魯凡遮城），位於台南市民族路。永曆十五年鄭成功復台，先克此城，以之為東都明京，設承天府。（曾進豐攝）

圖6　為「鹿耳門原址天上聖母遺跡紀念碑」（于右任書題），位於台南市安南區鹿耳門溪北岸。（曾進豐攝）

圖7　為「開台進士鄭用錫進士第」，位於新竹市北門街。（陳美儀攝）

圖8　為「開澎進士蔡廷蘭銅像」，位於澎湖馬公市興仁里。（黃光孝攝）

(5) 參考圖片

圖9　為「開澎進士蔡廷蘭進士第」，位於澎湖馬公市興仁里。（黃光孝攝）

圖10　為「夢蝶園」的碑記。夢蝶園是明末遺老李茂春的宅第，胡南溟＜臺陽詠古＞四首，即以之為歌詠素材之一。（林文玲攝）

圖11　為法華寺，在台南大學附近，乃李茂春夢蝶園所改建。（林文玲攝）

圖12　為霧峰林家的萊園入口，梁啟超來台時，曾至此地賞遊，並為之賦詩。（田啟文攝）

(7) 參考圖片

圖13　為萊園中的一景。萊園因歲月的更迭變易，尤其是九二一大地震的傷害，許多景觀已不如以往，不過由圖中的小橋流水，仍可嗅出它昔日的風采。（田啟文攝）

圖14　為「櫟社二十年題名碑」。櫟社為日治時期台灣三大詩社之一，林癡仙、林幼春等人，都是重要成員。（田啟文攝）

圖15　為濁水溪的景觀。林癡仙曾為之賦詩詠讚，所謂「此溪疑是黃河水，清比包公一笑難。」道盡此溪的水質特色。（田啟文攝）

圖16　為圓山貝塚的一角，由圖中可以看出貝殼鑲嵌於岩石中的形態。（藍百川攝）

(9) 參考圖片

圖17　為阿里山的花景與小火車鐵道。阿里山是台灣最著名的景點之一，歷來文人多所詠讚，本書即收有王少濤＜夢游阿里山＞一詩。（陳英文攝）

圖18　為阿里山的山色，火紅的太陽半隱於山峰上的雲海中。（林榮芳攝）

圖19　為南投縣竹山鎮的一景，滿山的竹林與茶葉，形成特殊的農家風光。竹山鎮是詩人張達修的故鄉，其作品亦常以地方作物為書寫題材。（陳英文攝）

圖20　為南投縣溪頭的景色。楊仲謀＜臨江仙．台中至溪頭道中＞一詞，有「孟宗冬竹筍」句，此圖正是最佳之註腳。（陳英文攝）

圖21　此為高雄澄清湖（大貝湖）的蒼茫水色，詞人尉素秋曾帶中文系學生遊覽此湖，並作詞以紀之，本書收有尉氏之詞作。（圖中人物為本書編著者之一歐純純女士及其子田易。田啟文攝）

圖22　為台南市「延平郡王祠」的入口。由於鄭成功在台灣歷史上具有重要地位，歷來詩人多在此地駐足憑弔。（田啟文攝）

凡例

一、本書分上、下卷，卷上為「詩」，卷下為「詞」，依作者時代先後為序。

二、本書以大學院校講授台灣古典詩詞之所需為鵠的，於選篇及賞析方面，皆考慮其周遍性、代表性及適讀性。

三、本書架構，分「作者」、「註釋」、「賞析」、「延伸閱讀」、「參考資料」及「問題討論」六部分，如一作者選錄兩篇以上作品，又非組詩形式，則「註釋」、「賞析」及「延伸閱讀」，將分別撰述，其餘三項僅繫人呈現，不予重複。

四、本書採用新式標號，書名、期刊、報紙等加雙箭號《》，篇名、單篇論文加單箭號〈〉。書名與篇名連用時，省略篇名符號，如《漢書．疏廣傳》；加列卷數，則作《漢書》卷七一〈疏廣傳〉。用字求其統一，如「臺」、「擡」，一律作「台」、「抬」，惟人名、書名、篇名、刊物等專有名稱，則從其原字。

五、本書由曾進豐、歐純純、陳美朱共同編著，書中不當或謬誤處難免，尚祈不吝賜教，俾供他日補充改正之參考。

推薦序

由曾進豐、歐純純、陳美朱三位教授聯合編著的《台灣古典詩詞讀本》，經再三「討論斟酌，精揀細擇」後，終於要付諸剞劂了，出版前夕，曾教授囑我寫篇序文，因綴數語如下。

此書以「大學院校講授台灣古典詩詞之所需為鵠的」（見本書〈凡例〉），故考慮到「周遍性」、「代表性」和「適讀性」，分上下卷，卷上為詩，凡三十五家六十二首；卷下為詞，計十七家二十闋。全書架構分作者、註釋、賞析、延伸閱讀、參考資料、問題討論六部分，便於講課與研讀。

這些詩詞的作者時代最早的是盧若騰，他生於十六世紀末（西元一五九八年，明神宗萬曆二十六年），最晚的是今人曹以松教授，相距四百載。創作年代從明鄭沈光文的〈思歸〉（一六五九年，永曆十三年）到曹教授的〈揚州慢〉（一九九四年），綿亙三百多年。詩分古體、律、絕、樂府，詞有令、引、慢之異。

自題材言，包含思鄉、懷古、寫景、詠物、詠史、記事、說理、憫農、題照等，其中沈光文〈詠籬竹〉的孤貞自誓，鄭成功〈出師討滿夷自瓜州至金陵〉的壯懷激烈，王松〈乙未生日感作〉的低迴悲憤，洪棄生〈役夫歎〉的諷諭苛政，林資修〈獄中寄內〉的慷慨赴義，令讀者感佩而發思齊之願。盧若騰〈甘蔗謠〉、鄭用錫〈苦雨〉、蔡廷蘭〈請急賑歌〉關心農民，林占梅〈聞警戒嚴作——戴匪滋事彰城失守〉、廖從雲〈破陣子・古寧頭戰場〉都是記戰詠史之作，胡南溟〈七鯤觀潮行〉、賴和〈迎媽祖〉、賴惠川〈滴滴金〉對景物的描繪，鄭用鑑〈和淵明歸田園〉對前賢的仰慕，石中英〈聲聲慢・葛樂禮颱風〉對災情的焦慮，在在令人動容。

此一讀本編撰的動機是「略盡知識份子的棉薄，並藉以表達對這片土地深沉的愛。」（見本書〈編者序〉）更於目次署編著者姓名，以示負責。由於愛、責任和努力，本書必有可觀之處，故樂為之序介。

龔顯宗
民國九十五年七月

編者序

台灣於二十世紀八〇年代末期，正式宣布政治解嚴後，頓時成為國際矚目焦點：歐、美、日、韓的關注，持續增溫；對岸中國競逐發聲，且有燎原之勢；國內更是波激浪湧，蔚為風潮。諸如「國家台灣文學館」的隆重啟用、各縣市鄉土文物館的設置，以及公私立大學院校相繼成立台灣文學系所，或開設有關課程等，皆可見從中央到地方、從政府到民間，對於台灣歷史、地理、語言、文學及文化等場域，積極的調查整理與挖掘。相關論述迭出疊現，由點而線而面，議題逐一開拓，研究不斷深化，「台灣學」已儼然成型。

文學作為思想、情感的載體，蘊藏著深厚的血緣印記與經驗傳承，遺憾的是，數百年來，在中國的強勢操弄下，「台灣文學」被刻意漠視，幾乎瀕臨湮沒之命運。所幸歷經近一、二十年的艱辛跋涉，「在地認同」慢慢凝聚，「斯土情懷」漸次發揚，台灣文學方從邊陲趨於中心，從黯然冷寂轉而熱鬧繽紛，它終於被「發現」了。此欣欣榮景的開創，學院中人扮演著關鍵角色，他們凝聽土地的聲音，端詳歷史的容顏，付予熱誠關懷，投入大量心血，既發表鏗鏘卓文，又編著各式讀物，挖深織廣，質量兼善。筆者忝列其間，在長期的審視與對話後，乃決意邀集同好撰寫教本，略盡知識份子的棉薄，並藉以表達對這片土地深沉的愛。

本書之編撰，經過反覆討論斟酌，精揀細擇五十四家作品八十二篇。創作時間穿越明鄭、清領、日據、戰後以迄於今，長達三百多年；空間層面所指涉的範疇，涵蓋台灣全島及金門、馬祖、澎湖等地區。作品體式有古體、近體、樂府歌行及竹枝詞；題材方面，則思鄉、遊歷、園林、抒懷、詠古、詠物、敘事說理、憫農寫實……，不一而足。擬透過此縱橫軸線，標誌台灣文學的座標，同時以風貌多樣的作品，立體展現豐富內涵，試圖描繪其清晰輪廓。台灣的「現代」文學部分，不論是創作或批評，成績皆斐然可觀，至於「古典」領域，逐漸受到重視，也是不爭的事實，但相較對於詩、文的熱衷，「詞」之區塊則顯得冷清許多，賞析探討的文章蓋付諸闕如，本書《下卷》即所以填補此一缺口，不僅收錄層面力求周遍，解讀詮釋允稱深入，是為坊間書肆讀本所未見。

作為「讀本」，本書特重「賞析」：或從藝術手法，或就主題思想進行鑑賞與掘發，皆行之以精簡文字；「延伸閱讀」則完全扣緊題旨，舉隅類似作品，藉以比較並讀，求能觸類旁通；「問題討論」亦是精心設計，重在啟發引導，凡此當有助於教學之便利及研究之參考。全書並配合作品內容，附錄二十餘幀照片，有對照參考之效。照片由編者及多位師友提供，茲一一註記攝者芳名。此外，承陳巧明、張翠梧、尉天聰、賴英熙、曹以松諸先生，簽署授權同意書；尤其龍文出版社周昆陽先生，慨允迆錄印行圖書裡的部分詩篇，傾力推廣台灣文學，無私奉獻，其心其行令人感佩。龔顯宗教授賜序，嘉勉惕勵，且增色斯編；五南圖書出版股份有限公司主編黃惠娟小姐統籌庶務，辛勤奔波，對於此書之順利誕生，亦居功厥偉，謹此一併致謝。

曾進豐

誌於高雄師範大學

民國九十五年七月

目　次

歐純純　撰

卷上：詩

思歸（六首選二）

沈光文

（一）

歲歲思歸思不窮，泣歧❶無路更誰同。蟬鳴吸露高難飽❷，鶴去凌霄❸路自空。
青海濤奔花浪雪，商飆❹夜動葉梢風。待看塞雁❺南飛至，問訊還應過越東❻。

（二）

颯颯風聲到竹窓❼，客途秋思更難降❽。霜飛北岸❾天分界，月照家園晚渡江。
荒島❿無薇⓫增餓色，閒庭有菊映新缸。夜深尋友沿溪去，怕叩柴門驚吠尨⓬。

作者

沈光文（一六一二至一六八八年），字文開，號斯菴，明浙江鄞縣人。崇禎九年（一六三六年）以明經貢太學，順治二年（一六四五年）錢肅樂領鄞軍，奉魯王監國於紹興，光文被任命為太常博士，參與錢塘畫江之師，後晉為工部郎中，至肇慶朝永曆帝，累遷為太僕寺少卿。永曆五年（一六五一年）由潮陽航海至金門，總督李率泰慕其名，遣使持書招之，不赴。回航泉州，途中遇颶風，漂泊至台，時台島為荷人所據，受一廛以居。永曆十五年（一六六一年）鄭成功驅荷復台，待以上賓之禮，令部下致餼，且以田宅贍之。翌年，成功卒，鄭經嗣位，頗改父政，光文作賦以諷，幾罹不測，因變服為浮屠，結茅山中。永曆二十八年（一六七四年）移目加溜灣社（今台南縣善化鎮），教授生徒、蕃童，且濟施醫藥。

康熙二十四年（一六八五年）與寓台人士季麒光、韓文琦、鄭廷桂、何士鳳等十四人倡組「東吟社」，揚風扢雅，在台灣播灑詩的種子。康熙二十七年（一六八八年）謝世，葬於諸羅縣善化里東堡。客台三十餘年，勤於抄書著述，為台灣留下了珍貴的見證與文獻史料，有「海東文獻初祖」之譽。范咸《重修台灣府志》云：「台灣有文，當自沈光文起。」季麒光〈題沈光文雜記〉說：「從來台灣無人也，斯菴來而始有人矣。台灣無文也，斯菴來而始有文矣。」著有《台灣輿圖考》一卷、《草本雜記》一卷、《流寓考》一卷、《台灣賦》一卷、《文開詩文集》三卷，由全祖望尋訪刊刻而成。今所存詩，除已見《范志》者外，全祖望輯《甬上耆舊集》收有詩三十一首，內十九首為諸《志》所未錄。今善化鎮坐駕里（現改光文里）大竹圍斯菴橋畔有「沈光文歸宿處紀念碑」，善化慶安宮有全台唯一祀奉沈光文神像處，而「沈光文紀念廳」也甫於去年落成。

註釋

❶泣歧：面對歧路，不知所之而哭泣。《淮南子・說林訓》：「楊子見逵路而哭之，為其可以南，可以北。」逵路，猶歧路。阮籍〈詠懷〉：「楊朱泣歧路，墨子悲染絲。」

❷蟬鳴吸露高難飽：詩人以蟬自喻，寓指己之清高節操，兼謂客台生活之困頓。

❸凌霄：猶凌雲，比喻志氣高邁或意氣昂揚。陸機〈演連珠〉：「窮愈達，故凌霄之節厲。」張景源〈奉和九月九日登慈恩寺浮圖應制〉：「飛塔凌霄起，宸游一屆焉。」

❹商飆：亦作「商猋」，秋風也。舊以商為五音中的金音，聲淒厲，與肅殺的秋氣相應，故稱秋為商秋，秋風為商風、商飆。《楚辭・七諫・沉江》：「商風肅而害生兮。」李白〈登單父半月台〉：「置酒望白雲，商飆起寒梧。」

❺塞雁：邊塞之雁。雁鳥秋天南來，春天北去，詩文中常喻為思念遠離家鄉的親人。杜甫〈登舟將適漢陽〉：「塞雁與時集，檣烏終歲飛。」亦作「塞鴻」。鮑照〈代陳思王京洛篇〉：「春吹回白日，霜歌落塞鴻。」

❻越東：浙江省別稱。浙江於春秋為越國地，五代屬吳越。沈光文為浙江人，故有此句。

❼窓：「窗」的俗字。

❽降：音ㄒㄧㄤˊ，歡悅的。《詩・召南・草蟲》：「亦既覯止，我心則降。」

❾北岸：指北方渺遠的故鄉，即下句之家園。

❿荒島：指台灣。連橫《台灣詩乘》作「蓬島」。

⓫無薇：薇，野豌豆，果實扁莢，可食。《詩・召南・草蟲》：「陟彼南山，言采其薇。」周武王滅商，伯夷、叔齊恥食周粟，乃隱居首陽山，采薇而食，終至餓死。光文流寓台島，甚且無薇可採，則其「餓」可知。

⑫尨：音ㄇㄤˊ或ㄆㄤˊ，从犬彡。彡為毛飾畫文，故犬之雜色多毛者為尨。《詩・召南・野有死麕》：「舒而脫脫兮，無感我帨兮，無使尨也吠。」

賞析

此為〈思歸〉六首之一、二，據第六首結句：「故國霜華渾不見，海秋已過十年淹」觀之，則詩當作於永曆十三年前後。詩人移居海島，遠宦異地，生活窮困寂寥；北望故國，縈思萬里，抑鬱愁悶，無限傷神。

其一，首句破題。吐露去國懷鄉，急欲歸返的心境，「歲歲」思歸，無窮無絕；繼而感嘆自己形單影隻，徬徨愁困，不禁潸然涕下，道盡漂流異地的孤苦辛酸。「蟬鳴吸露高難飽」一句，化用虞世南〈蟬〉：「垂緌飲清露，流響出疏桐。居高聲自遠，非是借秋風。」及李商隱〈詠蟬〉：「本以高難飽，徒勞恨費聲」之句，以啜飲清露喻己之貞廉高潔；以居高聲遠喻己之傲然不群。光文客台時，荷夷竊據台灣，其處境不僅如蟬吸露難飽，貧病交迫，且「露重飛難進，風多響易沉」（駱賓王〈在獄詠蟬〉），動輒得咎，憂讒畏譏。詩人復以鶴為譬，有凌雲展翅，不肯變節臣服之耿懷，適以呼應焚書退幣、拒絕招降的節操。全祖望〈沈太僕傳〉說：「閩督李率泰方招來故國遺臣，密遣使以書幣招之。公焚其書，反其幣。」藉蟬、鶴明志，表其孤高狷介、渴求奮飛之想。

頸聯寫景，上句視覺摹寫，下句聽覺刻畫，以海濤浪湧，蒼茫遼闊的阻絕，象徵歸途艱難；以颯颯秋風，淒厲蕭瑟的動葉聲，加深加重念歸的意緒。結尾則寄望於南飛避冬的雁鴨，向牠探詢故鄉的消息。候鳥來自故鄉，應知故鄉事，因而成為詩人慰藉鄉愁的對象。歲歲思歸，寫時間之漫長難耐；塞雁南飛，寓空間之阻隔遼闊，整首詩就由時空交疊鋪敘而成。

其二，首聯以陣陣秋風吹竹敲窗起興，引發客途愁懷，淒清苦悶；頷聯承此而出，遙想天際北方的故里，正值雪飄霜飛的時節，團圓的明月，照在暌違已久的家園，詩人多麼盼望隨著月色渡江歸去，然而，終究只是遐想蔓生，現實中本不可能。後二聯拉回現實，以對仗工整的句子，述客居的窘迫與困乏，「荒島無薇增餓色，閒庭有菊映新缸。」田橫避漢，徐福逃秦，蓬萊台島有如世外桃源，如今竟至無薇可採，成了名符其實的「荒島」，而空蕩蕩的庭院中，也只有叢菊疏影映照新缸。「荒」、「閒」既是寫實，也暗指詩人心中的荒蕪與百無聊賴。窮極無聊之際，決定沿溪而行，尋訪好友。此時夜已深沉，又處窮鄉僻壤，只怕叩響柴門，都會驚動熟睡的狗兒。詩人陷入猶豫矛盾，而此番掙扎，再次凸顯客愁孤寂的排遣無計，以及思歸情緒的難以抑遏。

延伸閱讀

1. 孫元衡〈偶有故園之思輒以自解〉，見氏著《赤嵌集》，《台灣文獻叢刊》第一〇種，台北市：台灣銀行，一九五七年。
2. 黃金川〈思鄉〉，見氏著《金川詩草》，台南市：僑務印書館，一九六〇年。
3. 顏其碩〈懷鄉〉，見氏著《陋巷吟草》，台北縣：龍文，二〇〇一年。

詠籬竹

沈光文

分植根株便發枝，炎方❶空作雪霜思；
看他儘有參天❷勢，只為孤貞❸尚寄籬。

註釋

❶炎方：南方炎熱之地。白居易〈夏日與閒禪師林下避暑〉：「每因毒暑悲親故，多在炎方瘴海中。」連橫《台灣詩薈》作「炎風」。

❷參天：高聳入天。

❸孤貞：耿介不凡之節操。

賞析

本篇選自《文開詩文集》，屬於詠物詩。

起筆平淡，頌詠竹之強韌適應力與堅毅本質，似為單純詠物，惟「分植」一詞讓竹與詩人漂泊異域之生命發生聯繫，接著三句完全是寓意托懷，表達雖寄人籬下，鬱鬱愁悶，仍不悖離初衷，保持忠貞之志節。

詩人於亂世中飄蕩，宛如竹子植根炎熱的台灣，卻始終不忘寒冷霜雪的浙江。人親土親水甜的地方，思之既殷，歸也不得，明知徒然，所以是「空作」。上聯寫竹子落根異地，發枝青翠，但無法停止思念故土；下聯則寫竹子本具高聳插天之勢，只因孤懷執守，不得不屈身為籬。光文為明朝亡國遺臣，客台三十餘年，斯土信美究非吾鄉，朝思暮想的仍是故里；表面詠物，實則寄懷，其中蘊含著遺民的流離心境，以及憂國傷時的無限悲憤。

竹之形象，高雅脫俗，勁節凜然，冰雪風姿向為雅士所愛，丘濬〈畫孤竹〉云：「大易成蒼筤，古詩詠淇澳。君子哉若人，離人立於獨。」卓爾不群，挺拔俊逸，有君子之德，奈何「無人賞高節，徒自抱貞心。」（劉孝先〈竹〉）本詩從刻畫竹之形狀，讚嘆風姿，而結穴於其精神美質：「聊將儀鳳質，暫與俗人諧。」（盧照鄰〈臨階竹〉）為了理想，淪落卑微，而能和而不同，絕不趨炎以附勢。頌其雪霜思、參天勢，譽其耿介操、干雲情，藉物寓志，抒發「孤貞寄籬」的苦悶與慨嘆。

延伸閱讀

1. 鄭經〈竹裏〉，見氏著《東壁樓集》八卷，日本東京：內閣文庫，昭和五十五年（一九八〇年），台灣國家圖書館影印本。
2. 林占梅〈新竹篇〉、〈戲題東園雅竹〉、〈竹林偶題〉，見氏著《潛園琴餘草》，《台灣文獻叢刊》第二〇二種，台北市：台灣銀行，一九五七年。
3. 丘濬〈畫孤竹〉，見氏著《瓊台詩文會稿》，《叢書集成・三編》第三八、三九冊，台北市：新文豐，一九九六年。

參考資料

1. 《台灣詩鈔》，《台灣文獻叢刊》第二八〇種，台北市：台灣銀行，一九七〇年三月。
2. 龔顯宗《沈光文全集及其研究資料彙編》，台南縣：縣立文化中心，一九九八年。
3. 林煜真〈沈光文及其文學研究〉，高雄市：中山大學中文所碩士文，一九九八年。

問題討論

1. 「思鄉」是為文學母題之一，試略說其淵源及流衍？
2. 「竹」在傳統文學中之象徵意義為何？
3. 沈光文被稱為「海東文獻初祖」，請討論其對台灣文學之貢獻與影響。

甘蔗謠

盧若騰

嗟我村民居瘠土❶，生計強半在農圃。連阡種蒔❷因地宜，甘蔗之利敵黍稌❸。年來旱魃❹狠為災，自春徂❺冬嘆不雨。晨昏抱甕爭灌畦，辛勤救蔗如救父。救得一蔗值一文，家家喜色見眉宇。豈料悍卒百十群，嗜甘不恤他人苦。拔劍砍蔗如刈草，主人有言更觸怒。翻加讒衊恣株連❻，拘繫搒❼掠命如縷。主將重違士卒心，豢❽而縱之示鼓舞。仍勸村民絕禍根，爾不蒔蔗彼安取。百姓忍饑兵自靜，此法簡便良可詡❾。因笑古人拙治軍，秋毫❿不犯何其腐。

作者

盧若騰（一五九八至一六六四年），福建同安金門賢聚人。字閑之，一字海運，號牧洲，又號留庵。崇禎八年舉人，十二年成進士。時中外多警，上重其才，授兵部主事，因屢次疏劾高官，而為忌直者所排斥，尋遷浙江布政使司左參議，分司寧紹巡海兵備道。在任勤政愛民，興利除弊，蕩平劇寇，閭里晏然，素有

「盧菩薩」之稱。福王立，召為僉都御史；唐王立，授以都察院右副都御史，巡撫溫、處、寧、台，後加兵部尚書。

若騰一心扶明室於傾頹，當清兵南下，進逼溫州，奮戰力守，因糧絕不繼，城破而腰臂中矢，為靖海營水師所救。後回閩海，留居浯島，因自號「留庵」。鄭成功舉兵於金、廈時，以若騰宿望名儒而賓禮之。成功進取台、澎，勝國遺臣多東渡，若騰與進士沈佺期於永曆十八年（一六六四年）同渡海，舟次澎湖，不幸染疾，又逢崇禎帝殉難之日，傷慟氣絕，遺命題其墓曰：「有明自許先生盧公之墓」。江日昇〈弔盧若騰〉詩云：「世外孤崖托老身，從來自許漢朝臣。十年死後非無意，三代完名信有真。避地寧為浮海計？絕周不作采薇人。毀黎在在同聲哭，想像閒時舊角巾。」足以見其志。康熙二十三年（一六八四年），其子迎骨歸葬太武山上（今金湖鎮），建其墓。

若騰一生，前半間關勤王，後而流離勵節，雖處顛沛之境，仍一意著述。作品宏富，有《留庵詩文集》十八卷、《留庵詩集》二卷、《方輿互考》四十卷、《浯州節烈傳》、《與畊堂值筆》七卷、《島噫詩》一卷、《島居隨錄》二卷、《與畊堂印擬》及《島上閒情偶寄》，惟今多散佚。民國五十八年金門文獻委員會廣從相關縣誌史料中蒐羅，編纂成《留庵詩文集》一書行世。

註釋

❶瘠土：土質磽薄，即不肥沃。

❷種蒔：種植。蒔，依時種植花草樹木。

❸黍稌：黍與稻。黍為有黏性之稷的近似種，子實叫黍子。稌，音ㄊㄨˊ，稻之總名。
❹魃：音ㄅㄚˊ，古神話中造成旱災的鬼怪。
❺徂：至、到。
❻讒巇恣株連：讒陷誣巇任意牽連。

❼搒掠：笞擊拷打。搒，音ㄆㄥˊ，又音ㄅㄤˋ，笞擊。
❽豢：飼養（牲畜）。
❾詡：輕佻誇大之言詞。
❿秋毫：鳥類到秋天時，更生的細毛。喻細微之物。

賞析

本詩選自《島噫詩》，以「嗟」字發端，揭示當時社會現象。郁永河〈台灣竹枝詞〉十二首，其一云：「蔗田萬頃碧萋萋，一望蘢蔥路欲迷。綑載都來糖廍裡，只留蔗葉餉群犀。」台島土地貧瘠，不宜黍稻，故多植甘蔗；一片青蘢碧綠，是重要的經濟作物，為人民生計之所託。

蔗田萬頃，遇到旱魃為虐，久不下雨，滿地焦赤，得早晚提水灌溉，辛勤以救。甚者苦歲又苦兵，成群貪婪跋扈的士兵，不能體恤人民血汗辛苦，視蔗如草芥，拔起利劍隨意糟蹋破壞。「悍卒猛於虎，縱橫任叱吒。」（〈庚子元夕〉）窮凶極惡，有如豺狼虎豹。百姓「抱甕爭灌畦」的形象，與悍卒「砍蔗如刈草」的惡狀，形成強烈對比。一旦人民稍稍訴苦，更是觸怒他們，反而變本加厲，構陷誣巇，任意株連拘捕，加以鞭笞箠打。「島人泣訴主將前，反嗔細事浪喧豗。加之責罰罄其財，萬家饑死孰肯哀。」（〈蕃薯謠〉）同樣是陷於絕境，命如絲縷，顛連無告的悲慘群像。

農民忍受荒年、天災之苦，更兼人禍、悍卒之害。主將縱容士兵，反勸百姓不要栽種甘蔗，杜絕禍根，自然兵不擾民。「古人治軍，秋毫不犯」，今則士卒蠻橫無理，主將顢頇無能，百姓力耕尚得忍饑，豈有天理？末六句都是反諷之語，道出詩人百般的無奈與強烈的憤怒。

盧若騰一向主張詩的寫實性，絕對避免無病呻吟，《島噫詩》之〈小引〉曰：「詩之多，莫今日之島上若也。憂愁之詩、痛悼之詩、憤怨激烈之詩，無所不有，無所不工。……余竊恥之！島居以來，雖屢有感觸吟詠，未嘗作詩觀，未嘗作工詩想；如痛者之呻、哀者之哭，噫氣而已。」所作多敘百姓苦難之命運，以及身為亡國遺民，無力回天之苦悶；寓居金門、澎湖時，亦紀錄當地鄉土風俗，關心社會民生，有「台灣杜甫」之稱。此首七古，即詩人目睹百姓遭受欺凌、剝削，挺身代為發聲請命，是道地憫農詩篇，充滿批判色彩，更洋溢人道關懷。史書記載鄭成功治軍嚴謹，練軍有方，統軍有術，不過此詩卻控訴鄭軍部屬囂張盜蔗，諷刺將士擾民，不知是否南京戰敗，班師駐島後的轉變，或是當時移民社會無法避免的衝突亂象。

延伸閱讀

1. 劉家謀〈多田苦〉，見氏著《海音詩》，台北市：台灣省文獻委員會，一九五三年。
2. 盧若騰〈蕃薯謠〉、〈抱兒行〉、〈田婦泣〉，見氏著《島噫詩》，《台灣文獻叢刊》第二四五種，台北市：台灣銀行，一九六八年。
3. 吳德功〈竹蔗〉，見氏著《瑞桃齋詩稿》，南投市：台灣省文獻委員會，一九九二年。

4. 洪繻〈海邊耕〉，見氏著《寄鶴齋詩集》，南投市：台灣省文獻委員會，一九九三年。

1. 《金門縣志》，金門：金門縣文獻委員會，一九六八年。
2. 盧若騰《留庵詩文集》，金門：金門縣文獻委員會，一九六九年。
3. 楊雲萍《台灣史上的人物》，台北市：成文，一九八一年。

問題討論

1. 盧若騰身在鄭成功幕下，卻嚴詞批判其將士之蠻行惡狀，難道不怕招來殺身之禍？
2. 詩人對於類此社會題材的描述，大多捨棄律、絕等「近體」，而出之以「古體」，原因為何？
3. 盧若騰為明朝遺老，忠於民族，對於漢文化之維繫與傳播更是不遺餘力，請列舉其具體事蹟與成就。

出師討滿夷自瓜州至金陵❶

鄭成功

縞素❷臨江誓滅胡，雄師十萬❸氣吞吳❹；
試看天塹❺投鞭渡❻，不信中原不姓朱❼。

作者

鄭成功（一六二四至一六六二年），本名福松，明天啟四年（一六二四年）七月十四日生於倭島平戶千里濱，母親是日人田川氏。七歲被父親接回泉州，改名森，字明儼。年十五，補邑諸生。崇禎十七年（一六四四年），思宗自縊，翌年，唐王朱聿鍵即位於福州，是為隆武帝，森受賜國姓朱，名成功，任御營中軍都督，封威遠侯。隆武二年（一六四六年），帝被執遇害，鄭芝龍降清，成功至文廟焚儒巾爛衫，集眾起義於閩南。永曆十二年（一六五八年），受封為延平郡王，旋佩招討大將軍印。十五年（一六六一年）驅逐荷蘭揆一王，收復台灣；次年四月，永曆帝為吳三桂所弒，成功則積勞成疾，以三十九歲的盛年，於台南府邸「坐胡床，面向西南背誦太祖遺訓」，飲恨而與世長辭。清沈葆楨題聯贊曰：「開萬古得未曾有之奇洪荒留此山川作遺民世界，極一生無可如何之遇缺憾還諸天地是創格完人。」

成功在從戎前，問詩於徐孚遠（闇公），又於國子監肄業，追隨東林黨黨魁錢謙益門下。長於五言古詩，其師嘗譽之曰：「聲調清越，不染俗氣，少年得此誠天才也。」（〈越旬日復同孫愛世兄遊桃源澗〉詩末註）可惜詩才盡為軍事長才所掩，且因兵馬倥傯，少有閒暇抒發詩情，篇幅無多，連雅堂感嘆地說：「豈當時玄黃之際，王之子孫閟而不發歟？」（《台灣詩乘》卷一）今《延平二王遺集》中存詩八首，又《台灣省通志稿・驅荷篇》錄有〈登峴山〉一首。吉光片羽，彌足珍貴。其詩皆直抒胸臆，不刻意求工，不炫耀藻飾，而忠義之氣，溢於言表，英雄吐屬，氣勢非凡。

註釋

❶瓜州至金陵：瓜州即江都縣之瓜州鎮，與鎮江隔江相對，是長江下游江面最狹處，為最佳渡口，人煙稠密，市廛繁盛。金陵即今南京，明洪武元年建都於此。

❷縞素：喪服。《史記・高祖本紀》：「今項羽放殺義帝於江南，大逆無道。寡人親為發喪，諸侯皆縞素。」

❸雄師十萬：是役成功全師盡出，「十萬」狀軍容之盛。

❹氣吞吳：作者註：「擬並復吳會州縣。」此言其軍威一如當年劉備伐吳之盛。杜甫〈八陣圖〉：「江流石不轉，遺恨失吞吳。」

❺天塹：天然的壕溝坑塹，喻地勢的險要，舊指長江。《南史・孔範傳》：「長江天塹，古來限隔，虜軍豈能飛度！」李白〈金陵〉：「金陵空壯觀，天塹淨波瀾。」此指南京龍蟠虎踞，易守難攻。

❻投鞭渡：《晉書・苻堅載記》載淝水之戰前，堅發豪語曰：「以吾之眾旅，投鞭於江，足斷其流。」後因以「投鞭斷流」喻軍隊人多勢眾。

❼朱：明朝帝室之姓。

賞析

此詩選自《延平二王遺集》，是郡王北征時所作。在鄭芝龍降清之後，成功與之決裂，前往金門投身反清復明大業。曾經兩次大舉北伐，第一次因颶風怒發，碎巨艦、沒士兵，無功而返；第二次即本詩所記。永曆十三年（一六五九年，順治十六年）三月，成功揮師入崇明、破瓜州、克鎮江府；至七月徇大江南北，凡下四府三州二十三縣，勢如破竹，四方望風歸附，東南民心大振。本打算一舉收復吳會州縣，卻於圍困金陵時，為敵緩兵之計（金陵降清總督郎廷佐假降）所得逞，宿將甘輝等陣亡，功敗垂成，於是退回金廈，待機行事。

首句寫出師前舉行盛大祭典，鼓舞軍心。計六奇《明季南略》載之甚詳：十萬大軍於六月十三日「泊金山祭天，諸舟環集，旗蓋、袍服俱用紅，望之如火；十四日，祭地及山河江海諸神，色俱黑，望之如墨；十五日，先以吉服祭太祖，次以縞服祭先帝，俱用白色，望之如雪。祭畢，大呼高皇者三，將士及諸軍俱泣下。」身著喪服，對天立誓，矢志滅清復明。次句形容軍隊氣勢如虹，堪與劉備之師媲美；三句借用苻堅攻晉之語，謂軍容之盛，可投鞭斷流。又有破釜沉舟的決心，正義之師克奏膚功也，乃有結句的干雲壯志，豪情萬千。逐鹿中原，慷慨激昂，氣勢何止吞吳！對時局充滿無比的信心。

此役誠然撼動山河，可歌可泣。可惜成功錯估形勢，過於仁厚，以致慘遭挫敗。此後，元氣大傷，一蹶不振，也宣告了復明希望的破滅。詩固雄奇，展現清朗而豪邁的詩情，同時流露郡王對於明室忠貞、絕無異志的節操。

延伸閱讀

1. 鄭經〈痛孝陵淪陷〉，見《延平二王遺集》，台北市：世界，一九六七年。
2. 盧若騰〈金陵城〉，見氏著《留庵詩文集》，金門：金門縣文獻委員會，一九六九年。
3. 錢牧齋〈金陵秋興八首次草堂韻〉、〈後秋興八首〉，見氏著《投筆集》，《續修四庫全書‧集部‧別集類》（一三九一年）。上海：上海古籍，一九九五年。

復臺❶

鄭成功

開闢荊棘❷逐荷夷，十年始克復先基❸。
田横❹尚有三千客❺，茹苦間關❷不忍離。

註釋

❶復臺：收復台灣。成功得普魯凡遮城（今台南市赤嵌樓），於五月二日設承天府，作為東都明京；蓋時帝播遷失據，故欲迎駕來此。

❸復先基：作者註：「太師會兵積糧於此，出仕後為紅毛荷蘭夷酋弟揆一王竊據。」太師，指鄭芝龍。芝龍在未就撫前，隨顏思齊為盜於海上，以台灣諸羅山為巢穴，並引福建沿海人民來台耕種，故言會兵積糧於此；後為荷人竊據，今始收回，故云復先基。

❹田横：秦末狄縣人。本是齊國貴族，從兄田儋起兵，擊項羽，復齊地。楚漢戰爭中，自立為齊王，不久，為漢軍所破，投奔彭越。漢朝建立後，率徒黨五百餘人逃亡海島，劉邦恐其危亂，召之至洛陽，横羞為漢臣，於途中自縊。眾聞横死，亦皆自盡。事見《史記・田儋列傳》。

❺三千客：戰國時代，楚春申君門客三千餘人，且豪奢。杜牧〈春申君〉：「三千賓客總珠履，欲使何人

殺李園。」此三千者言其多也。

❻間關：道路崎嶇難行，形容歷盡艱難險阻。《後漢書・鄧騭傳》：「遂逃避使者，間關詣闕。」李賢注：「間關，猶崎嶇也。」胡銓〈戊午上高宗封事〉：「向者陛下間關海道。」

賞析

此為鄭成功驅逐荷蘭人之後，來台所作的三首詩之一。據《從征實錄》載：永曆十五年（一六六一年）三月二十四日，成功率二萬五千大軍、四百戰艦，自金門經澎湖，於三十日晚盡發舟師東駛，四月一日抵台島外沙線，辰時於大霧中由鹿耳門登陸，荷軍不敵，終訂城下之盟。五月驅逐荷蘭揆一王，改台灣為東都。次年二月一日，荷蘭投降締和。成功遂以台灣為復興基地，與金廈互成犄角之勢。銳意經營，積極改善漢蕃關係，採取寓兵於農政策，招徠閩粵民眾，闢囤墾、修戰械、制法律、起池館，養精蓄銳，伺機光復明祚。

前二句言驅逐荷人，開闢基業的艱苦歷程。成功自清順治三年（一六四六年）首義開始，至復台止，孤軍鏖戰，長達十餘年。後二句以田橫自比。成功縱橫海上，絕父子之私，存國家之義，志扶大明正朔，其苦心孤詣，堅毅忠誠，自與田橫前後輝映。

詩有英雄之氣，雖無突出意境，然孺慕之情綿綿不絕，蓋可想見其於家國、忠孝之間難以兩全之痛苦掙扎。連橫〈春日謁延平郡王祠〉云：「英雄偏不偶，忠孝未能全。」本擬海上拓展雄圖，延續漢族命脈，怎奈微軀不永年，壯志未酬，英靈長恨。胡南溟〈台陽詠古〉道：「雄師直搗失王城，氣壓荷蘭十萬兵。故朔廿年存永曆，孤臣一島笑田橫。」詠史憑弔，哀感無限。也因為〈復台〉一詩，後人都以田橫喻成功，而以田橫島稱台灣。如齊體物〈抵澎湖〉：「登臨試問滄桑客，尚有田橫義士無？」吳子光〈寄題延平王廟壁〉：「雄心已死田橫島，疏草都歸鮑氏聰。」趙甌北〈海上望台灣〉：「當年曾比田橫島，今日重煩楊僕船。」要之，成功浩氣沛然，彪炳寰宇，明末群雄當屬第一；雖大業付諸滄瀛，其堅苦卓絕之志，照耀萬世，民族英雄的形象，垂範千秋。

延伸閱讀

1. 施士洁〈台灣雜感〉八首，見氏著《後蘇龕合集》，《台灣文獻叢刊》第二一五種，台北市：台灣銀行，一九六五年。
2. 盧若騰〈海東屯卒歌〉，見氏著《留庵詩文集》，金門：金門縣文獻委員會，一九六九年。
3. 徐孚遠〈東寧詠〉，見《台灣詩鈔》，《台灣文獻叢刊》第二八〇種，台北市：台灣銀行，一九七〇年。

參考資料

1. 張菼〈鄭成功詩文箋註〉，《台灣文獻》三十四卷三期，一九八三年九月。
2. 蔡蕙如〈與鄭成功有關的傳說之研究〉，台南市：成功大學史語所碩士文，一九九一年。
3. 王志恆〈延平郡王鄭成功的軼事與他的詩〉，《中正學刊》二十一期，一九九七年十月。

問題討論

1. 有關延平郡王的傳說頗多，請舉隅一、二。
2. 鄭成功大義滅親，於矛盾中毅然抉擇，此蓋非具大智慧者難以為之！你贊同嗎？
3. 鄭成功人奇、氣奇，詩亦英雄之聲，允稱「儒將」，試略述其文學成就。

台灣竹枝詞（十二首選三）

郁永河

（一）

鐵板沙連到七鯤❶，鯤身❷激浪海天昏；
任教巨舶難輕犯，天險生成鹿耳門❸。

（二）

獨榦凌霄不作枝，垂垂青子任紛披；
摘來還共蔞根❹嚼，贏得脣間盡染脂。

（三）

肩披鬌髮耳垂璫❺，粉面朱脣似女郎；
馬祖宮前鑼鼓鬧，侏離❻唱出下南腔❼。

作者

郁永河（生卒年不詳），浙江仁和縣人，清康熙年間秀才。連橫於《台灣詩薈》重刊《裨海紀遊》時作跋云：「永河字滄浪，快男子也。康熙三十六年（一六九七年）春，自省來台，躬歷南北，採礦北投，事畢而去。觀其百折不撓之精神，誠足使人起敬。」而較早的《裨海紀遊》刪節本《裨海紀遊略》，同鄉羅以智有跋曰：「永河字滄浪，仁和諸生，久客閩中，遍遊八閩。康熙三十六年丁丑春，會當事採硫磺於台灣之雞籠淡水。台灣初隸版圖，在八閩東南，隔海千餘里；滄浪欣然與其役，因紀是編，備述山川形態、物產土風、番民情狀，歷歷如繪。」永河是一位喜遊歷冒險的旅行家，曾自道：「余性耽遠遊，不避阻險」，又說：「探奇攬勝者，毋畏惡趣；遊不險不奇，趣不惡不快。」不顧險惡海象及當時蠻荒瘴癘，率隊從福州出發，南下經廈門，渡台灣海峽，過澎湖，再循西部海岸北上淡水盆地，來台採硫、煉硫。歷經五個月的艱辛，始完成工作，並留下了《裨海紀遊》（又名《採硫日記》）一書。

探覽台灣山光水景，實為此行主要目的。《裨海紀遊》詳記航行路線及風險見聞，對於台灣南北通道多所著墨，而相關歷史、自然及民情的觀察體會，無一不備，特別是原住民族的生活習俗，最為豐贍可觀，是台灣文學史上第一部遊紀文學，更是十七世紀末台灣地理景觀、人文歷史的珍貴文獻。其中〈台灣竹枝詞〉和〈土番竹枝詞〉，歌詠土俗風物，膾炙人口，開啟了以〈竹枝詞〉敘寫台灣風土的先例。此外，還撰有〈番境補遺〉、〈海上紀略〉、〈宇內形勢〉，內容都圍繞台灣，唯滄桑遞變，所述景物風貌皆不復見矣。

註釋

❶鐵板沙連到七鯤：作者註：「安平城旁，自一鯤身至七鯤身，皆沙崗也。鐵板沙性重，得水則堅如石，舟泊沙上，風浪掀擲，舟底立碎矣。牛車千百，日行水中，曾無軌跡，其堅可知。」鹿耳門水底沙線堅硬如鐵，故名。七鯤，指台南外海等七個若斷若續的沙洲。

❷鯤身：即鯨也，台語叫海翁。范咸《重修台灣府志》載：「大能吞舟，黑如牛，背浮於水面，則大風將作。」這種海中大哺乳動物，傳統文獻雅稱作「鯤」。台南西邊有內海，內海邊緣圍著沙洲，狀似鯤浮在水面，露出背部，故名「鯤身」。

❸鹿耳門：今台南安平港北，為舊日海道，以水線迂迴險阻著名。《重修福建台灣府志・山川》載：「鹿耳門，水中浮沙突起，若隱若現，形如鹿耳，鎮鎖水口。」一六六一年鄭成功自此登陸，驅逐荷蘭，是開台的史蹟聖地，也是鎖鑰台江、屏障府治的重要門戶。

❹蔞：草名。藤本，近木質，節上常生根。藤葉入藥，祛風止喘，裹以檳榔咀嚼，據云有護牙作用。一說是「荖」。宋・姚寬《西溪叢語》卷上曰：「閩廣人食檳榔，每作切片，蘸蠣灰以荖葉裹嚼之。……初食微覺似醉，面赤，故東坡詩云：『紅潮登頰醉檳榔』。」

❺耳垂璫：璫，耳飾、耳環。耳垂璫指在耳朵上戴上飾品耳環。

❻侏離：同「朱離」，亦作「兜離」。古代中國西部少數民族的音樂。《周禮・春官・鞮鞻氏》「掌四夷之樂」，賈公彥疏引《孝經緯・鉤命決》：「西夷之樂曰侏離」。亦指難辨的蠻夷言語。《後漢書・南蠻傳》：「語言侏離」。韓愈〈答孟尚書書〉：「向無孟氏，則皆服左衽，而言侏離矣。」

❼下南腔：閩南腔。福建八府，俗以福州為中心，分

上四府與下四府，閩南屬下四府，故云下南。六居魯——〈偶成〉：「劇演南腔聲調澀，星移北斗女牛真。」

賞析

竹枝詞原為樂府之名，亦呼巴歈詞，淵源自巴歈，輾轉流衍於其他地區。唐貞元（七八五至八〇五年）中，劉禹錫被貶至沅湘，以里歌鄙陋，乃依騷人〈九歌〉作〈新竹枝詞〉九章，教里中兒歌之。詩前〈小引〉曰：「昔屈原居沅湘間，其民迎神，詞多鄙陋，乃為作九歌，到於今荊楚歌舞之。故余亦作竹枝九篇，俾善歌者颺之。」夢得力變創新之歌，白居易深感嘆服，又時相唱和，亦作〈竹枝詞〉四首。此後，竹枝詞蔚然成風，李涉、孫光憲皆有作。多寫旅人離思愁緒或兒女柔情，進而用以諷詠土俗瑣事，活潑親切。郁永河〈台灣竹枝詞〉十二首，收錄於《裨海紀遊》中，此為其中三首。

其一，詠鹿耳門。沙線縱橫布列，舟船誤觸即碎；潮汐海吼（俗稱「海叫」），驚濤湓湧，聲如萬馬奔騰、眾鼓齊鳴，又如三峽崩流、萬鼎共沸，聞之震懾駭愕，舟船不敢近。（郁永河〈海上紀略．海吼〉）鹿耳門形勢天成，港道巇嶮，素有「天險」之稱，於明鄭時期，即取代原為台江進出孔道的大員港（台港），成為台灣門戶。自古戰雲密布，為舊戰場，朱仕玠〈鹿耳門〉云：「憶昔天戈動地來，潮高十丈千艘開。鯨鯢鏖戳宅窟淨，孽血雨灑腥風霾。」六居魯〈鹿耳門汛即事〉句：「巡行鹿耳新防汛，指點鯤身舊戰場。」天險海道，軍商重鎮，咽喉要塞，是守護台灣的第一道防線。

其二，作者註：「檳榔無旁枝，亭亭直上，遍體龍鱗，葉同鳳尾。子形似羊棗，土人稱為棗子檳榔。

食檳榔者必與蔞根、蠣灰同嚼，否則澀口且辣，食後口唇盡紅。」台灣素產檳榔，男女耽嚼，昕夕不絕。訂婚享客，以此為禮，謂食之可辟瘴也。范咸〈檳榔〉：「瘴鄉能已疾，留得口脂痕。」六居魯〈偶成〉：「飽啖檳榔不是貧，無分妍醜盡朱唇。」又施鈺〈詠檳榔子〉排律，皆可與本詩參看。類此頌詠檳榔之篇，多可作「番俗考」讀之，如蔣心餘〈台灣賞番圖〉：「猱採檳榔摘番檨，硫井金穴生每捐。」周芬斗〈蕭壟社〉：「百里裹糧漫遠佃，檳榔千樹賽千囷。」此外，檳榔亦可作為排難解紛之用，張湄〈檳榔〉：「一抹腮紅還舊好，解紛惟有送檳榔。」詩下自註：「台地閭里詬誶，輒易搆訟，親到其家送檳榔，數口即可消怨釋忿。」檳榔雖是細物，其功用非同小可。

其三，作者註：「梨園子弟，垂髫穴耳，傅粉施朱，儼然女子。土人稱天妃神曰媽祖，稱廟曰宮。天妃廟近赤嵌城，海舶多於此演戲酧愿。閩以漳泉二郡為下南，下南腔亦閩中聲律之一種也。」詩寫媽祖宮前演戲酬神，鑼鼓喧鬧的景象。迎神賽會中，梨園子弟男扮女裝，模樣逗趣，唱聲殊異，盡是依阿南腔。

郁永河對於台灣習俗民情、人文景觀、歷史掌故以至殊勝風物，皆以欣賞之眼對之，〈台灣竹枝詞〉意象鮮明，純樸而少雕飾，富有濃厚鄉土氣息。這是台灣最早的竹枝詞，後來者爭相仿效，今人陳香撰《台灣竹枝詞選集》、《柳枝詞與竹枝詞》二書，彙輯超過千首。

延伸閱讀

1. 黃逢昶〈台灣竹枝詞〉七十五首，見氏著《台灣生熟番紀事》，《台灣文獻叢刊》第五十一種，台北市：

台灣銀行，一九六〇年。

2. 丘逢甲〈台灣竹枝詞〉百首，見氏著《嶺雲海日樓詩鈔》，《台灣文獻叢刊》第七十種，台北市：台灣銀行，一九六〇年。

3. 梁啟超〈台灣竹枝詞〉十首，見氏著《飲冰室文集》第八冊，台北市：台灣中華書局，一九七〇年。

參考資料

1. 郁永河《裨海紀遊》，見《台灣文獻叢刊》第二一一種，台北市：台灣銀行，一九六五。

2. 陳香《台灣竹枝詞選集》，台北市：台灣商務印書館，一九八三年四月。

3. 翁勝峰〈清代台灣竹枝詞之研究〉，台北市：文津，一九九六年。

問題討論

1. 略說竹枝詞之源起及其流變。

2. 郁永河〈台灣竹枝詞〉及〈土番竹枝詞〉之特色為何？

3. 竹枝詞琳瑯滿目，美不勝收，屠繼善有〈恆春竹枝詞〉，林朝崧有〈台中竹枝詞〉，連橫有〈台南竹枝詞〉，黃朝清有〈諸羅竹枝詞〉等，當代各地續有竹枝詞之創作，請蒐集並討論之。

過他里霧❶（二首）

孫元衡

（一）

翠竹陰陰散犬羊，蠻兒❷結屋小如箱。
年來不用愁兵馬，海外青山盡大唐❸。

（二）

舊有唐人三兩家，家家竹徑自迴斜❹。
小堂❺蓋瓦窗明紙，門外檳榔❻新作花❼。

作者

孫元衡（生卒年不詳），字湘南，安徽桐城人，曾任四川省漢州知府。清康熙四十二年（一七〇三年）任台灣府海防同知，也代理過諸羅知縣。任台期間，戮力從公，不畏權勢，慈惠愛民，且大修孔廟、廣置學田、資助貧士、嚴緝盜匪，所以地方安寧，文教漸興，極獲百姓愛戴。在台三年多，即陞任山東東昌府知府，台灣人民感念其德政，乃建牌坊、立碑文以頌揚之。

元衡詩作共三百六十首，名為《赤嵌集》。集中各體皆備，題材則多指涉台灣之山川、風俗、民物，張實居作〈序〉云：「其詩詠山川則指示其害，詠風俗意在移意，詠民物則在志弘胞與，詩歌而通於政事，此又作者之志也。廣天下後世之聞見，使之多識鳥、獸、草、木之名也。」透過其所作，除可概見當時台灣的社會景象和自然環境外，詩人即景言情，詠物抒懷，處處可見「志」之深寄。詩評家王士禎甚為賞愛，曾逐篇讀過，且為其中百來首作了評點。元衡詩風格近韓愈、蘇東坡，元氣飽足，筆勢豪邁，讀之心神大振，爽快無比。名篇多為歌行體，連雅堂《台灣詩乘》稱讚說：「《赤嵌集》有〈颶風歌〉、〈海吼吟〉、〈日入行〉諸作，健筆凌空，蜚聲海上，足為台灣生色。」其他如〈紅夷劍歌〉、〈裸人叢笑篇〉、〈鉤蛇吞鹿歌〉等，亦為難得佳構。

註釋

❶他里霧：即今之斗南。是由台灣原住民的社名音譯而來，意為「蒼莽草原」。據荷蘭占台文獻記載，原住民在雲林地方設有五社，其中他里霧社為最早開發之處。

❷蠻兒：泛指少數民族。白居易〈竹枝詞〉：「蠻兒巴女齊聲唱，愁殺江樓病使君。」這裡指居住於他里霧社的原住民。

❸唐：作者註：「番人稱內地為唐。」

❹迴斜：環繞斜曲。

❺小堂：堂，正屋；小堂指廳堂。

❻檳榔：棕櫚科，常綠喬木，花、果均具芳香，果供食用。原產東南亞，中國廣東、雲南、福建及台灣等地有栽培。台灣文獻中，有關檳榔的記載，始見於康熙年間首任台灣知府蔣毓英所修之《台灣府志・物產志》及郁永河《裨海紀遊・竹枝詞》。孫元衡有〈食檳榔有感〉二首。

❼作花：開花。

賞析

他里霧舊屬諸羅，為番社，鄭成功嘗駐兵於此。此二首七絕皆「賦」筆鋪敘，以視覺進行，造詞質樸淺近，有竹枝風味。（王漁洋點評曰：「二首竹枝風味，必傳之作。」）

第一首，視角由小而大，由陰陰翠竹到海外青山，由小屋到大唐，空間漸趨開闊。末二句，誇耀台島不必憂心兵馬征戰，因為海外所見疆域，皆是清朝所有。此蓋頌德揚威，志得意滿之外顯。自從施琅於康熙二十二年（一六八三年）平定台灣，一直到孫元衡任台期間，台灣在清朝治理保護下，人民尚得安居樂業，一片昇平、祥和。第二首，鏡頭由遠拉近，再由內拉外，逐漸聚焦定格。從「竹徑自迴斜」的幽靜，移向「檳榔新作花」的動態；花初綻放，透顯鄉野朝氣，同時暗示生活的閒適欣然。前者寫蠻兒屋，後者寫唐人家。原住民「結屋」而居，以茅草、土堆與竹子組合而成，窄如小箱，僅強遮風避雨；漢人則家家「瓦屋」，有廳堂，有紙窗，且有彎彎曲曲的竹徑直通宅院，二者住居顯有簡陋荒涼、清幽雅靜之區別，也有小、大之對比。

詩寫番、漢家屋，樸實而細膩，正可見詩人深入民間、體會之真切，也傳達出詩人悠遊其間之情致。又有〈還過他里霧〉詩：「林黑澗逾響，天青山更高。諸番能跽拜，前隊肅弓刀。臥簟惟功狗，喧枝盡伯勞。不因程計日，待獵看風毛。」可併讀之。

延伸閱讀

1. 周鍾瑄〈曉發他里霧〉，見氏著《諸羅縣志》（藝文），台北市：台灣銀行，一九六二年。
2. 黃清泰〈曉發他里霧〉，收於周璽《彰化縣志》（藝文），台北市：台灣銀行，一九六二年。
3. 周芬斗〈留題諸羅十一番社・他里霧社〉，收於余文儀《續修台灣府志》（藝文），台北市：台灣銀行，一九六二年。

參考資料

1. 孫元衡《赤嵌集》，《台灣文獻叢刊》第十種，台北市：台灣銀行，一九五八年。
2. 沈沐蒼〈他里霧埤的前世今生〉，《歷史月刊》第一百五十八期，二〇〇一年三月。
3. 吳毓琪〈論孫元衡「赤嵌集」之海洋意象〉，《文學台灣》第四十三期，二〇〇二年七月。

問題討論

1. 試從這兩首詩所描述之他里霧風貌，對照今之雲林景觀，略作比較。
2. 論者謂孫元衡有強烈的漢人本位思想，對於台灣原住民風俗多有誤解、輕視嘲笑之意，你認為真是這樣嗎？

澎湖

錢　琦

海上三山❶未渺茫，竹灣❷花嶼❸鬱蒼蒼。
白沙❹赤嵌紅毛地❺，綠葦黃魚紫蟹莊。
仰首但瞻天咫尺，稱名合在水中央。
古今多少滄桑❻劫，留得殘雲照夕陽。

作者

錢琦（一七〇四至?年），字相人，一字湘純，號璵沙，又號述堂，晚號耕石老人，浙江錢塘人。乾隆二年（一七三七年）登進士第，改庶吉士，授編修，歷官河南道監察御史兼提督學政、江蘇按察使。十六年（一七五一年）任巡台御史，兼理台灣學政，巡視台灣營務（檢閱陸海官兵操演並巡視台灣南北路）。是年十一月，巡查南路各營，沿途撫恤番民，宣講聖訓，飭令官吏，查拿台廈海盜，維護閩台水域安全。十二月，彰化生番殺內凹莊兵民二十九人，舊例生番殺人，處分重於熟番，琦乃奏聞，而總督庇武員，所奏與琦異。清廷責琦覆奏，有人勸改前奏，琦則以為人命不可兒戲，堅持前奏以嚴辦該案。次年九月返京，乾隆三十二年（一七六七年）復任福建布政使。

錢琦生平好吟詠，和袁枚相交逾五十年。著有《澄碧齋詩鈔》十二卷，《別集》一卷。徐世昌《晚晴簃詩匯》云：「袁簡齋序璵沙詩，稱其『立朝有風節，仕外多惠政，雖官尊，雅好為詩。其神清，其韻幽，曲致而不晦於深，直言而不墜于淺。』又為作志銘，言其海外諸詩尤為雄偉。」琦與張湄、范咸相仿，皆以巡台御史身份享譽詩壇，連橫說：「巡台御史之能詩者，若范九池之《婆娑洋集》、張鷺洲之《瀛壖百詠》，蜚聲藝苑，傳播東寧；而錢璵沙御史足以拮抗。」（《台灣詩乘》）彭國棟也評曰：「（琦）各體皆勝，雅堂謂足與九池、鷺洲頡頏，誠非虛語。」（《廣台灣詩乘》）

❶海上三山：即蓬萊、方丈、瀛洲三神山。文徵明〈瓊華島〉：「海上三山擁翠鬟，天宮遙在碧雲端。」袁中道〈玄嶽記〉：「流水同於階砌，泉聲喧於幾座，姹花異草，古樹蒼藤，分天蔽日。海上三山，忉利五院，依稀似之。」此處借指太武山麓，言其宛如神海仙山、海市蜃樓之境。

❷竹灣：位於西嶼鄉北部，在清朝與日據時代名為竹篙灣，光復後改稱竹灣。盛產螃蟹。

❸花嶼：位於澎湖群島西南方，是群島中最古老的島嶼，自古即名花嶼，取其「草木青蔥」之意。

❹白沙：即「白沙嶼」，是澎湖北方之屏障，故又名北山嶼或北海嶼。島上「赤崁」、「後寮」一帶，海灘

滿佈珊瑚砂礫，陽光下由海上遠望之，閃閃發亮，故名。

❺赤嵌紅毛地：指赤嵌澳及紅毛城。前者相傳早於明永曆十六年（一六六二年）時，便有移民定居。後者乃明天啟二年（西元一六二二年）荷蘭人再次占領澎湖，驅使當地移民所修築之城塞。本稱紅毛城，後依閩南語音近訛轉為「紅木埕」。

❻滄桑：同「滄海桑田」，謂世事變易之速。《神仙傳》：「麻姑謂王方平曰：『接待以來，已見東海三為桑田，向到蓬萊水淺，淺於往者會時略半也；豈將復還為陵陸乎。』」儲光羲〈獻八舅東歸〉：「獨往不可群，滄海成桑田。」

賞析

此詩為錢琦所作，唯林豪《澎湖廳志》（藝文）誤植為盧若騰之篇，一九六九年金門縣文獻委員會出版之《留庵詩文集》，未經詳考，又照錯襲抄。

詩一開始即以「海上三山」喻指澎湖，渲染其優美景致，引人入勝，可謂擅於起篇。神話中的蓬萊三島，聳立於茫茫大海中，杳不可尋，詩人則認為仙境並不渺遠啊！竹灣花嶼草木蓊鬱蒼翠、茂密繁盛；白沙島尚留有荷人屯兵駐紮之遺蹟；外海之無人島姑婆嶼，盛產螺蚵貝類及紫菜，漁獲豐富，名聞遐邇。澎湖風物殊異，群島布列，人家依水而居，漁村蟹舍櫛比林立，居民勤奮樸實，自足自樂。頷聯對仗工整，尤其顏色對，更見匠心：白沙對綠葦、赤嵌對黃魚、紅毛地對紫蟹莊，島嶼美景逐一推至眼前。頸聯扣緊首句，言澎湖海、天相連，仰望蔚藍天際彷佛近在咫尺，這才驚覺靜立水中央的澎湖島，宛如海上仙山。此一美麗景致，歷代騷人客流連頌詠，如呂成家〈澎湖八景〉云：「天台勝景足凝眸，奎壁聯輝接斗牛。霧起香爐迷古渡，霞飛西嶼燦芳洲。龍門浪湧蛟宮幻，虎井淵澄蜃室浮。夜靜案山漁火近，更聞太武白雲謳。」

以上重在寫景，唯「白沙赤嵌紅毛地」一句，預設「思古」伏筆，引發末聯的抒情感慨。澎湖幾經戰火蹂躪、狼煙浩劫，斑斑血淚之史實，如天啟二年（一六二二年），荷軍戰艦入侵媽宮，虎井島居民駕舟迎敵，壯烈成仁；永曆三十五年（一六八一年），施琅兵攻澎湖，明艦被焚，戰士見殺，部將江勝、丘輝先後殉國，水戰激烈，千古嗚咽；鄭成功征台，舟泊內嶼；中法戰役，法軍也由此登陸。澎湖始終是蠻觸紛爭之地，見證了歷史劫難、古今興亡。試問多少英雄豪傑、彪炳勳業今安在？詩人登臨憑弔，不免愴神傷感。慨嘆是非成敗盡付煙雨飄渺中，榮辱功過都在浮雲夕陽外。

延伸閱讀

1. 孫元衡〈抵澎湖澳〉、〈澎湖〉，見氏著《赤嵌集》，《台灣文獻叢刊》第一〇種，台北市：台灣銀行，一九五七年。
2. 齊體物〈澎湖嶼〉，收錄於高拱乾《台灣府志》（藝文），台北縣：文海，一九七八年。
3. 陳廷憲〈澎湖雜詠〉二十首，收錄於蔣鏞《澎湖續編》（藝文），台北市：成文，一九八三年。

參考資料

1. 袁枚〈福建布政使錢公墓誌銘〉，見氏著《小倉山房文集》卷二十六，台北市：廣文，一九七二年。
2. 唐一明〈清代巡台御史傳略及詩錄〉，《史聯雜誌》第十三期，一九八八年十二月。
3. 張子文等《台灣歷史人物小傳——明清暨日據時期》，台北市：國家圖書館，二〇〇三年。

問題討論

1. 錢琦詩神清韻幽，別有感嘆，請就此作略加討論。
2. 歷來多有頌詠澎湖風土人情之篇，寫景敘事、詠物道情不一而足，試予以蒐集分類。
3. 巡台御史中不乏能詩之人，請列舉一、二位並概述其作品。

鹿耳春潮❶

章甫

黃山❷潮水發源長，奔撼雄關❸勢莫當❹。
好是三春❺鳴鹿耳❻，漫誇八月吼錢塘❼。
湧時真覺銀峰立❽，落處非關鐵弩張❾。
一自東鯨❿歸海去，晴帆萬里不波揚。

作者

章甫（一七五五至一八一六?年），字申友，又字文明，號半崧，台灣縣（今台灣台南）人。嘉慶四年（一七九九年）貢生，三次渡海至福建參加鄉試皆挫敗，遂無意於場屋，僅於家鄉設塾授徒，門人施鈺、郭紹芳、陳青黎等，皆頗有成就。乾隆五十一年（一七八六年）林爽文事件擴大，章甫曾組義軍對抗。

章甫才氣甚高，著有《半崧集》六卷，嘉慶二十一年（一八一六年）門人刻之。集中以詩為主，文為附。詩歌體裁各式兼備，題材則涵蓋贈答、詠懷、遊覽、傷逝……。個性好古，作詩特重情韻，嘗謂：「詩，緣情起也。余少耽詩歌，常多題詠，老不廢吟；六十年來，不知何以一往情深也。」（〈自序〉）台灣縣學教諭梁上春撰序曰：「今讀是集，有體製、有格力、有氣象、有興趣、有音節，五法俱備而不入於俚，正如禪家大乘、小乘之辨；故非獨五、七言律波瀾壯闊、法度精嚴，如建大將旗鼓八面受敵，無懈可擊。其古詩之蒼樸渾成、直截愷惻，寄濃鮮於簡淡之中，真有古樂府遺意。至如絕句、駢體、雜作，或以韻格勝、或以詞氣勝，要皆麗而有則、約而彌賅，非出入於六朝諸家不辦：此先生之妙悟然也。先生之妙悟，皆從博物洽聞、理會貫通來也，豈一知半解，偶有所觸之謂哉！」盛讚其博採經史百家之精華，吸收變化；且對於詩學之源流正變，能有透徹之體悟，故而詩、文皆斐然可觀。

註釋

❶鹿耳春潮：台灣八景之一。詠八景者，以康熙三十五年台廈道高拱乾之作為濫觴。《台灣府志》卷九〈外志〉載台灣八景：安平晚渡、沙崑漁火、鹿耳春潮、雞籠積雪、東溟曉日、西嶼落霞、澄台觀海、斐亭聽濤。

❷黃山：位於安徽省歙縣西北，是長江與錢塘江兩大水系的分水嶺。為中國名山，風景絕佳，素有「五岳歸來不看山，黃山歸來不看岳」、「天下第一奇山」之稱。

❸雄關：喻鹿耳海門形勢之雄偉險要。

❹當：同「擋」。

❺三春：春季三個月。農曆正月稱孟春，二月稱仲春，三月稱季春，合稱三春。班固〈終南山賦〉：「三春之季，孟夏之初。」或單指春季的第三個月。本詩「三春」與「八月」相對，應是指季春三月。

❻鳴鹿耳：即「鹿耳鳴」之倒裝。形容鹿耳海灣之潮聲

浪吼。

❼吼塘錢：即「錢塘吼」之倒裝。錢塘江位於長江下游，因江口外寬內狹，怒潮狂湧，震撼激射，聲如雷霆，勢極雄豪。尤以每年農曆八月十六至十八日為大潮汐期，最為壯觀。

---

❽銀峰立：雪白的山峰峻拔挺立。

❾鐵弩張：張開鐵般的弓弩，喻氣勢凶猛凌厲。

❿東鯨：鯨為海中大魚，常露海面噴水如高丘，故名。此處泛指波浪，或亦暗指鄭成功。

賞析

這是章甫〈台郡八景〉組詩中的一首，表面寫景，實是寓情於景，感嘆深沉。

首聯描述錢塘江自黃山與長江分源之後，激流洶湧翻騰的壯闊聲勢。中間二聯，承「勢莫當」直下，將三月鹿耳鳴，對比八月錢塘潮，激鳴潮吼同樣雷霆萬鈞，所以郁永河說鹿耳海吼「惟錢塘八月怒潮，差可彷彿。」（《重修台灣縣志・山水志・海道》）此地每年自夏徂秋，驚濤奔騰，海吼澎湃，蔚為奇景。頷聯藉「鳴」、「吼」聲效，加強「聽覺」震撼；頸聯以「峰立」、「弩張」，壯大「視覺」逼臨。詩飾筆法，寫真傳神，最為形象具體。但覺吼聲迴盪耳中，銀峰矗立眼前，海天一片昏暗；潮落驟退，更似萬箭齊發，波瀾壯闊；繼而海面轉趨平靜，順風揚帆，又如鏡面滑行。「東鯨歸海」一句似深寄感慨，流露思古情懷。鹿耳門自古即為台灣海門，也是鄭成功登陸處，而台灣詩文中慣以鯨魚或騎鯨人象徵鄭成功，江日昇《台灣外紀》載：「成功踞金廈，震動濱海。有問黃蘗寺隱元禪師曰：『成功是何星宿投胎？』元曰：『東海長鯨也。』再問：『何時得滅？』元曰：『歸東即逝。』辛丑，成功攻台，紅毛望見一人峨冠博帶，騎鯨魚從鹿耳門遊漾而入。後功諸船果從是港進。癸卯年四月間，功未病時，有副將楊明夢成功冠帶騎鯨魚，由鯤身之東出於外海。……不數日，而成功卒。」故尾聯喻指成功溘逝，鹿耳風波不興，不再捲起滔天巨浪。施士洁有「大鯨東去海門青，石井雄風捲四溟」（〈台灣雜感和王蔀畇孝廉韻〉），其旨意相仿。

自高拱乾作〈鹿耳春潮〉詩：「海門雄鹿耳，春色共潮來。二月青郊外，千盤白雪堆。線看沙欲斷，射擬弩齊開。獨喜西歸舶，爭隨落處回。」之後，鹿耳奔潮勁浪、飛雪波濤之姿，吸引文人驚呼贊嘆、歌詠不絕，如范咸〈台江雜詠〉：「山仄遠迷烏鬼渡，浪高齊拍赤嵌樓。」張若霳〈鹿耳春潮〉：「望迷烏鬼渡，幻作白龍堆。」皆別具高妙。乾隆中葉，台灣海防同知朱景英宦寓鹿耳門，曾填一闋〈臨江仙・竹榻聞濤〉詞云：「大海迴風波浪闊，海門竟夜喧豗；魚龍蹴踏白銀堆，挾聲春急雨，作勢殷輕雷。」總之，置身鹿耳門，坐臥觀潮、聽濤，日夜各具佳趣。

延伸閱讀

1. 陳夢林〈鹿耳門即事〉八首，收錄於黃淑璥《台海使槎錄》，《台灣文獻叢刊》第四種，台北市：台灣銀行，一九五七年。
2. 王善宗、齊體物、王璋、林慶旺、朱仕玠、施瓊芳等之〈鹿耳春潮〉，見《台灣府志》（藝文），《台灣文獻叢刊》第六五種，台北市：台灣銀行，一九六〇年。

3. 施士膺〈鹿耳門夜泊〉，收錄於王瑛曾《重修鳳山縣誌》（藝文），《台灣文獻叢刊》第一四六種，台北市：台灣銀行，一九六二年。

參考資料

1. 章甫《半崧集簡編》，《台灣文獻叢刊》第二〇一種，台北市：台灣銀行，一九六四年。
2. 陳昭瑛《台灣詩選注》，台北市：正中，一九九六年。
3. 黃典權編纂《重修台灣省通志》，南投市：台灣省文獻委員會，一九九八年。

問題討論

1. 歷代文人雅士歌詠「台灣八景」，內容頗有差異，試加以蒐集比較。
2. 滄海桑田，鹿耳門早非昔日風貌，請概述其景觀風物之變遷。

對菊

鄭用錫

物物催移歲月忙，繁英代謝感風霜。
人誇老圃❶秋容淡，我愛疏籬傲骨香。
晚節幾同韓相國❷，孤標❸此即魯靈光❹。
平生何處尋知己，五柳❺門前隱士鄉。

作者

鄭用錫（一七八八至一八五八年），字在中，號祉亭，學者稱香谷先生。祖籍漳州同安，清淡水廳竹塹人。嘉慶十五年（一八一〇年）補弟子員，二十三年中舉人，道光三年（一八二三年）成進士，是為自康熙二十二年（一六八三年）台灣納入中國版圖百餘年來，首位台籍出身登甲科者，故有「開台進士」（開台黃甲）之稱。道光十四年至北京供職，擔任兵部武選司，第二年又補授禮部鑄印局員外郎，兼儀制司。黽勉從公，精誠稱職，深獲讚許，旋因母老乞養歸里。道光十八年築進士第，主明志書院講席，汲引後進。晚年築北郭園（咸豐元年，一八五一年），邀集騷人吟詠嘯傲其間；倡設「竹社」，成員多為得意科場之人，詩酒酬唱，盛極一時。

用錫一生輕財好義，素喜為人排難解紛，得「善士」之名。有感於當時台灣地域觀念深重，各莊分類成習，甚至約期械鬥，嚴重危害社會治安，因於咸豐三年五月作〈勸和論〉，力倡消弭畛域之見。此文一出，勒石後龍，感動眾人，地域觀念漸淡，械鬥之風稍止。同年，晉、南、惠三邑人與同安人又欲比武，用錫祖籍漳州同安，遂移駐三邑人李某家，以示無他意，因此免除了一場悲劇，全活了很多人。用錫學問淹通，多所著述，然皆未付梓。後由楊浚仔細裁編，計得文鈔一卷、詩鈔五卷，另制義二卷、試帖二卷，前冠諸家序文及墓誌銘一卷，總稱《北郭園全集》。詩多寫景詠物、抒情言志，富有田園之趣，亦不乏關心民瘼、敦教化、記時事、關風俗、知得失之作，故楊浚〈序〉謂其詩：「發於性情，深得三百篇之遺旨。其品格在晉為陶靖節，在唐為白樂天，在宋為邵堯夫，間有逼肖元遺山者。」另有《淡水廳志稿》、《周禮解疑》、《周易折中衍義》等。

❶老圃：以種植蔬果、花卉為業的人。《論語・子路》：「吾不如老圃。」

❷韓相國：北宋名相韓琦，歷事仁宗、英宗、神宗三朝。相十年，臨大事，決大議，雖處危疑之際，知無不為，與富弼同稱賢相。

❸孤標：清峻特出。皎然〈詠揚上人座右畫松〉：「貞

樹孤標在，高人立操同。」戴叔倫〈遊清溪蘭若〉：「西看疊嶂幾千重，秀色孤標此一峰。」

❹魯靈光：漢代殿名，為景帝子魯恭王餘所建，故名。西漢遭兵火盜賊，未央、建章諸殿皆毀，而靈光獨存。（見王延壽〈魯靈光殿賦〉）後因借指碩果僅存的人或事物。

❺五柳：陶淵明自號五柳先生。

賞析

鄭用錫築北郭園（取李白詩「青山橫北郭」之句），「前後凡三四層，堂廡十數間，鑿池通水，積石為山，樓亭花木，粲然畢備，不數月而成，巨觀可云勝矣。」（〈北郭園記〉）又作〈北郭園八景〉詩，蓋可想見其樓閣亭榭、曲池深院的園林之美。詩人吟詠賦詩，徜徉其間，閒適而自得。鄭世恭為《北郭園全集》作序謂：「（用錫）歸田後，奉親盡歡，日嘯歌於所築之北郭園，怡然自娛，與世無忤，本和平之天倪，悉於詩詞寓之。」

詩題「對菊」，而終篇不見「菊」字，然每一句卻都緊緊扣住菊之精神。一、二句寫時序頻頻更迭，風霜無情變化，繁英且紛紛開落，營構出一種蕭瑟的氛圍，而秋景中抖擻的菊影呼之欲出，但猶琵琶半遮。三、四句承之，緩緩推開薄幕，視角拉近，菊之淡容可辨、幽香得聞，精神面目隱約透顯。此兩聯藉著季節匆忙轉換，百花凋落萎地之景，烘托出疏籬中的傲然身影及其淡雅清香，筆觸偏重於視覺、嗅覺的感受；後二聯則轉從內在刻畫疏菊。頸聯慕其志節若韓相國，嘉其特出如魯靈光，既移人作比，亦繫物為譬。韓琦

〈九日水閣〉詩：「不羞老圃秋容淡，且看黃花晚節香。」菊綻晚香，孤懷磊落，貞靜清操，老而彌堅；魯靈光殿呼應「繁英代謝」、「疏籬傲骨」，益顯其珍貴。尾聯設問自答，頌美菊花即隱士的化身。菊之耐受寂寞，帶霜而開，一如不慕名利、不為俗污，棄世絕塵、恬退真隱的陶淵明。而詩人深情對菊，托物言志，即所以表達其嚮往隱逸的強烈心願。

用錫愛菊、戀菊，一再頌之、詠之，除本篇外，尚有〈盆菊〉、〈賞菊〉、〈三月菊花〉、〈借菊〉等。與菊移情交心，疊映合一；菊花獨抱枝頭，吐露淡雅之姿，允為詩人孤絕當世、幽獨自守的人間形色。

延伸閱讀

1. 曹雪芹〈對菊〉、〈問菊〉、〈菊夢〉等十二首，見氏著《紅樓夢》第三十六、三十七回。
2. 章甫〈菊〉，見氏著《半崧集簡編》，台北市：台灣銀行，一九六四年。
3. 沈光文〈菊受風殘又復無雨潤累累發花雖不足觀亦可聊慰我也〉、〈看菊〉，見氏等著《台灣詩鈔》，《台灣文獻叢刊》第二八〇種，台北市：台灣銀行，一九七〇年。
4. 鄭用鑑〈菊花〉，見氏著《靜遠堂詩文鈔》，新竹市：竹塹文化，二〇〇一年。

苦雨

鄭用錫

年華初度已清明，陰雨連句❶尚未晴。
麥飯❷紙錢人上塚❸，提壺布穀❹鳥催耕。
可憐柳絮飛仍墜，又值秧針插未成。
為祝東皇❺香自爇❻，莫教物候❼誤蒼生。

註釋

❶句：十日為一句。

❷麥飯：以麥為飯。《急就篇》：「餅餌麥飯甘豆羹。」顏師古注：「磨麥合皮而炊之也。」引申為粗糲的飯。蘇軾〈和子由送梁左藏〉：「域西忽報故人來，急掃風軒炊麥飯。」

❸塚：隆起的墳墓。

❹提壺布穀：鳥名。提壺，叫聲如勸人飲酒，人稱勸飲鳥。王禹偁〈初入山聞提壺鳥〉：「遷客由來長合醉，不煩幽鳥道提壺。」布穀，即大杜鵑，亦稱郭公。每於穀雨後始鳴，夏至後乃止，農家以為候鳥。

以其呼聲似「布穀」，故名，人稱勸耕鳥。杜甫〈洗兵馬〉：「田家望望惜雨乾，布穀處處催春種。」

❺東皇：即東君，東方青帝也，指太陽。屈原《九歌》首篇為〈東皇太一〉，又有〈東君〉篇，為祭日神之歌。

❻爇：音ㄖㄨㄛˋ，焚燒。

❼物候：指動植物或非生物受氣候和外界環境因素的影響而出現的季節變化現象。泛指時令。

賞析

用錫雖自官場退隱，仍然以蒼生為念，經常捐穀輸財、修橋築路，賑飢寒、建學宮；對於百姓生活、莊稼農事，始終存心，故多關懷社會、悲憫疾苦之詩：或感賦稅太重、催科過急，或嘆文恬武嬉、尸位素餐。本詩苦淫雨成災，耽誤農時，與另一作〈颶風〉相同，具為憫農詩篇。

農人之苦，漢代晁錯早已指出：「春不得避風塵，夏不得避暑熱，秋不得避陰雨，冬不得避寒凍。」（〈論貴粟疏〉）田耕繁忙，四季辛勞，設若再有水災、旱災、風災、蝗害、霜害接踵肆虐，往往迫使農民坐困愁城。台灣稻穀一歲三熟，本應自足無虞，然偶有時序失常，物候亂期，以致誤了農耕，甚而陷於絕境。

清明時節，已是早稻長秧時，卻仍霪雨紛紛，連綿不止；此時更聞提壺、布穀聲聲催促：「布穀布穀！及時力作！」（錢琦〈禽言〉）農夫聞聲驚心不已，詩人憂心忡忡而愁眉不展。前兩聯破題，指出時逢清明節氣，行人上塚掃墓魂已欲斷，又聞候鳥促聲催耕警示，卻只能望天興嘆，無奈又無語，人民之苦已在其中。頸聯續寫季候錯亂，陰雨連綿，導致柳絮飛墜，秧針未插，則引發詩人愁苦，所以有末聯之「為祝東皇香自爇，莫教物候誤蒼生。」焚香禱祝，祈求上天慈悲憐憫，讓雨停放晴，願時令依序運行，以免貽誤天下蒼生。

用錫素有「先天下之憂而憂」的襟抱，對於黎民苦難感同身受。他並非站在遠處、高處冷眼旁觀，而是熱情介入，深入生活；完全從人民立場出發，同其苦樂，代抒心聲，故而此類詩作質樸真誠且深具感染力。

延伸閱讀

1. 丘逢甲〈苦雨行〉、〈述災〉，見氏著《嶺雲海日樓詩鈔》，《台灣文獻叢刊》第七十種，台北市：台灣銀行，一九五七年。
2. 陳肇興〈揀中大風雨歌〉，見氏著《陶村詩稿》，《台灣文獻叢刊》第一四四種，台北市：台灣銀行，一九六二年。
3. 周鍾瑄〈干豆門苦雨〉，見氏著《諸羅縣志》（藝文），台北市：台灣銀行，一九六二年。

參考資料

1. 鄭用錫著，楊浚編《北郭園全集》，同治九年（一八七〇年）刊行。
2. 黃美娥〈一種新史料的發現——論鄭用錫「北郭園詩文鈔」稿本的意義與價值〉，《竹塹文獻》第四期，一九九七年七月。
3. 龔顯宗〈不為功名亦讀書——論鄭用錫詩的題材多樣與風格統一〉，見氏著《台灣文學研究》，台北市：五南，一九九八年十二月。

問題討論

1. 菊花每每成為詩人移情投射的對象，在傳統詩詞中其豐富的指涉意涵為何？
2. 農乃立國之根本，請就你所知，談談目前台灣的農業政策。
3. 台灣古典詩多「憫農」之篇，試稍作歸納並討論之。

和淵明歸田園（四首選一）

鄭用鑑

放浪❶嗟遠遊❷，茲晨脫塵鞅❸。
晦跡❹田間居，所忻遂真想❺。
請息朝市❻交，雲山信長往❼。
負耒開南疇❽，秫❾苗喜新長。
濁醪❿聚鄰曲，揮金愧疏廣⓫。
惜哉揚子雲⓬，低頭事新莽。

作者

鄭用鑑（一七八九至一八六七年），字明卿，號藻亭，又號人光，淡水廳竹塹人，是鄭用錫堂弟。出身寒微，卻能勤奮上進，以學術聞名。嘉慶十五年（一八一〇年）補彰化縣學弟子員，道光五年（一八二五年）選拔貢生，成為北台首位拔元，次年又參加禮部覆試，取錄二等第七名，同治元年（一八六二年）詔舉為孝廉方正。終身以教職為業，特重德行陶冶，桃李滿天下，及門弟子而登科甲者，不勝枚舉，如舉人陳維英即是。施天鈞《彈鋏錄》贊曰：「藻亭孝廉，性真摯，重然諾，戒浮華，毋苟取，事親唯謹，人稱其孝，主講明志書院垂三十年，評騭至公，論文宗理法，論詩重格律，淡水之士，尊為泰斗。」曾與用錫合力纂修《淡水廳志稿》，著有《易經易讀》三卷、《靜遠堂詩文鈔》。詩作題材廣泛，舉凡題畫、應酬、詠懷、詠物等皆涉及，尤以描繪山水風光、田園景物的自然詩為大宗。其人不滯於物，不染世情，從容而自在；其詩沖淡自然，流露生活趣味，意境不凡。王國璠於《台灣先賢著作提要》評曰：「力趨性靈，和平中正，毫無噍殺之音。」

註釋

❶放浪：放縱不受拘束，王羲之〈蘭亭集序〉：「或因寄所托，放浪形骸之外。」意同「漫遊」。

❷遠遊：《楚辭》篇名。旨述不為時所容，而生遁世求仙之思。陶淵明〈飲酒詩〉二十首之十：「在昔曾遠遊，東至東南隅。」

❸塵鞅：鞅，套在馬頸上，用來駕馬車的皮帶，代指車馬。陶淵明〈歸園田居〉其二：「野外罕人事，窮巷寡輪鞅。」塵鞅，即塵世。

❹晦跡：不讓人知道自己的蹤跡，即隱居。李白〈題元丹丘穎陽山居〉：「卜地初晦跡，興言且成文。」

❺真想：真，本原；自身。《莊子・秋水》：「謹守而勿失，是謂反其真。」陸德明釋文引司馬彪曰：「真，身也。」真想，最純真的本心，即未受名利迷惑的心念。陶淵明〈始作鎮軍參軍經曲阿作〉：「真

想初在襟，誰謂形跡拘？」

❻朝市：朝廷和市集，指公眾聚集的地方。《左傳・襄公十九年》：「婦人無刑，雖有刑，不在朝市。」

❼雲山信長往：雲山，雲霧繚繞的高山。王維〈桃源行〉：「峽裡誰知有人事，世中遙望空雲山。」信，聽憑；隨意。長往，指避世隱居。孔稚圭〈北山移文〉：「或嘆幽人長往，或怨王孫不歸。」

❽南疇：即南畝。《詩・豳風・七月》：「饁彼南畝。」後泛指農田。杜牧〈阿房宮賦〉：「使負棟之柱，多於南畝之農夫。」

❾秫：有黏性的穀物，多用以釀酒。蕭統〈陶淵明傳〉：「公田悉令吏種秫，曰：『吾常得醉於酒足矣。』」蘇軾〈超然台記〉：「釀秫酒，瀹脫粟。」

❿醪：本指汁滓混合的酒，即酒釀。《後漢書・樊儵傳》：「又野王歲獻甘醪膏餳。」李賢注：「醪，醇酒汁滓相將也。」引申為濁酒。杜甫〈清明〉：「鐘鼎山林各天性，濁醪粗飯任吾年。」

⓫疏廣：西漢人。宣帝時，任太子太傅，在任五年，稱病還鄉，皇帝賜黃金。疏廣散金置酒，與族人故舊賓客娛樂，不為子孫置田產，嘗曰：「（子孫）賢而多財，則損其志；愚而多財，則益其過。」見《漢書》卷七一〈疏廣傳〉。

⓬揚子雲：即揚雄，西漢人。為人口吃，不能劇談，以文章名世。王莽時，校書天祿閣，官為大夫，曾為求悅莽心，模仿司馬相如〈封禪文〉作〈劇秦美新〉。

賞析

鄭用鑑〈和淵明歸田園〉五古四首，此為第一首，所和乃淵明〈歸園田居〉五首之二。淵明不為五斗米折腰，決意掙脫牢籠，遠離塵囂，往山澤、投林野；用鑑亦緣於目睹當時官場之險惡，厭倦黑暗的社會現實和污濁的世態人情，遂息世俗交往而晦跡田間，躬耕南疇。

此詩共十二句，前四句繪其理想藍圖：放浪遠遊、恣情田園，嚮往無為、渴慕清靜。中四句敘寫田園之樂：不聞喧囂車馬、鼎沸人聲，終日坐擁雲山、荷鋤躬耕。淵明「開荒南野際」，用鑑是「負耒開南疇」，淵明見樵農「但道桑麻長」，用鑑則「秫苗喜新長」；絕妙的是，二人一樣種秫，一樣是備釀酒所需。雖然沒有疏廣之財富，只有濁酒粗餚邀飲，對象也不是達官顯貴，而是「鄰曲」純樸野老，卻有杜甫「盤飧市遠無兼物，樽酒家貧只舊醅。肯與鄰翁相對飲，隔籬呼取盡餘杯。」（〈客至〉）之喜。杜甫「隔籬」邀酌，用鑑對面「聚飲」，而其心意相合，言談投機，樂在閒情是不異的。至此描繪出一幅令人神往的田園趣味圖，而詩人的澹泊情懷也充分流露。結尾兩句，再以揚雄對照，感嘆淵明真情歸隱，猶「常恐霜霰至，零落同草莽。」揚雄卻重蹈塵網，折腰屈事篡位的新莽，遂遭後人詬病。蓋保初節易，保晚節難，既深以揚雄為鑑，也暗合疏廣的功遂身退，強調自己的遯跡隱逸絕非「身在江湖，心懷魏闕」，而是遂其「真想」。

淵明〈歸園田居〉詩，語意平淡自然而韻味幽長，體現寧靜的田園情調，而用鑑之和作，依然有超脫塵俗、返樸歸真的追求，用詞質樸、意味深長，故許天奎評曰：「清真靈妙，直可追縱清初諸老。」（《鐵峰詩話》）詩真人真，同樣令人喜愛。

延伸閱讀

1. 蘇軾〈和陶歸園田居〉六首，見氏著《東坡集》，台北市：新興，一九五九年。
2. 連橫〈題桃花源圖〉，見氏著《劍花室詩集》，《台灣文獻叢刊》第九十四種，台北市：台灣銀行，一九六〇年。
3. 陳肇興〈陶彭澤東籬採菊圖〉，見氏著《陶村詩稿》，《台灣文獻叢刊》第一四四種，台北市：台灣銀行，一九六二年。

參考資料

1. 陳鶯升〈鄭用鑑先生墓誌銘〉，收錄於鄭鵬雲編修《浯江鄭氏家乘》，大正三年石印本。
2. 連橫《台灣通史・鄉賢列傳》，台北市：眾文，一九七九年八月影印。
3. 張德南〈學界山斗鄭用鑑〉，《台北文獻》直字九十三期，一九九〇年九月。

問題討論

1. 詩人自適自樂於田園、自然中，形諸於詩有如潺潺清流，試分析其心境。
2. 淵明、用鑑之歸隱田園，令人嚮往，然處現今社會中，該如何才能「真隱」呢？

請急賑歌（四首選一）

蔡廷蘭

救荒如救溺，急須援以手。試問登山無，莫訝從井有。譬如遇涉凶，滅頂濡❶其首。萬竈冷無烟，環村空覆臼❷。二餔❸不供餐，三星常在罶❹。移糴❺開武倉❻，官惠亦云厚。定價三百錢，准糴米一斗。轉眼給已空，枵腹❼那能久。求死緩須臾，望救爭先後。明日天開晴，星纜❽到浦口❾。絕處忽逢生，歡聲呼父母。覩此應傷心，加恩誰掣肘❿。翻作哀鴻吟，從旁商可否。乞為漢韓韶⓫，休笑晉馮婦⓬。

作者

蔡廷蘭（一八〇一至一八五九年），字香祖，號郁圜，學者稱秋園先生，澎湖林投澳雙頭掛社（今馬公市興仁里）人。幼聰穎，八歲能文，十三歲補弟子員，深得澎湖通判蔣鏞賞識。道光十二年（一八三二年），澎湖大飢，與泉永道周凱奉檄由廈門渡海勘賑，廷蘭秉「長嘆以當哭」的心情賦〈請急賑歌〉四首呈之，備陳災黎窮困之狀，懇請加賑。頗獲周凱賞識，列於門下，「師生沆瀣，時並稱焉。」（劉家謀〈海音詩〉註）道光十四年，主講台灣引心書院，十五年秋，赴省鄉試，歸途遇颶風襲擊，舟傾人倒，漂流至越南，後由陸路翻山越嶺，步行四個多月終抵廈門，又得業師資助始返回澎湖。廷蘭將此經歷撰成〈滄溟紀險〉、〈炎荒紀程〉、〈越南紀略〉三文（合為《海南雜著》一書），詳述大海中風雨晦溟、波濤駭異，及生死不可測之狀；又紀錄越南各地山川道路之險夷，城郭宮室倉廩府庫之虛實。觀風采俗，纖細畢具，是為清代台灣地區第一本海外的民族誌。

道光十七年，周凱調任台灣道，薦廷蘭為崇文書院講席，二十四年上京會試，成為開澎進士。二十六年返鄉祭祖，於舊宅邊建進士第，又到天后宮後殿清風閣獻上「功庇斯文」匾。歷任江西省峽江縣、豐城縣知縣及水利同知，卓有政聲。咸豐九年（一八五九年），在任病故，享年五十有九。廷蘭為諸生時，佐蔣鏞纂輯《澎湖續編》，歿後遺集不傳。光緒四年（一八七八年），金門人林豪為之蒐集《惕園古近體詩》二卷、《遺文》一卷、《駢體文》二卷、《尺牘》六卷。

註釋

❶濡：音ㄖㄨˊ，浸潤，此指淹沒。

❷臼：舂米的器具。

❸鬴：同「釜」，量名，六斗四升為一鬴。《漢書・匈奴傳》：「胡地秋冬甚寒，春夏甚風，多齎鬴鍑薪炭，重不可勝。」

❹三星常在罶：述饑饉之象。《詩・小雅・苕之華》：「牂羊墳首，三星在罶。人可以食，鮮可以飽。」三星，即參宿；罶，捕魚的竹簍。《釋文》：「本

作霤。」按：作霤是也，指屋簷。此句則表示憂不能寐。

❺糶：出售穀物；後文之「糴」，為購進穀物。

❻武倉：儲備作戰用軍糧的倉庫。

❼枵腹：空著肚子。范成大〈除夜感懷〉：「匏瓜謾枵腹。」

❽星纜：如星之多的纜繩。

❾浦口：大河流的小叉口。

❿掣肘：拉住胳膊。喻做事時受到別人牽制或阻撓。語本《呂氏春秋‧具備》：「宓子賤從旁掣其肘。」

⓫韓韶：《後漢書》卷六十二〈荀韓鍾陳列傳〉：「韓韶，字仲黃，為贏長。……流民入韶縣界，韶愍其飢困，開倉賑之，所廩贍萬餘戶。主者爭謂不可，韶曰：『長活溝壑之人，而以此獲罪，含笑入地矣。』」

⓬馮婦：稱重操舊業者。《孟子‧盡心下》：「晉人有馮婦者，善博虎，卒為善士；則之野，有眾逐虎，虎負嵎，莫之敢攖；望見馮婦，趨而迎之，馮婦攘臂下車，眾皆悅之，其為士者笑之。」趙岐注：「其士之黨笑其不知止也。」。

賞析

蔡廷蘭呈〈請急賑歌〉四首，周芸皋觀察見之傾心，賦〈撫恤六首答蔡生廷蘭〉和之，詩中除憐憫澎湖災民之顛連無告外，也肯定「蔡生澎湖秀，作歌以當哭。」又有〈再答蔡生〉、〈送蔡生台灣小試〉等詩，盛稱「蔡生滿腹懷琳瑯，入門意氣何飛颺。」「海外英才今見之，知君始可與言詩。」廷蘭才華洋溢，允為澎湖第一進士。

此為四首之三，詩體五古，共二十八句，詩眼在一「急」字。前十句述災情之慘，災民顛沛之狀；下六句寫官府賑災之急迫，肯定其作為；再次四句繼寫人民望救之殷切，乃有後六句的絕處逢生，父母子女重聚之喜。動之以情，激生惻隱。結尾六句則是情商哀憐黎民之痛、體恤蒼生之苦，建言加賑，為「歌」之旨意。連用兩個典故，引古聖賢作為榜樣：先舉韓韶面對流離失所的百姓，秉持「人飢己飢，人溺己溺」的胸懷，執意開官倉以賑災，完全置自身安危於度外。這種情操與勇氣，難能可貴，無怪乎「太守……竟無所坐。李膺、陳實等立碑頌焉。」（《後漢書》）之事，又借「重作馮婦」故實，懇請周觀察能以遍地哀鴻為念，排除萬難，更不必顧慮是否遭受嘲笑，勇敢而堅持的加速紓難解困。整首詩氣勢直貫而下，有敘事，有建言，夾敘夾議，鏗鏘有力；深情注筆，溢乎紙上。以是周凱深受感動而應其所請，災民始倖免輾轉餓死於溝壑。

本詩用典精準，知廷蘭為飽學之士，而「救民之語，字字自肺腑出」，救荒救溺，悲憫湧現，充滿人道關懷，處處顯現人性光輝。連横謂：「（廷蘭）淵源甚正。於文工駢體，於詩尤工古體，才力雄健，卓然自成家數，海外詩人殆未有能勝之者。」稱揚備至，洵非浮誇。

延伸閱讀

1. 林豪〈鹹雨嘆〉，見氏著《誦清堂詩集》，菲律賓：宿務大眾印書館，一九五七年。
2. 張達修〈蕉農嘆〉，見氏著《醉草園詩集》，台中市：金玉堂，一九八一年。

3. 洪繻〈紀災行〉，見氏著《洪棄生先生全集》，南投市：台灣省文獻委員會，一九九三年。

參考資料

1. 林豪《澎湖廳志》，《台灣文獻叢刊》第一六四種，台北市：台灣銀行，一九六三年。
2. 徐麗霞〈開澎進士——蔡廷蘭〉（上、下），《中國語文》，二〇〇二年三月、四月。
3. 高啟進〈開澎進士蔡廷蘭傳〉（上、下），《澎湖縣文化局季刊》第三十七、三十八期，二〇〇四年十二月、二〇〇五年三月。

問題討論

1. 〈請急賑歌〉有四首，請再翻檢另三首，討論蔡廷蘭詩作用典特色。
2. 周凱效法漢時韓韶，開軍倉糶米賑災，既是違法之舉，恐招瀆職之罪懲，如果是你，會怎麼做？

聞警戒嚴作——戴匪❶滋事彰城失守

林占梅

腥風吹海嘯長鯨❷，小醜❸跳梁❹敢橫行。
毒霧瀰漫沉戰壘❺，大星黯淡❻落空營。
甲溪阨險成天塹❼，丁汛❽分防衛石城。
莫道黃巾❾氛甚惡，么魔❿螻蟻不難平。

作者

林占梅（一八二一至一八六八年），字雪邨，號鶴珊，福建同安人，來台後定居竹塹城內。連橫《台灣通史·林占梅列傳》謂：「占梅少穎異，讀書知禮，無紈褲氣。」才氣縱橫，受知於苗栗進士黃驤雲，以女妻之。個性豪爽，急公好義，時常濟困扶危，毀家紓難：咸豐三年（一八五三年）林恭事起，次年，廈匪黃位佔據雞籠，詩人奉旨督辦團練，靖亂有功；同治元年（一八六二年）出資徵募鄉勇，協助弭平戴潮春之亂，加封布政使銜。林豪撰《淡水廳志訂謬》，志其事、彰其功，推為一時之傑。

占梅善琴，精音樂，又工詩書，存詩一千九百四十四首，各體皆備，而以五古、七古為多。題材豐富，諸如園林、詠懷、酬唱、記事、遊歷、竹枝及少許「香奩」之篇。詩學香山、劍南，年少青壯期之作，多歡樂恬雅、纏綿悱惻之情，近於晚唐溫、李，文采風流，表現不凡；逮台灣亂起，憂患不絕，又倡率捐輸，慷慨任俠，詩情轉為蒼涼悲壯，頗有放翁雄渾激越之風。

占梅好涉林泉之趣，道光二十九年（一八四九年）於新竹城西門內建築「潛園」，俗稱內公館，與鄭用錫「北郭園」（俗稱外公館）同為北台二大園林。《淡水廳志》載：「中有水可泛舟，奇石陡立，又有三十六宜，梅花春屋，掬月弄香之榭，留客處諸勝。」時延賓客，盤桓潛園，台榭之勝，詩酒風流，甲於海內外。如今已遭拆除，僅留大門及少部分殘破不堪之屋宇，供人憑弔。有詩集《潛園琴餘草》，當時台澎道徐宗幹評曰：「和靜清遠、古澹恬逸」。

註釋

❶戴匪：戴萬生，彰化四張犁（今台中北屯）人。因不滿官府勒索，召集八卦會眾成立天地會，台灣道孫昭慈下令逮捕，戴起兵抗清，歷時二年九月，後事敗被斬。

❷長鯨：本指鄭成功。江日昇《台灣外紀》載鄭成功於日本出生時海中之異象云：「天明，聞說海濤中有物，長數十丈，大數十圍，兩眼光爍似燈，噴水如雨，出沒翻騰鼓舞，揚威莫當。通國集觀，咸稱異焉。」這裡借指台灣島。

❸小醜：對人輕賤之稱，猶言卑微之輩。《國語・周語

上》：「王猶不堪，況爾小醜乎！」韋昭注：「醜，類也。王者至尊，猶且不堪，況爾小人之類乎！」

❹跳梁：騰躍跳動。《莊子・逍遙遊》：「子獨不見狸狌乎？卑身而伏，以候敖者；東西跳梁，不避高下。」後用以形容跋扈的情狀。《後漢書・馬援傳》：「可有子抱三木，而跳梁妄作，自同分羹之事乎？」小醜跳梁指叛變、顛覆國家之人。

❺壘：軍營四周所築的堡寨。《左傳・文公十二年》：「請深壘固軍以待之。」

❻大星黯淡：作者註：「鎮、道業已殉公。」指秋曰覲及孫昭慈相繼被殺。

❼天塹：天然的界限。作者註：「淡、彰以大甲溪為界。」

❽汛：清代兵制，凡千總、把總、外委所統率的綠營兵都稱汛。

❾黃巾：東漢末年張角發動平民叛亂，徒眾數十萬人，率以黃巾裹頭，稱為黃巾軍。此借指戴潮春之亂軍。

❿么魔：么，微小。陸機〈文賦〉：「猶么弦而徽急。」李善注引《說文》曰：「么，小也。」么魔同前之小醜，皆為鄙視戴匪之稱。

賞析

此詩記台灣內憂之最的戴匪亂事，反映時代，刻畫歷歷，深具史實價值。

同治元年，彰化逆匪戴萬生，戕官陷邑，淡水同知秋曰覲前來查辦，因義勇首領林日晟陣前倒戈，曰覲被殺；賊兵攻入彰化城，殺死台灣道孫昭慈，彰城淪陷，全台震動驚惶。同治二年，丁曰建（曾於咸豐四年至六年間署淡水同知）督師自福建抵竹塹，進行戡亂，占梅則號召鄉紳，出資團練鄉勇，嚴密巡防，繼而南下加入蕩敵行列，一舉平定多年亂事。

前二聯寫兵火熾烈，氣氛險惡。腥風、毒霧皆形容戴匪猖獗，不僅於海上興風作浪，掀起驚濤嘯湧，陸上亦是連天鼙鼓，烽煙蔓延全島，時局動盪不安。鎮、道殉難，亂賊烈焰方熾，令人更覺惶恐。小醜跳梁，斥責亂賊陰謀不軌，意圖顛覆國家；大星黯淡，感嘆秋曰覲及孫昭慈之殞落。小醜、大星對比強烈，前者是譬喻，後者則為象徵手法，詩人寫來義憤填膺，感慨強烈。

頸聯及尾聯激發討賊決心，且充滿自信。有大甲溪作為天然屏障，使得淡北暫時無事，且有丁日建及義勇軍構築銅牆鐵壁般的防衛，逆匪雖如黃巾賊般氣焰高張，卻是虛張聲勢，實為烏合之眾，只要能夠軍民合一，眾志成城，這群小魔小怪的螻蟻之輩，不難消滅。占梅率領義勇軍作為嚮導，「殺賊氣如雷」，蓋有鞏固軍心、助長軍威的作用。

連橫謂：「戴潮春之役，全台俶擾，鶴山傾家紓難，力保北台。」（〈潛園琴餘草跋〉）關於此一事件，占梅尚有〈團練〉、〈兵餉支絀勸輸感作〉、〈丁述庵觀察督師剿匪至淡賦呈〉、〈南征八詠〉為記，完整地記載了參與勘亂之過程。此外，占梅憂國憂民，關切時局，詩中多社會亂象及黎民苦難之反映，如〈傍晚登西城樓感述〉詩云：「極目烽煙接遠蒼，哀聲多處斷人腸。雲含殺氣迷征旆，沙逐腥風過戰場。四野荒莊同陸氏，滿城廢屋類昆陽。撫民但願來陽寇，卹典頓邀降建章。」描繪悲慘景象，亂離之苦，可謂以詩寫史，是社會寫實詩的發揚。

延伸閱讀

1. 鄭用錫〈聞警〉四首，見氏著《北郭園全集》，同治九年（一八七〇年）刊行本。
2. 林占梅〈聞警〉、〈洋盜竊據雞籠汎聞警感賦〉、〈香山口防堵作〉，見氏著《潛園琴餘草》，《台灣文獻叢刊》第二〇二種，台北市：台灣銀行，一九五七年。
3. 陳肇興〈二十日彰化城陷〉、〈戰後初歸里中〉，見氏著《陶村詩稿》，《台灣文獻叢刊》第一四四種，台北市：台灣銀行，一九六二年。

觀盂蘭❶放水燈❷

林占梅

一派繁華眼欲迷，瑜珈❸接引❹向西溪。
燈光燦爛千家共，人語喧呼百戲❺齊。
直使水神❻驚耀蚌，重教鱗族❼詫燃犀❽。
今宵暫弛金吾禁❾，歸路頻開報曉雞。

註釋

❶盂蘭：即盂蘭盆，梵語Ullambana的音譯，義為「倒懸」，比喻死者之苦，有如倒懸。盂蘭盆會乃佛教儀式，每年陰曆七月十五日，佛教徒們盛設百味於盆，供奉三寶，以追薦祖先、救渡先亡親友倒懸之苦。

❷放水燈：元宵節燃點花燈，讓人通夜觀覽，叫「放燈」。上元節是人間節慶，家家張燈，中元節祭拜亡靈也張燈，然人為陽，鬼為陰，陸為陽，水為陰，所以上元張燈在陸上，中元張燈於水面。

❸瑜珈：梵語yujgham的音譯，「物物相應」之意，指靜坐思維而得道。《瑜珈燄口施食要集》：「瑜

珈，……約而言之，手結密印，口誦真言，意專觀想，身與口協，口與意符，意與身會，三業相應，故曰瑜珈。」

❹接引：佛教用語。謂佛引導信徒到西天去。《觀無量壽佛經》：「以此寶手，接引眾生。」

❺百戲：古散樂雜技，如扛鼎、吞刀、爬杆、耍龍燈之類。《後漢書‧安帝紀》：「乙酉，罷魚龍曼延百戲。」劉宴〈詠王大娘戴竿〉：「樓前百戲競爭新，唯有長竿妙入神。」

❻水神：即水君。神話傳說中主宰海、河、潮、雨等的神明。《古今注‧魚蟲》：「水君，狀如人，乘馬，眾魚皆導從之。一名魚伯。大水乃有之。」皮日休〈投龍潭〉：「下有水君府，見闕光比櫛。」

❼鱗族：泛指水中的魚類。

❽燃犀：相傳燃燒犀角可以照妖，後借用為洞察事理或奸邪之意。《元和郡縣圖志》卷二十八：「溫嶠至牛渚，燃犀照諸靈怪。」《晉書‧溫嶠傳》云：「（嶠）至牛渚磯，水深不可測；世云其下多怪物。嶠遂毀犀角而照之。須臾，見水族覆火，奇形異狀，或乘馬車著赤衣者。」

❾金吾禁：金吾，漢置官名，掌管京城的戒備防務。唐‧韋述《西都雜記》：「西都京城街衢，有金吾曉暝傳呼，以禁夜行；惟正月十五日夜敕許金吾弛禁，前後各一日。」故開放夜禁，准許人們徹夜遊樂，曰金吾不禁。

賞析

此篇作於咸豐五年，是一首採錄民俗風情的詩。

中元盂蘭會是傳統慶典，相傳出自目蓮救母的故事，一向是民間最為重視的宗教活動之一。延僧建醮，高搭木台，排列瓜果餅餌之類，以紙燈千百種燃放水中，祭拜先人及眾鬼靈，祈求平安順利。放水燈是整個活動的高潮，燈浮水面，爛如繁星，一片光彩爭輝使人眼花撩亂；一盞盞的水燈，似由瑜珈使者接引，靜靜地、緩緩地飄向西方極樂世界。侯官鄭大樞〈風物吟〉十二首，其七云：「香煙縹緲繞盂蘭，菓號菩提佛頂盤。普渡無遮觀自在，紙燈夜靜散波瀾。」即詠台灣民間此一習俗節慶。

首聯近於靜態的描述，觸目所及，燈光燦爛；中間二聯則轉向動態的刻畫，充耳所聞，聲波音浪。人人相邀嬉戲喧嘩，酬神戲班鑼鼓喧天；鼎沸的人聲，加上簇擁閃爍的水燈，足以驚動水晶宮裡的眾神，喚醒深海水怪。千家百戲、驚詫水族，皆為誇飾筆法，將熱鬧場景淋漓盡致地呈現，歷歷如在目前，如臨其境。當天破例解除宵禁，徹夜燈火通明，娛樂喧騰，直到破曉雞啼方歸寧靜。

整首詩詳實記錄中元普渡盛況，寫活民間習俗，描繪真實，生動有趣，同時反映了當時社會現象。清代中葉，漢人移民大量湧入台灣，為爭耕地、水源，各地異姓時有械鬥情事，許多人因此身亡，為超渡冤死亡魂，中元盂蘭盆節自然盛大舉行。其次，農業社會中，人們一年四季「日出而作，日入而息」，勤忙於田耕農事，幾無閒暇，盂蘭盆節讓大家暫時拋開煩惱、放下工作，參與盛大活動，既是娛樂，也是休閒，它具有重要的意義與價值。當然，此一熱鬧景象的背後，必然是人人安居樂業，家家豐衣足食。

延伸閱讀

1. 鄭用錫〈盂蘭盆詞〉十首、〈盂蘭會〉三首，見氏著《北郭園全集》，同治九年（一八七〇年）刊行。
2. 林占梅〈觀賽社有感〉，見氏著《潛園琴餘草》，《台灣文獻叢刊》第二〇二種，台北市：台灣銀行，一九五七年。
3. 許丙丁〈盂蘭盆會〉，見氏著《許丙丁作品集》，台南市：市立文化中心，一九九六年。

參考資料

1. 徐慧鈺等校記《林占梅資料彙編》，新竹市：市立文化中心，一九九四年。
2. 謝志賜〈道咸同時代淡水廳文人及其詩文研究——以鄭用錫、陳維英、林占梅為對象〉，台北市：台灣師大國研所碩士文，一九九五年。
3. 蔡玉滿〈林占梅傳統詩的結構賞析〉，《竹塹文獻》第二十八期，二〇〇三年十二月。

問題討論

1. 戴潮春之亂，或說是官逼民反，被視為平民革命，你贊同嗎？
2. 盂蘭盆會是重要的民俗節慶，此宗教儀式的文化意義為何？
3. 林占梅《潛園琴餘草》，林泉幽幽，琴韻潺潺，試舉隅作品略作討論。

古香樓❶落成移居即事

陳肇興

為藏萬卷築高樓，鄴架❷曹倉❸次第收。
四壁詩箋書五色❹，一窓燈火照千秋。
舊廬乍返鄉鄰熟，破屋重新鼠雀❺愁。
昔日南村今北郭，此生卜宅❻總如鳩❼。

作者

陳肇興（一八三一至？年），字伯康，號陶村，清彰化縣治人。少穎悟，膽識過人，且事親至孝。道光末年，翰林高鴻飛署彰化縣，提倡風雅，禮聘廖春波主講白沙書院，以詩賦文課士，士人競相吟詠，就中以陳肇興最為特出。咸豐八年（一八五八年）舉於鄉，乃築其居所名「古香樓」，儲書詠歌以自娛。同治元年（一八六二年）戴潮春作亂，肇興慨然投筆從戎，「破產購鋌，謀刺逆首」；事敗，彰化城陷，攜家人避亂於武西堡（今集集）之牛牯嶺，並與邱石莊、林鳳池、陳捷、陳雲龍共同訓練鄉勇，援助官軍，誅除叛逆。

大亂敉平後，重返故里，開館授徒，培育菁莪，吳德功、楊馨蘭、林宗衡、許尚賢等，俱列門牆。

陳肇興有《陶村詩稿》八卷，光緒四年由門人林宗衡等四人校刊。匪亂期間原有詩集《咄咄吟》，刻版毀於戰火，後得同里楊珠浦以其詩稿抄本重新整理，並於昭和十二年付印行世。《陶村詩稿》起自咸豐二年壬子，終於同治二年癸亥，釐為八卷，其七、八兩卷，即《咄咄吟》稿。陳懋烈〈陶村詩稿題詞〉三首之二云：「數載書生戎馬間，杜陵史筆紀瀛寰。采風若選東征集，咄咄吟中見一斑。」其詩風格樸實，語意深摯，「質不過樸，麗不傷雅。」（林耀亭語）復善於結合時代脈動，反映社會狀況，深具詩史意義。

❶古香樓：咸豐八年陳肇興所建。

❷鄴架：唐朝李泌家富於藏書，因曾封鄴侯，後遂以「鄴架」比喻藏書之多。韓愈〈送諸葛覺往隨州讀書〉：「鄴侯家多書，插架三萬軸。」

❸曹倉：曹為古時分科辦事的官署，曹倉指官府藏書之處。

❹書五色：書，作動詞用，書寫；記載。五色，五彩美筆，喻有才華文思。語本《南史・江淹傳》。傳說梁・江淹善詩，夜夢一男子，自稱郭璞，對淹說：「吾有筆在卿處多年，可以見還。」淹即從懷中取五色筆授之。此後作詩，遂無佳句，時人謂之才盡。

❺鼠雀：指專門壞屋者。《詩・召南・行露》：「誰謂雀無角，何以穿我屋？……誰謂鼠無牙，何以穿我墉？」

❻卜宅：即卜居，選擇居住的處所。《史記・周本紀》：「成王使周公卜居。」

❼如鳩：《詩・召南・鵲巢》：「維鵲有巢，維鳩居之。」謂鳩性拙，不善築巢，居鵲成巢中。後用為居室簡陋的謙辭。

賞析

陳肇興築古香樓，有〈古香樓落成移居即事〉四首，此為第二首。首句點明築樓旨在藏萬卷書，次句強調樓中收藏琳瑯滿目，媲美鄴侯及官府所有。既表明自己是真正的愛書人，也為下聯理下伏筆，烘托「古香」之名實相符。頷聯鋪敘典藏率為五色彩筆所作，量多質佳，詩人期能傳承濃郁古樸書香，延續燈火朗照千秋百代。後二聯寫「移居」之過程及萬般感慨。古香樓既是舊廬破屋改建，故而左鄰右舍依然熟識，倒是本來安居的鼠雀憂愁焦慮，因為房子翻修，害得牠們驚慌逃竄；上句欣喜鄉音未改，鄉情親切，有濃厚土地人情滋味，下句擔憂鼠無窩穴、雀需離巢，飽含民胞物與的襟懷。尾聯慨嘆物換星移，南村成了北邑，滄桑變化何其快速！回顧一生奔波，四處漂泊，今日樓成，莫不也僅是暫時借住而已！

古香樓落成，肇興寢饋其中，浸淫典籍、徜徉書海，對月看山，自娛自得，誠可謂躊躇滿志。可惜四年後，樓毀於兵燹烽火，其〈亂後初歸里中〉五首之三云：「滄桑回首總傷情，舊日樓台一望平。僮僕不知陵谷變，向人猶問定軍城。」高樓坍塌成瓦礫堆，荊榛遍地，滿目瘡痍，望之不勝欷噓，也似乎印證了「此生卜宅總如鳩」的嘆息，安居誠然不易呀！

延伸閱讀

1. 鄭用錫〈陳迂谷移居獅子巖賦此贈之〉，見氏著《北郭園全集》，同治九年（一八七〇年）刊行。
2. 孫元衡〈草堂落成〉，見氏著《赤嵌集》，《台灣文獻叢刊》第十種，台北市：台灣銀行，一九五八年。
3. 陳逢源〈溪山煙雨樓落成〉四首，見氏著《溪山煙雨樓詩存》，台北市：陳逢源，一九八〇年。

海中捕魚歌

陳肇興

北風吹沙寒凍竹，海魚上潮團一簇。葉葉漁舟破浪來，撐扠使梃❶紛相逐。橫沉巨網截波中，一舉常鱗數百族。小魚戢戢❷大魚肥，半死半生血猶漉❸。滿擔挑來到市廛❹，腥風吹遍夕陽天。得錢沽酒❺時一醉，不脫簑衣海上眠。一燈漁火隨潮泊，夜半白魚❻飛上船。

❶撐扠使梃：扠，音ㄔㄚ，漁人用以刺取魚鼈的用具，即魚叉。梃，棒棍。

❷戢戢：音ㄐㄧˊㄐㄧˊ，魚口咬動的樣子，一說是魚唼水的聲音。杜甫〈又觀打魚〉：「小魚脫漏不可記，半死半生猶戢戢。」

❸漉：水慢慢的下滲。

❹市廛：商店集中處。謝靈運〈山居賦〉：「山居良有異乎市廛。」《大宋宣和遺事・亨集》：「臣等妝為僕從，自後載門出市私行，可以恣觀市廛風景。」

❺沽酒：買酒。元稹〈遣悲懷〉：「顧我無衣搜畫篋，

泥他沽酒拔金釵。」利登〈沽酒〉：「有錢但沽酒，莫買南山田。」

❻白魚：魚名，亦名鱎魚、鮊魚。《廣雅・釋魚》「鮊鱎」條，王念孫疏證：「鮊之言白也，鱎之言皜也，皜皜，甚白也，今白魚生江湖中，鱗細而白，首尾俱昂。」傳說周武王渡河，中流，有白魚躍入王舟中，武王俯取以祭。見《史記・周紀》。

賞析

此詩為七言歌行體，寫漁家自在生活，道漁民質樸性情，節奏輕快活潑。

北風冷冽，寒氣狂飆，連竹子都冷凝凍結了，海上魚兒成群結隊隨著潮流而至，正是出海捕魚的最佳季節。漁民們乘著漁船破浪前進，手持各種捕魚器具，爭先恐後的追趕魚群，待其成團成簇，再灑下大網。以上數句，寫漁民冒著寒風出海捕魚，描繪海上作業情景，充滿動感與活力。

接著寫漁獲量之豐富。剛捕獲的魚兒或大或小，活蹦亂跳，極力掙扎，血水滴滴滲下。趁著新鮮，一擔一擔的挑到市集販賣，隨著陣陣冬風吹送，魚腥味瀰漫在空氣中。一直忙到夕陽西下時分，漁民的辛苦勞動，才算告一段落。魚賣了，就拿錢買酒酣飲；醉倒了，就躺臥自家漁船，夜眠海上，連簑衣也不必脫了。船隻任由潮水飄蕩，隨意停泊，船上的燈火，偶而還會引來白魚，主動地跳躍上來呢！漁夫獲魚，得錢沽酒，倦極則眠，無憂無慮；舟隨潮泊，自由自在，不亦有蘇子「縱一葦之所如，凌萬頃之茫然，浩浩乎如憑虛御風而不知其所止，飄飄乎如遺世獨立羽化而登仙」（〈赤壁賦〉）之自適愜意嗎？

陳肇興被稱為「鄉土詩人」，擅於將台灣風土、特產、勝蹟一一筆之於詩，尤其是農村生活，描繪歷歷，親切而自然，甚至是討海的粗重工作，寫來亦覺淋漓酣暢，樂趣無窮。柳宗元〈漁翁〉、〈江雪〉二詩，為寫捕魚者的千古絕唱，而本詩手法寫實，筆觸輕鬆，深情塑造漁民的率真形象，與隨遇而安、樂天知足的本性，也是一首快樂的漁人之歌。

延伸閱讀

1. 石中英〈漁歌〉，見氏著《芸香閣儷玉吟草》，台北市：石中英，一九七五年。
2. 鄭經〈漁父詞〉、〈漁浦〉，見氏著《東壁樓集》八卷，日本東京：內閣文庫，昭和五十五年（一九八〇年），台灣國家圖書館影印本。

參考資料

1. 陳肇興《陶村詩稿》，《台灣文獻叢刊》第一四四種，台北市：台灣銀行，一九六二年。
2. 龔顯宗〈鄉土詩人陳肇興〉，見氏著《台灣文學家列傳》，台南市：市立文化中心，一九九七年。

3. 林翠鳳〈陳肇興《陶村詩稿》的文學表現與詩史價值〉，《東海大學文學院學報》第四十一期，二〇〇〇年七月。

問題討論

1. 〈海中捕魚歌〉是漁家之樂，試對照今日台灣漁村生活，稍作比較。
2. 「歌行體」和絕句、律詩等近體詩，在題材或藝術表現上，有何不同？

嵌城❶秋望

趙鍾麒

海國❷潮痕漲蔚藍，亂峰秋色罩晴嵐❸。
榕城落葉春風寂，槺圃❹寒煙夕照曇❺。
半壁河山銷霸氣❻，一天雷雨冷詩龕❼。
雲圖萬里歸蕭瑟，劍氣文光鬱斗南❽。

作者

趙鍾麒（一八六三至一九三六年），字麟士，一作麟生，號雲石，別署畸雲，晚年又號老雲、老云，台灣府清水寺街（今台南市中山路）人。光緒六年（一八八〇年）入泮，即為蒙館師，後入崇文、蓬壺兩書院，十三年（一八八七年）補廩生，次年起四赴秋闈皆不售。乙未割台，寡母病逝，遂絕意仕進。日治時期，曾任台南地方法院通譯多年。

一八九〇年參與許南英、謝石秋、陳渭川等人所創設的「浪吟詩社」；一九〇六年與蔡國琳、連雅堂、胡南溟等創辦「南社」，一九〇九年蔡國琳過世後接任社長一職，直至一九三六年。二十多年期間，積極推動詩運，舉辦詩會活動，加強與中北部詩社的往來交流，南社始得與台北瀛社、台中櫟社鼎足而立，成為日治時期全台三大詩社。一九三〇年日人廢除報紙漢文版，雲石即聯合連雅堂、洪鐵濤、王開運等人籌組《三六九小報》，於當年九月九日創刊發行，至一九三五年九月六日止，共發行四百七十九號。

雲石詩作頗豐，有詩集《畸雲小稿》（台南市：銓文堂）。胡殿鵬〈拜贈趙雲石山人〉詩云：「沉博詞臣絕麗文，名場運筆掃千軍。雕龍最擅文心迷，繡虎無如老匠斤。正大光明吟齋月，風流蘊藉撫凌雲。獨憐隻手爐天地，鍛鍊功夫到十分。」明白指出趙氏詩風氣格宏遠、雄渾溫厚，不愧執騷壇牛耳。此外，他崇尚鄭板橋以隸、楷、行三體融合的書體，臨摹仿效而自成一格，亦享譽當代。《台南市志・人物志》謂：「鍾麒長於詩、雄於文、工於書法，鼓吹漢文詩學，記存史蹟、逸史，保鄉土文獻，貢獻殊鉅。又以領導台南詩壇歷二十多年，為國學之中流砥柱。」

註釋

❶嵌城：台灣城，又稱赤嵌城、安平城。即明思宗崇禎三年（一六三〇年）荷蘭人所建的「熱蘭遮城」，漢人稱荷蘭人為紅毛，所以把這座巍峨的城稱為紅毛城。因鄭成功驅逐荷人後，自赤嵌樓移居至此，故又稱「王城」。日據時改建，稱作安平古堡，沿用迄今。

❷海國：四面環海的國家，指台灣。

❸晴嵐：嵐，山林中繚繞的雲霧。晴嵐，晴日中的霧

氣。張養浩〈水仙子・詠江南〉：「一江煙水照晴嵐，兩岸人家接畫簷。」

❹檨圃：檨，芒果。《諸羅縣志》載：「檨，種自荷蘭。樹高可蔭，實似豬腰子而圓。」檨圃，芒果園。連橫《台灣詩乘》載：「檨圃在縣署後，為諸羅八景之一。」今嘉義市忠孝路與中正路交叉處。陳夢林有〈檨圃〉詩，徐德欽有〈檨圃風清〉詩。

❺曇：密布的雲。

❻半壁河山銷霸氣：半壁，指台灣。藍鼎元〈呈黃玉圃侍御〉十首之十：「台灣雖絕島，半壁為藩籬。」銷霸氣，指鄭成功事。成功雲圖萬里，力挽狂瀾，然而天不假年，齎恨以歿，霸業未酬。蔡玉屏〈延平王祠題壁〉：「直向東南爭半壁，樓船海上任縱橫。」

❼詩龕：龕，供奉神像、佛像的石室或櫃櫥，如「神龕」、「佛龕」。詩龕即存放詩稿的櫃子。

❽斗南：北斗星之南。《晉書・天文志》：「相一星，在北斗南。相者，總領百司，而掌邦教，以佐帝王安邦國，集眾事也。」舊時因用指宰相之位。又《晉書・張華傳》載：斗牛間之紫氣，乃龍泉、太阿雙劍之精，上徹於天。駱賓王〈討武曌檄〉：「班聲動而北風起，劍氣衝而南斗平。」

賞析

此為弔古傷今之作。登樓望景生情，對秋慨嘆湧愁；哀感鄭成功王氣銷沉，英靈長恨，己則百無聊賴，愁思難禁。

詩人於秋風蕭瑟、秋色衰颯之際，登臨古城，憑欄遠眺，滿眼鹿耳潮痕，觸目落葉寒煙，遙想延平當年霸業雄圖，海上叱吒風雲：「精忠直貫七鯤身，跋浪騎鯨若有神。兩面是山四面海，特開半壁作完人。」（王補帆〈台灣雜詠〉）而今戰事荒邈，英雄沉寂。瀛南古戰場，處處是詩料，怎奈詩筆枯窘，詩興缺缺。一「銷」一「冷」，知詩人登樓憑弔，不勝滄桑之感；結尾肯定郡王詩才足耀千古，當有引古自比自勵之意。

前二聯是秋望「所見」，端在鋪敘嵌城秋景；後二聯則為秋望「所感」，特重抒發抑鬱之情。寓情於景，情景交融，感慨中不乏鞭策惕勵之思。雲石認為「詩乃感物吟志，自然生成」，詩人感於自然萬物之變化，吸納外在環境之各類題材，幾經醞釀、陶鑄與發酵，必然發聲抒懷呈露於外，非強力可致，此即劉勰所謂：「心生而言立，言立而文明，自然之道也。傍及萬品，動植皆文：龍鳳以藻繪呈瑞，虎豹以炳蔚凝姿；雲霞雕色，有逾畫工之妙；草木賁華，無待錦匠之奇。夫豈外飾，蓋自然耳。」（《文心雕龍・原道》）設若聯繫詩人所處時代背景，此詩目可解讀為：透過蕭颯秋容、冷瑟秋意，憂心漢文化之淪喪，痛斥異族皇民化的霸權打壓，托寓滿腔之不滿與苦悶。

延伸閱讀

1. 孫元衡〈赤嵌城〉，見氏著《赤嵌集》，《台灣文獻叢刊》第一〇種，台北市：台灣銀行，一九五七年。
2. 連橫〈澄台秋望〉、〈登赤嵌城〉，見氏著《劍花室詩集》，《台灣文獻叢刊》第九十四種，台北市：台灣銀行，一九六〇年。

3. 章甫〈赤嵌城懷古〉，見氏著《半崧集簡編》，《台灣文獻叢刊》第二〇一種，台北市：台灣銀行，一九六四年。

4. 施士洁〈登赤嵌樓望安平口〉三首，見氏著《後蘇龕合集》，《台灣文獻叢刊》第二一五種，台北市：台灣銀行，一九六五年。

詠猿

趙鍾麒

不負❶稱公合姓袁❷，洞天仙福❸占桃源❹。
滿山花果供饔飧❺，異族獼猴悉子孫。
披棘穿雲出巫峽❻，弄風吟月坐崑崙❼。
即今天地崎嶇❽路，長臂憑教世界翻❾。

註釋

❶不負：不辜負。枚乘〈上書重諫吳王〉：「夫三淮南之計，不負其約。」

❷稱公合姓袁：巧用「袁公」之名。趙曄《吳越春秋・句踐陰謀外傳》：「越有處女，出於南林，國人稱善。……越王乃使使聘之，問以劍戟之術。處女將北見於王，道逢一翁，自稱曰袁公。問於處女：『吾聞子善劍，願一見之。』女曰：『妾不敢有所隱，惟公試之。』於是袁公即杖箖箊竹，竹枝上頡橋，未墮地，女即捷末。袁公則飛上樹，變為白猿。」這裡暗指袁世凱。

❸洞天仙福：道教傳說神仙所居的名山勝境。有「十大洞天」、「三十六小洞天」、「七十二福地」。

❹桃源：桃花源。陶淵明〈桃花源記〉謂晉太元中武陵人緣溪捕魚，無意中發現桃花源。後借指世外樂土、隱居之處或仙境。陸游〈小舟游近村舍步歸〉：「寒日欲沉蒼霧合，人間隨處有桃源。」

❺饕餮：傳說中的一種貪食的惡獸，古代鐘鼎彝器上多刻其頭部形狀作為裝飾。比喻貪婪兇惡之人。《左傳・文公十八年》：「縉雲氏有不才子，貪於飲食，冒於貨賄。侵欲崇侈，不可盈厭；聚斂積實，不知紀極。不分孤寡，不恤窮匱。天下之民以比三凶，謂之饕餮。」

❻巫峽：長江三峽之一，以幽深秀麗著稱。峽區奇峰突兀，怪石嶙峋，峭壁屏列。

❼崑崙：是中國神仙發源地，傳說西王母居住在此。

❽崎嶇：高低不平。喻指世局動盪不安。

❾翻：反轉；覆轉。杜甫〈白帝〉：「白帝城中雲出門，白帝城下雨翻盆。」

賞析

這首七律從袁、猿同音下筆，表面「詠猿」，實則「諷袁」，蓋有所指於當日時事。

袁世凱於清末為李鴻章所賞識，戊戌事起，因告密而得寵，自山東巡撫晉直隸總督，嗣官外務部尚書、軍機大臣。一九一一年武昌起義後，憑藉北洋勢力和軍國主義的支持，出任內閣總理大臣，出兵向革命黨要脅議和，一面威脅孫中山，一面挾制清帝退位，竊取中華民國臨時大總統位。一九一三年派人刺殺宋教仁，並在取得「善後大借款」後發動內戰，鎮壓孫中山領導的討袁軍，繼又解散國會，擅自稱帝，篡改約法，實行獨裁專制。

雲石以詼諧的筆觸，幽默的口吻，調侃袁世凱，譏諷他好比是盤據花果山（小說《西遊記》所虛構的山名）紫雲洞的獼猴王孫悟空，占領桃源仙境，盡享「花果山福地，水濂洞洞天」，同時還豢養猴子猴孫，聽其使喚；斥責他狂妄自大，貪婪兇惡，在風雨飄搖的時代，混沌險惡的世局中，進行竊國的勾當。末聯再從猿猴「長臂」興發，以「天地崎嶇」形容民國初期的混亂局勢，以「教世界翻」暗刺袁世凱的興風作浪。「翻」字具象鮮明，袁氏罪狀更顯突出。

「詠猿」詩濫觴於〈三峽古歌謠〉：「巴東三峽巫峽長，猿鳴三聲淚沾裳。巴東三峽猿鳴悲，猿鳴三聲淚沾衣。」此後歷代歌詠，多側重其悲啼哀鳴聲，如梁•簡文帝有「笛聲下復高，猿啼斷還續。」杜甫有「風急天高猿嘯哀，渚清沙白鳥飛回。」李端有「巴水天邊路，啼猿傷客情。」然李白〈秋浦歌〉十七首，卻一反哀傷情調，針對猿猴習性、生活，描繪調皮可愛模樣，其五曰：「秋浦多白猿，超騰若飛雪。牽引條上兒，飲弄水中月。」又宋代陳允平〈觀猿〉四首，也是將猿猴寫得活潑多姿，單純詠物，輕鬆自然，別有意趣。本詩顯然承後者筆意，更有轉折與創發。雲石於詠物最為擅長，且往往在詠物之餘，翻出一筆，生發議論，暗喻時事，隱含諷刺，而成為社會實錄、時代面目，由此詩可概見其餘。

延伸閱讀

1. 唐•李白〈秋浦歌〉十七首、宋•陳允平〈觀猿〉四首。見《全唐詩》、《全宋詞》。

2. 連橫〈國姓魚〉，見氏著《劍花室詩集》，《台灣文獻叢刊》第九十四種，台北市：台灣銀行，一九六〇年。
3. 鄭經〈詠湖雁〉，見氏著《東壁樓集》八卷，日本東京：內閣文庫，昭和五十五年（一九八〇年），台灣國家圖書館影印本。

1. 盧嘉興〈記台南府城詩壇領袖趙雲石喬梓〉，《台灣研究彙集》第十五輯，一九七四年九月。
2. 龔顯宗〈趙雲石道學風流〉，《城鄉生活雜誌》四十八期，一九九八年一月。
3. 吳毓琪〈台灣南社研究〉，台南市：成功大學中文所碩士文，一九九八年六月。

1. 「南社」是日治時期台島三大詩社之一，主要有哪些詩人及詩作？
2. 人謂趙雲石擅長詠物，其此類詩作之特色為何？請舉例說明。

秋感（八首選二）

丘逢甲

（一）

痛哭空中最上頭❶，團圓明月似中秋。
黃塵眯眼❷成新劫❸，青史❹填胸❺發古愁。
海外幻民❻紛吐火，人間王母❼妄傳籌❽。
橫流❾滿目無安處，淚灑鄒生大九州❿。

（二）

漫說才奇禍亦奇，是非朝議到今疑。
違天憤血埋萇叔⓫，去國扁舟異子皮⓬。
一網幾成名士⓭獄，千秋重勒黨人碑⓮。
出門未敢輕西笑⓯，時局驚聞似弈棋⓰。

作者

丘逢甲（一八六四至一九一二年），譜名秉淵，初名逢甲，字仙根，號蟄仙，一九一一年後，改名倉海，號仲閼，又有倉海君、海東遺民、南武山人等別號。同治三年（一八六四年）生於淡水廳銅鑼灣（今苗栗銅鑼鄉），光緒三年（一八七七年）應台灣院試，福建巡撫丁日昌讚為奇童，初師事吳子光，以詩聞名。十二年參加歲試，受知於兵備道兼理提督學政唐景崧，被選入海東書院研修，問學於進士施瓊芳。十六年中進士，官授工部虞衡司主事。任職未久，痛感官場腐敗，賄賂公行，乃毅然辭官。歷任台南府崇文書院、衡文書院、嘉義羅山書院教席，講授傳統與西洋學術。

光緒二十年七月，甲午戰爭爆發，逢甲奉旨督辦團練，擔任義軍統領，與日軍鏖戰二十餘日，不幸敗北；乙未（一八九五年）割台，逢甲首倡「台灣民主國」，推唐景崧為總統，繼續聯合官紳抗日。事未成而內渡，結廬於鎮平故居，奉親居焉。其後則致力於教育及改革，支持變法，陰助革命。因辛勤奔走，積勞成疾，民國元年二月，以僅四十九歲英年早逝，臨終遺言葬需南向，曰：「吾不忘台灣也。」

逢甲遺留詩文著作頗豐，惟甲午之役，與台俱亡，今有《嶺雲海日樓詩鈔》十二卷行世。詩以七絕七律為多，七古次之，起自乙未內渡，終於辛亥革命。詩中充溢故國之思、愴然涕下之情，以及鬱伊無聊、激宕不平之氣，豪邁激越而又悲涼慷慨。王松《台陽詩話》論曰：「正如子美入秦、劍南入蜀，感喟蒼涼，當不在古人以下也。」錢仲聯評說：「其深到之作，魄力雄厚，情思沉摯，人境亦當縮手。」（《近百年詩壇點將錄》）與黃遵憲頡頏並馳，號稱「詩史」。

註釋

❶最上頭：上頭，主子、上司。最上頭係指皇上。

❷黃塵眯眼：黃塵，黃色塵土，多指戰塵。張巡〈守睢陽作〉：「屢厭黃塵起，時將白羽揮。裹瘡猶出陣，飲血更登陴。」眯眼，灰沙入眼。《淮南子・說林訓》：「蒙塵而眯。」

❸劫：災難、災禍。

❹青史：古代在竹簡上記載史事，因竹皮是綠色的，所以稱史書為青史。杜甫〈贈鄭十八賁〉：「古人日以遠，青史字不泯。」

❺填胸：情緒充塞胸中無法抒發。

❻幻民：或稱幻師、幻人，指能作幻術之人，猶後來之魔術師。《後漢書・陳禪傳》：「永寧元年，西南夷撣國王獻樂及幻人，能吐火，自支解，易牛馬頭。」

❼王母：西王母之略稱，神話中之女神。《後漢書・張衡傳》：「聘王母於銀台兮，羞玉芝以療飢。」

❽籌：計謀，謀劃。《史記・留侯世家》：「臣請借前箸為大王籌之。」

❾橫流：水四處漫溢。《孟子・滕文公上》：「洪水橫流，氾濫於天下。」引伸謂放縱恣肆，此處比喻動盪的局勢。王維〈謝除太子中允表〉：「復宗社於墜地，救塗炭於橫流。」《宋書・武帝紀下》：「俯悼橫流，投袂一麾，則皇祀克復。」

❿鄒生大九州：鄒生，即鄒衍，戰國齊臨淄人。深觀陰陽消息，作怪迂之變，皆閎大不經。提出「大九州說」，論證赤縣神州只是全世界八十一州中的一州。見《史記・孟子荀卿列傳附鄒衍》。陸游〈示兒〉：「死去元知萬事空，但悲不見九州同。」

⓫萇叔：一作「萇弘」，周大夫，曾參與晉國范氏、中行氏之亂，為周人所殺。《莊子・外物》：「萇弘死於蜀，藏其血，三年而化為碧。」事見《國語・周語》及《左傳・哀公三年》。

⓬子皮：春秋時越國大夫范蠡。范佐越王滅吳後，知

句踐不可與共樂，遂乘槎浮海出齊，變姓名，自號鴟夷子皮。此句化用李白〈古風〉之十八：「何如鴟夷子，散髮棹扁舟。」

⓭名士：泛指知名於世而未出仕者，亦特指以詩文著稱，恃才放達，不拘小節之人。《後漢書・方術傳論》：「漢世之所謂名士者，其風流可知矣。」

⓮黨人碑：即元祐黨籍碑。宋哲宗元祐元年，司馬光為相，盡廢神宗熙寧、元豐間王安石新法，恢復舊制。紹聖元年，章惇為相，復熙、豐之制，斥司馬光等為姦黨，貶逐出朝。徽宗崇寧元年，蔡京為宰相，盡復紹聖之法，乃籍元祐反新法諸臣，自司馬光、文彥博而下一百二十人等其罪狀，立碑於端禮門。三年增至三百零九人，又立碑於朝堂。後因星變，始令毀碑。其後，黨人子孫更以先祖名列此碑為榮，重行摹刻。事見《宋史紀事本末・蔡京擅國》。

⓯西笑：桓譚《新論・祛蔽》：「人聞長安樂，則出門向西而笑。」長安是漢的京城，西望之而笑，謂渴慕帝都。李白〈留別曹南群官之江南〉：「十年罷西笑，攬鏡如秋霜。」

⓰弈棋：下棋。此以棋局比時局、政局。杜甫〈秋興八首〉其四：「聞道長安似弈棋，百年世事不勝悲。」

賞析

〈秋感〉八首未收於《嶺雲海日樓詩鈔》中，此乃錄自許天奎《鐵峰詩話》。詩敘戊戌政變，指摘時事，讀之瞭然於當時朝政之非。

清光緒二十四年（戊戌年，一八九八年），康有為及六君子（劉光第、楊深秀、楊銳、林旭、譚嗣同、康廣仁）等人，目睹朝廷既敗於日本，外侮又接連踵至，國勢衰蔽頹唐，於是上書德宗皇帝，力主變法維新。戊戌變法引發守舊派大臣極力反彈，屢向慈禧太后進讒言，進而策動政變，幽禁光緒帝，捕殺六君子，通緝康有為、梁啟超。慈禧重掌政權，新政全面停擺，史稱「戊戌政變」。繼廢光緒，另立新君，內地又掀起義和團運動，社會一片動盪，天下紛擾不安，終於導致八國聯軍長驅直入，慈禧、德宗狼狽出亡，最後簽訂了喪權辱國的辛丑和約。逢甲親歷戰事，苦嚐山河破碎之痛，本寄殷望於維新運動，如今卻慘遭挫敗，希望再度破滅，失落、愴恨與悲憤之情齊湧，發之於詩，詞哀語痛。

其一，憂時念亂，直賦其事。從痛哭上頭到淚灑九州，從黃塵眯眼到橫流滿目，詩人積壓填胸之愁、之恨，瞬間全爆發開來。痛陳那些迷信盲從，自稱有神靈附身、刀槍不入的海外幻民（指義和團），妖言惑眾，橫行肆虐；更有那人間王母（指慈禧太后）頑固腐朽、顢頇無能，妄自計謀盤算，陷國家於動盪險境，赤焰漫天，哀鴻遍地。詩人清醒地表達了知識分子的亂世哀鳴。

其二，感嘆濁世是非不明，文人志士動輒得咎，頗有「莫作傷時語，文章賈禍深。」（莊棣蔭〈東寧雜詠〉）的驚恐畏懼。周大夫萇叔忠諫不納而自殺，忠憤之血化作碧玉；范蠡深知句踐之難與處安，不得不去國避禍，乘槎浮於海；還有數不清的名士獄及類似宋代的黨人碑，歷代嚴刑密網，陰森恐怖，斑斑殷鑒，令人不寒而慄。今六君子銳意革新，亦落得身繫囹圄，斬首棄市的下場。時局詭譎，稍不留意即招致牢獄之災、殺身之禍，只好明哲保身，噤若寒蟬。頸聯暗合梁啟超故事。據傳梁啟超入京會試前，曾與同門扶鸞卜休咎，乩仙批示二詩，其一云：「蛾眉謠諑古來悲，雁殞衡沙遠別離。三字冤沉名士獄，千秋淚灑黨人碑。阮生負痛窮途哭，屈子猶懷故國思。芳草幽蘭怨搖落，不堪重讀楚騷辭。」此當可作為詩寫時事之佐證。

往事驚心，時局怵目，孤臣回天無力之悲，失路英雄時窮之哭，感慨淋漓，沉鬱哀痛。連雅堂評宋育仁〈感事〉五首云：「唐衢痛哭，杜牧罪言，兼而有之。」移之評逢甲〈秋感〉詩，亦為貼切。

延伸閱讀

1. 鄭用錫〈秋夜感懷〉，見氏著《北郭園全集》，同治九年（一八七〇年）刊行。
2. 丘逢甲〈悲秋之意〉、〈羊城中秋〉、〈東山感秋〉，見氏著《嶺雲海日樓詩鈔》，《台灣文獻叢刊》第七十種，台北市：台灣銀行，一九五七年。
3. 連橫〈廈門秋感〉、〈鷺江秋感〉，見氏著《劍花室詩集》，《台灣文獻叢刊》第九十四種，台北市：台灣銀行，一九六〇年。

參考資料

1. 陳漢光〈丘逢甲先生之詩〉，《台灣文藝》十五卷一期，一九六四年三月。
2. 徐肇誠〈丘逢甲嶺雲海日樓詩鈔研究〉，台南市：成功大學史語所碩士文，一九九三年六月。
3. 余美玲〈丘逢甲乙未內渡後詩歌之研究〉，見《丘逢甲與台灣歷史文化學術研討會論文集》，台中市：逢甲大學，一九九六年三月。

問題討論

1. 逢甲詩作，悲濃愁烈，近於後主亡國之聲，其所以致之之時代背景為何？
2. 本詩嘆維新失敗，斥戊戌政變，設若當時圖強有成，對於台灣命運有否影響？
3. 乙未割台，文人紛紛避亂內渡，是否棄台灣於不顧呢？請陳述個人觀點。

乙未生日感作

王松

我今三十乃如此，便到百年已可知。
孤憤❶惜無青史分，不才❷閒過黑頭❸時。
太平得壽方為福，離亂全生❹祇賞詩。
此日豈惟毛義感❺，涓埃❻未報負男兒。

作者

王松（一八六六至一九三〇年），譜名國載，字友竹，號寄生，自署滄海遺民。祖籍福建晉江，因父親以儒術授徒，遷移台灣，定居竹塹。天資聰慧，賦性有奇氣，曾習帖括，卻與金榜無緣。乙未割台，挈眷避地回泉州，亂平即返台定居。鄉人鄭香谷愛其品學，延入北郭園吟社，和前賢先達唱和，隨即嶄露頭角，蜚聲士林。但他「不屑為帖括家言」，不喜「頭巾氣」，乃自逃於山水詩酒之間。其為人性情「狂而簡」（連橫語）、「奇氣虎虎，狂志嘐嘐。」（邱菽園語）與王石鵬、王瑤京時有詩文往來，時人稱為「新竹三王」。

友竹幼年喪父，少小孤苦，長遭亂離，其詩率多窮愁發憤、牢騷之音，志怨而聲哀。細繹之則早期以抒寫性靈為主，有狂者之氣；割台之後，清襟高蹈，不為異族之官，正有狷者之風，且憂時念亂，感慨家國，詩風轉而沉鬱蒼涼；晚年逃於佛道，漸趨平淡，真樸而醇厚。陳槐庭贊曰：「才氣凌甌北，詞源出劍南。」（〈題王松詩〉）連橫則說：「其為詩也，淵而穆，宏而肆。」皆推崇備至。詩作因故毀損大半，於一八九六年始檢存焚餘之稿，編成《如此江山樓焚餘稿》，光緒十八年（一八九二年）以前所作，則題為《四香樓餘力草》。民國十四年將兩者匯集成冊，命為《滄海遺民賸稿》，委由劉承幹在上海刊印。昭和八年（一九三三年），其未刊稿則由王石鵬編次，題作《友竹行窩遺稿》，於台北出版，詩作時間從光緒丙戌（一八八六年）到乙卯（一九一五年）。民國八十一年，龍文出版社又將《滄海遺民賸稿》、《友竹行窩遺稿》合印出版，總名為《友竹詩集》。另有《台陽詩話》上下卷，深具發揚風雅、保存文獻之價值。

註釋

❶孤憤：耿直孤行而憤世嫉俗。韓非子有〈孤憤〉篇。陸機〈辨亡論上〉：「雖忠臣孤憤，烈士死節，將奚救哉？」

❷不才：沒有才能。《左傳‧成公三年》：「二國治戎，臣不才，不勝其任，以為俘馘。」用作自稱謙辭。宗臣〈報劉一丈書〉：「何至更辱饋遺，則不才益將何以報焉。」孟浩然〈歲暮歸南山〉：「不才明主棄，多病故人疏。」

❸黑頭：青壯年。司空圖〈新歲對寫真〉：「文武輕銷丹灶火，市朝偏貴黑頭人。」

❹全生：苟全生命。《管子・立政・九敗解》：「全生之說勝，則廉恥不立。」

❺毛義：東漢廬江人，家貧，事父母以孝行稱。南陽張奉慕其名，往候之。府檄以義為安陽令，義奉檄，喜動顏色。奉心賤之。後義母死去官，舉賢良，公車徵，遂不至。奉嘆曰：「賢者固不可測。往日之喜，乃為親屈也，斯蓋所謂『家貧親老，不擇官而仕者也』。」事見《後漢書・劉平傳序》。

❻涓埃：同涓塵，指細流輕塵，喻微末細小。杜甫〈野望〉：「惟將遲暮供多病，未有涓埃答聖朝。」韓愈〈為裴相公讓官表〉：「于裨補無涓埃之微，而讒謗有丘山之積。」

賞析

甲午戰敗，乙未清廷割台議和，罹此巨變，有志之士莫不痛心疾首，悲憤填膺。當時王松虛歲三十，哀感時艱又請纓不成，只得以歌當哭，聊抒滿腔牢騷。

面對國家的不幸，民族的悲哀，不免灰心喪志，故云「便到百年已可知」，只怕此生休矣，黯淡絕望到了極點。中間二聯，緬懷過往昇平，驚視今日蜩螗，悵恨且無奈。詩人於三十歲前，失意場屋，無緣折桂，抱憾青史無分，乃以「不才」自寬自解；而今江山易主，國土淪作異族殖民地，也只能藉「賞詩」忍辱偷生。意緒沮喪消極，語調沉悶感傷，有著生不逢時、懷才不遇之難遣鬱悒。「青史」、「黑頭」的顏色對比，隱含時間長短對照，感嘆歲月蹉跎、青春虛擲；「太平」、「離亂」之迴異，「得壽」、「全生」之不同，在在加深加重遭逢亂離之萬般悲痛。

尾聯著一「感」字，呼應題意，且綰合全篇。藉東漢毛義故實，寓托自己報效家國之志。毛義因家貧親老而出仕，母親過世後則屢徵不至，可知他本無意功名；王松雖亦不樂仕途利祿，然始終懷抱儒家用世之心，驚見滄桑變幻，山河破碎，卻無法挺身救國，實愧為男兒！日寇竊據台島，鐵蹄蹂躪，斧鉞頻臨，詩人時時以光復為念，思欲力挽狂瀾、扭轉乾坤，可惜「請纓無路痛何如！且讀人間有用書。」（〈請纓〉）窮途末路，坐困愁城，此番深層隱痛，終究只能逃於詩中，強度餘生。

延伸閱讀

1. 丘逢甲〈弔台灣〉四首、〈離台詩〉六首，見氏著《嶺雲海日樓詩鈔》，《台灣文獻叢刊》第七十種，台北市：台灣銀行，一九五七年。
2. 李叔寬〈乙未之役，有感〉二首、張元棨〈乙未季秋滄桑之變瘡痍未復〉、陳鐵香〈乙未之役哀台灣〉十首，見黃仲崙選輯《台灣正氣詩選》，台北市：正中，一九七九年。
3. 李鶴田〈詠割台〉，見氏著《哀台灣箋釋》，《台灣文獻史料叢刊》第八輯，台北市：大通，一九八七年。

參考資料

1. 龔顯宗〈百年天地此孤吟——論王松詩的狂狷意識與佛道思想〉，見氏著《台灣文學研究》，台北市：五南，一九九八年十二月。
2. 黃美娥〈日治時代台灣遺民詩人的應世之道——以新竹王松為例〉，發表於加州聖塔芭芭拉「台灣文學研討會」，二〇〇〇年八月。
3. 余美玲〈隱逸與用世——論滄海遺民王松的詩歌世界〉，《竹塹文獻》第十八期，二〇〇一年一月。
4. 康書頻〈王松詩中的祖國意識研究〉，高雄市：中山大學中文所碩士文，二〇〇三年六月。

問題討論

1. 乙未割台，對於台島詩人的心理及創作之影響為何？
2. 王松詩作，祖國意識強烈，請列舉數篇討論之。
3. 王松《台陽詩話》為重要的台灣詩話之一，試概述其內容及特色。

禿筆（四首選二）

鄭家珍

（一）

惆悵生花❶夢不重，中書❷今已態龍鍾❸。顫張醉後猶摩頂，濡墨君輸草聖濃❹。

（二）

全消英氣不冠衡，老去中書漸斂鋒。臣鬢已摧心亦盡❺，君恩猶計管城封❻。

作者

鄭家珍（一八六六至一九二八年），字伯璵，號雪汀，新竹人。幼入陳世昌私塾就讀。年二十七，由廩生中式清光緒甲午科舉人。隔年台灣割讓日本，家珍攜眷避亂中國。光緒三十四年保送專科，取錄全省算術第一名，會考二等，籤分鹽大使，任豐州學堂正教習，兼勸學所長。大正八年（一九一九），應台灣詩社之聘來台，寓居新竹有八年時間，於寓所教書，學生甚多。

家珍學問淵通，天文、地理、曆法、算術、星相、卜筮無不專精。寓居福建時曾刊有《倚劍樓詩文存》；寓新竹時又有《雪蕉山館詩草》。死時遺稿未加保存，後經門人曾秋濤、許炯軒收拾殘編，並求序於李濟臣，惜曾、許先後謝世，仍未付梓。一直到民國七十二年，門人鄭澡珠始出示所藏稿，並得莊幼岳、周植夫、黃錠明之編訂，由門人林麗生出資，委由中華民國傳統詩學會為之排印行世，名曰《雪蕉山館詩集》，內多寓竹時所作。至於《倚劍樓詩文存》，未見傳本，殊為可惜。

註釋

❶生花：指頭髮斑白。

❷中書：指毛筆而言。韓愈〈毛穎傳〉中言：「累拜中書令，與上益狎，上嘗呼為中書君。」這裏取韓愈〈毛穎傳〉中毛筆為中書令的典故。

❸龍鍾：衰老的樣子。

❹顛張醉後猶摩頂，濡墨君輸草聖濃：言草聖張旭喝醉後，總揮毫書寫，或以頭濡墨而書，但今這禿筆已無法如此。此二句引用張旭的故實，指這禿筆已將老去，無法向張旭一樣盡情揮毫寫字。張旭，唐人，精楷法，尤善草書，性嗜酒，每大醉，呼叫狂走，乃下筆，或以頭濡墨而書，當時人呼之為張顛，或稱之為草聖，此處即是化用張旭醉後，以頭濡墨寫書法的典故。又詩中的「顛張」應為「張顛」或「顛張」之誤。草聖濃，指張旭盡情揮毫寫字。

❺臣鬢已摧心亦盡：言毛筆筆心長毫已殘。韓愈〈毛穎傳〉中言：「上嘻曰：『中書君老而禿，不任吾用。吾嘗謂君中書，今君不中書邪？』對曰：『臣所謂盡心者。』」盡心一詞是雙關語，代表已盡心力；也說明毛筆長毫已殘。

❻管城封：指毛筆因有功於國，被皇帝封為管城子之事。韓愈〈毛穎傳〉中言：「秦皇帝使恬賜之湯沐，而封諸管城子。」

賞析

這首詩是選自鄭家珍《雪蕉山館詩集》，詩集所收錄的詩歌，多是寓居在新竹時的作品。此詩是一首詠物詩，屬七言絕句，描寫的對象是一隻已禿的毛筆，在詩人運用典故的刻劃下，不但賦予了禿筆生命，也將禿筆的外在形象、內在精神展現出來。

此二詩都運用韓愈〈毛穎傳〉中關於毛筆的典故，包含毛筆被秦始皇封為中書令、封諸管城子、中書心盡見棄等故實，將這些典故融入詩中，我們即看到「中書今已態龍鍾」、「老去中書漸斂鋒」、「臣鬢已摧心亦盡」、「君恩猶計管城封」等內容描繪，其中以「中書」、「管城子」的典故，借代禿筆，同時將禿筆之禿、老、舊等外在形體道出，也將全詩主題明確展現出來。此詩的寫作手法，即充分運用韓愈〈毛穎傳〉的故實，將屬於毛筆的典故作了完全的發揮，不但精準的扣緊主題，且將禿筆的特點精彩展出，不須多餘的文字敘述，即能含蓄生動的將此毛筆形象刻畫出來。當然，除了表面上談筆舊無用之外，更深層的意思是以筆喻人，暗示人老之後，心力漸衰，逐漸成為無用之人，就像那毛筆長毫已殘，失去書寫的能力一樣。

此詩是作者寓居新竹時所寫的作品，當時詩人只是個教書匠，無法施展本身抱負，故取韓氏〈毛穎傳〉中際遇不善的毛筆，來借喻自身的不得志。依此觀之，這也有可能是詩人自傷之詩，感嘆自己年歲益增而能力漸衰之作。

延伸閱讀

1. 韓愈〈毛穎傳〉，見氏著《韓愈全集》，上海：上海古籍出版社，一九九七年。
2. 張李德和〈萬年筆〉，見氏著《琳瑯山閣吟草》，台北市：龍文，一九九二年。
3. 駱香林〈毛筆〉，見氏著《駱香林全集》，台北市：龍文，一九九二年。

參考資料

1. 田啟文等編著《臺灣文學讀本．古典詩．遊台北府前街訪所懷不遇》，台北市：五南，二〇〇五年。
2. 王國璠《台灣先賢著作提要》，新竹：台灣省立新竹社會教育館，一九七四年。

問題討論

1. 鄭家珍的作品以清麗見長，此詩是否具備此一風格？

2. 此詩引用韓愈〈毛穎傳〉之處甚多，然一者為詩，一者為文，請問兩者所表達的旨趣是否一致？其各自特色最值得稱許之處在哪裡？

台灣官府紀事

洪繻

前車載囊槖❶，後車載妻孥。壯丁夾傍路，布地黃金鋪。江山方鼎沸，官府爭首途。國事彼何知，鼠竄保頭顱。何來庾吳郡，載去飛軸艫❷。使知朝廟上，多此誤國徒。可憐海外民，日日望來蘇❸。去者已如鯽，在者亦猶鶩。行旌出郊野，阻截逢狗屠❹。千夫擁鍬鍤❺，一夫起嘯呼。官長將焉往，進退局轅駒❻。轎有七寶笥，篋有一簞珠。❼匍匐獻營壘，四出調兵符。護衛過城甸，勝似供軍需。官守棄陷穽❽，生死脫崎嶇。海嶠三千里，誰能為負嵎❾？

作者

洪攀桂，學名一枝，字月樵。台灣淪陷後，改名繻，字棄生。原籍中國福建省南安縣，後遷居彰化縣鹿港鎮。生於清同治六年（一八六七年），卒於昭和四年（一九二九年），享年六十三。棄生幼攻舉業，資質過人，試輒冠群。清光緒十七年，以案首入泮。台灣割讓日本後，閉門潛修，致力於詩文的創作以鼓舞民氣，其中尤以《台灣戰紀》（原名《瀛海偕亡紀》），多記敵人之虐政，充滿反抗精神，最能彰顯民族氣節。

棄生學識淵通，文筆卓絕，不論詩、詩論、古文、駢文、歷史等，都有極高的成就，是一全才型的文人。所作有《寄鶴齋詩集》、《寄鶴齋古文集》、《寄鶴齋駢文集》、《寄鶴齋詩話》、《八州遊記》、《八州詩草》、《台灣戰紀》、《中東戰紀》、《中西戰紀》等，台灣省文獻委員會輯諸書為《洪棄生先生全集》。

註釋

❶囊槖：疑為囊橐之誤，本指口袋，此處借指財物。

❷舳艫：同舳艫，長方形的大船。

❸來蘇：仁者來，民依賴其德，而獲安居休息。

❹狗屠：本指不務正業，到處屠殺的人。

❺鍬鍤：音ㄑㄧㄠ ㄔㄚˇ，指挖土的器具。

❻局轅駒：困在馬車裏。局，拘束，引申為困住。

❼轎有七寶笥，篋有一簞珠：指轎子、藏物櫃內，有各式金銀珠寶。笥、簞二字，皆指竹製的器具。

❽官守棄陷穽：指官員拋棄台灣離去。陷穽，本指捕獸的地洞，此暗指淪陷而為日本統治的台灣。

❾海嶠三千里，誰能為負嵎：指誰才是遠在海外的台灣可以依靠憑恃的。嶠，音ㄐㄧㄠˋ，尖而高的山。負嵎，憑依地勢的險要，引申為依靠。

賞析

這是一首五言古詩，選自《寄鶴齋詩集・披晞集》，主要描寫台灣官府官員的顢頇無能、貪生怕死的行徑，詩人對於台灣百姓生活在這樣的環境中，有著不捨與無奈。

洪棄生這首詩，屬於敘事詩，寫於乙未（一八九五年）之後，這一年台灣割讓給日本，在本詩之後，還有〈台灣淪陷紀哀〉一詩，談的是台灣割讓給日本後的衝擊，所以我們可以推知這首詩創作的時間，應該在台灣剛割日的乙未年。此時台灣民主國已成立，大部份清朝官員都選擇離開台灣，少數留下來的，最後也多逃回大陸。本詩所批判的，正是在台灣割日下忙著逃命的官員。

詩歌描寫台灣割讓日本後，官員忙著整裝要逃離台灣的面貌，並以「江山方鼎沸，官府爭首途。國事彼何知，鼠竄保頭顱。」描寫這些不負責任、貪生怕死的官員，同時也批判這些人是「誤國徒」，為了求得自身的生存，竟不管台灣的黎民蒼生。最後只能道出深沉感慨「海嶠三千里，誰能為負嵎？」這是當時所有台灣百姓的心聲—誰能真正重視這塊土地的百姓？遠在海外的台灣居民，誰能成為真正的依靠？是詩人深重悲苦的慨嘆啊！

此處想補充一些關於乙未割台的歷史，首先台灣民主國的成立，本非為了抗日而成立，是期待法國的援助，想利用西洋國家出面干涉台灣割日的一個外交設計。但西方國家還來不及干涉時，日本已登台，唐景崧更倉皇逃回中國，而台灣民主國的兵力，是駐台的湘勇（湖南兵）、廣勇（廣東兵）正規兵，加上在台徵募的義勇民兵，但正規兵的士氣壞、紀律差，甚至基隆被日軍占領之後，這些逃竄的正規軍到處搶劫、暴行，成為社會的另一股亂源。真正與日軍對抗的，除了義勇民兵之外，就是地方仕紳、墾首、地主、豪族的義軍，他們有財產、有群眾、有武力、有資望，靠著這些條件打游擊戰，如此也讓日軍疲於奔命。但這些游擊戰役，並沒有共同發揮抗日的力量，因為缺乏統合與合作，無法形成強大有力的反抗力量，就如駐守南部的黑旗軍防守劉永福，在中北部抗日時，他並沒有給予多少支援，至日軍攻打到南部時，他也沒有太多的反抗，就逃到中國去了。所以台灣民主國在成立一百四十八天之後結束，日本正式平定台灣。由此可知，台灣民主國因當初本非為了抗日而成立，加上領導人選是錯誤的，許多官員本沒有抗日的決心，當領導人、官員相繼逃離之後，使得群龍無首，無統合聯繫的力量，失敗的命運即無法避免。

詩人以台灣讀書人的身分來看待乙未割台後的官員，以當時的時空背景，詩人可能無法得知台灣民主國的成立是一種外交設計，所以他無法得知領導人及官員許多都是虛應故事，所以當他看到官員一個個逃走時，內心的期待與盼望，成為失望與憤怒是必然的。所以此詩除真切的將當時官員貪生怕死的面目呈現出來外，也將知識份子對家國的關懷與熱愛突顯出來。

在台灣的古典詩中，有許多詩人著重於社會現實的描寫，以詩為史，而有《詩經•國風》以下至唐朝詩史杜甫的寫實精神，他們關心社會的苦難，關心黔黎的死生，他們的作品反映了時代的血淚，洪棄生此詩，表現的正是此一精神，其識見、其懷抱，皆可與老杜相輝映，是一首足以留跡史冊的作品。

役夫歎

洪繻

生作路旁塵，死作巖下土。白日慘不溫，照見役夫苦。役夫來自東，見山兩眼紅，繭足萬山中。役夫來自西，有足自行地，未嘗越山谿。役夫來自北，嗚嗚復唧唧，城人入深山，如魚落罟罭❶。役夫來自南，南熱寒不堪，入山逢陰雨，僵絕六有三。山途況險惡，谿溶石崿崿❷。肩頭負重擔，未行足已弱。長官圖勳階，民番填溝壑。只有役夫苦，誰識從軍樂。西人驅向東，東人驅向西。饑暍❸受鞭扑，不異犬與雞。毒癘中人身，仆地爛如泥。一死無消息，望絕母與妻。來時斂金錢，比閭❹供行李。死者不求生，生者且困死。骨積空山坑，淚滿濁溪水。奇何闢番疆，使我至於此？他日青山碑，忍以赤血紀。

❶罟罭：音ㄍㄨˇ ㄩˋ，魚網。

❷谿溶石崿崿：溪谷寬廣，溪石陡峭險惡。崿，音ㄜˋ，山崖。

❸饑暍：又饑又餓，又熱又渴，中暑害病。暍，音ㄏㄜˋ，中暑熱而害病。

❹比閭：泛指鄉里。《周禮・地官・大司徒》：「令五家為比，使之相保；五比為閭，使之相受。」

賞析

此詩選自《寄鶴齋詩集・枯爛集》，是一首樂府歌行體，描寫役夫所處的困境，身心所面臨的苦楚，將役夫的處境如實刻畫出來，讀來悽苦動人。

樂府詩本來就具有反映現實的特色，尤其在唐代元稹、白居易提倡新樂府運動之後，以新題新辭的方式創作樂府，不但使樂府的內容更加擴大，也更廣泛的將社會生活面貌描寫出來。本詩即是屬於新題新辭的新樂府創作，以社會低層中的小人物—役夫為描繪對象，將其所處的情境作入微的刻畫，也讓我們獲知台灣在日治時期，許多進入山區開疆拓荒的役夫，其身心所遭遇的煎熬，以及其生命低賤，不受重視的情形。

這首詩的寫作背景，主要是日治時期為了墾荒理蕃，日本政府徵調台灣人民入山開墾，企圖延伸政治勢力於高山原住民的領地，山區的嚴寒、瘴氣與毒蛇猛獸，讓役夫們受盡苦難，甚至曝屍荒野，這是一段血淚編織的歷史，而詩人便用感人的詩章，道出其中的點點心酸。詩歌一開始，即感傷役夫的生命如塵、如土，將役夫的卑賤一語道盡。接著以鋪陳的方式，將來自東、西、南、北不同地方的役夫，所面臨的困境描寫出來，並將這些役夫之所以受此災難的原因歸結出來，亦即「長官圖勳階，民番填溝壑。」表達這些日本官員為了自身的政績，不惜犧牲老百姓的生命，於是役夫們就在「饑暍受鞭扑，不異犬與雞。毒癘中人身，仆地爛如泥。」、「死者不求生，生者且困死。骨積空山坑，淚滿濁溪水。」中隕歿。生命尊嚴的淪喪、生命價值的消落，都在這首詩中表露無遺。

這首詩在修辭上，最具特色的莫過於排比格的運用，其「役夫來自東，見山兩眼紅，繭足萬山中。役夫來自西，有足自行地，未嘗越山谿。役夫來自北，嗚嗚復唧唧，城人入深山，如魚落罟罭。役夫來自南，南熱寒不堪，入山逢陰雨，僵絕六有三。」連續以四個形式相似的句組構成排比，以突顯役夫的苦痛，在排比句法的營造下，加強了悲苦情境的烘托，文氣也更為澎湃厚實，給予讀者更深刻的印象。

春雨（三首選二）

洪繻

（一）

白雲如絮草如煙，正是春初布穀天❶。放下竹簾酣午枕，雨聲一榻不成眠。

（二）

旌搖簾捲起東風，一枕春醒一夢空。樓上青山樓下水，鳥啼花發雨聲中。

註釋

❶布穀天：指播種的時候。通常布穀鳥開始鳴叫時，多是要開始播種之時，所以稱此時為布穀天。如杜甫〈洗兵馬〉：「田家望望惜雨乾，布穀處處催春種。」

賞析

這兩首七言絕句，選自《寄鶴齋詩集•披晞集》，是描寫春日遇雨的景致。

第一首前二句將春天的景致作一描繪，說明白雲悠悠、春草繁茂的春天，正是布穀鳥開始鳴叫，適合播種的季節。後二句轉而描寫春雨，道出此時正在午睡，卻被嘈嘈雨聲吵醒，無法成眠。第二首描寫被春雨吵醒後，美夢被打斷了，而雨依舊下著，唯有鳥在雨中鳴叫，花在雨中綻放。

此二詩，是以一動一靜的對比方式，將春天之景展現出來。第一首的一、三句是靜態的描繪，二、四句則是動態聲音的描寫；第二首詩的一、四句是動態聲音的描述，二、三句則是靜態情景的刻畫。如「放下竹簾酣午枕，雨聲一榻不成眠。」以春日午覺的安靜，與雨聲不成眠相對比，將春雨吵雜突顯出來。又如「樓上青山樓下水，鳥啼花發雨聲中。」以青山綠水的靜態景致，與下雨花開、鳥鳴的動態情景相對比，展現出春景的幽靜與春雨的活力。

延伸閱讀

1. 洪棄生〈台灣淪陷紀哀〉、〈役夫行〉、〈勦番行〉，見氏著《洪棄生先生全集》，南投市：台灣省文獻委員會，一九九三年。

2. 黃贊鈞〈民主國〉，收錄於張炳楠、李汝和著《台灣省通志・學藝志・文徵篇》，南投市：台灣省文獻委員會，一九七一年。
3. 施士洁〈別臺作〉，見氏著《後蘇龕合集》，台北市：龍文，一九九二年。
4. 李建興〈春雨〉，見氏著《紹唐詩集》，台北市：龍文，一九九二年。

問題討論

1. 洪棄生具有反抗精神與民族氣節，請就此點觀察其詩歌特色為何？
2. 詩人針對台灣割日時棄離台灣的官員做出批判，請問您對這些官員的看法如何？
3. 台灣在清治及日治時期，曾經歷過哪幾次大規模開山撫番的工作，其正面與負面的影響為何？
4. 〈春雨〉一詩表現了鄉居閒適之感，風格與作者前二首充滿批判性的作品不同，請問您喜歡哪一類作品，原因為何？
5. 您認為洪棄生詩歌最具代表性的是何種題材的作品，其特殊之處在哪裡？

參考資料

1. 施懿琳：《日據時期鹿港民族正氣詩研究》，台灣師範大學國文研究所碩士論文，一九八五年。
2. 許俊雅《台灣寫實詩作之抗日精神研究：一八九五至一九四五年之古典詩歌》，台北市：國立編譯館，一九九七年。
3. 程秀凰《洪棄生及其作品考述》，台北市：國史館，一九九七年。
4. 洪銘水《台灣文學散論》，台北市：文津，一九九九年。
5. 劉振維〈略論乙未遺民洪棄生的民族精神：以《寄鶴齋詩話為例》〉，《南台科技大學學報》第二十七期，二〇〇二年十二月。

詩癖（五首選二）

王文德

（一）

酷嗜推敲擘杜箋❶，浸淫風雅竟成顛。任他剝啄❷催科吏❸，未阻吟哦老興偏。

（二）

愛結文章翰墨緣，沉沉魂夢繞吟邊。生前風雅耽成性，死後鮑墳尚唱聯❹。

作者

王文德（一八六七至一九五二年），原名佛來，單名來，文德為其官章，字則修，號旅中逸老，又號勸化老生，台南縣新化人。

文德十歲開始習學，初拜卓仰山為師，後轉拜林一枝、林颺年為師，二十一歲再從泉州老秀才蘇巽言學。二十歲時，秀才及第，自此益加奮勉，二十三歲，應舊生歲考取列一等第一，補廩食餼。二十九歲時因日人占台灣而避亂中國，三十二歲時回台灣。回台後不願為日人官，以是從商。五十歲時做過短暫的「台灣新報社」漢文記者，之後便一直過著設帳教徒、作育菁莪的生活，如張達修、王鵬程等名士，皆為其高足。除了培養人才之外，文德的學術亦廣受肯定，曾先後擔任「虎溪詩社」社長，彰化「崇文社」文宗、詞宗，善化「浣溪吟社」、「淡如吟社」詞宗，堪稱是日治時期台南縣的詩文宗師。

註釋

❶杜箋：指杜甫詩集。清錢謙益有《杜工部集箋注》。

❷剝啄：象聲詞，指敲門聲。

❸催科吏：催租稅的官吏。

❹死後鮑墳尚唱聯：言死後變鬼了依舊會繼續吟詩唱聯。相傳南朝宋鮑照〈代蒿里行〉一詩寫得情意真切，感動得使鬼亦跟著吟唱，清孫枝蔚〈哭方爾止〉詩即言：「有鬼能唱鮑家句。」所謂「鮑家句」，即指鮑照〈代蒿里行〉一詩。因此我們說，好的詩能讓人在死後依舊吟咏不斷。這就是為何作者說他死後仍會繼續吟詩唱聯的緣故了。

賞析

此詩選自《則修先生詩文集・三槐堂詩草》，內容道出對詩歌的酷愛，不但活著的時候愛不忍釋，即使死後亦不願放棄文章翰墨的心情。

王則修十歲開始讀書，二十歲就及第秀才，可見他聰明絕俗，才華洋溢。讀書學文，已融入生活，成為生命中的一部分。這從此詩即可看出端倪，其自言讀書的狀況是：「酷嗜推敲擘杜箋」、「浸淫風雅竟成顛」、「未阻吟哦老興偏」、「愛結文章翰墨緣」、「生前風雅耽成性」、「死後鮑墳尚唱聯」，在此二首七絕詩中，就有六句是描繪愛讀詩的心境，可見全詩不但扣緊主題「詩癖」，並將此癖好貼切、如實、具體的展現眼前，讓我們看到一個愛文學的詩人，如痴如醉、無怨無悔的投注其中，甚至官吏扣門催租稅，以及未來死亡後成鬼魂，也不放棄對文章翰墨的沉迷痴醉。

此詩的文字運用都非常的搶眼，如「酷嗜」、「竟成顛」、「老興偏」、「愛結」、「耽成性」等，以「酷」、「顛」、「偏」、「愛」、「耽」等字，表對嗜好的沉迷與執著。同時此二詩的三四句，第一首是以「任他……，未阻……」句法展現；第二首是以「生前……，死後……」句法承現，都一再的突顯不管如何、不管何時，都堅持愛詩文的決心，讓人深刻體會「詩癖」這種興致的深度與強度。

延伸閱讀

1. 王文德〈詩婢〉、〈詩幟〉，氏著：《則修先生詩文集》，龔顯宗編校，台南市：台南市立圖書館，二〇〇四年。
2. 張李德和〈閨中十趣—吟咏〉，見氏著《琳瑯山閣吟草》，台北市：龍文，一九九二年。
3. 許南英〈詩債〉、〈談詩〉，見氏著《窺園留草》，台北市：龍文，一九九二年。

問題討論

1. 王文德愛詩成痴，請問您所認識的歷史人物或現代人物中，是否有人亦有如此嗜好？請提出與大家共同分享。
2. 詩中以杜甫、鮑照為歌詠對象，此亦可看出詩人所推崇的前輩詩家，請問您最欣賞的前輩詩家是誰？原因為何？

參考資料

1. 盧嘉興〈日據時期南縣詩文大家王則修〉（上、中、下），《古今談》第六十期、六十一期、六十二期，一九七〇年二月、四月、五月。
2. 龔顯宗〈從獨立到日殖：論台南縣五位文學家〉，《國文學誌》第八期，二〇〇四年六月。

七鯤❶觀潮行

胡殿鵬

君不見婆娑洋❷水鎖重重，毘舍耶❸山天柱雄。黑潮❹一瀉幾千里，屹立東南大海之中央。絕頂罡風❺捲地走，吹落天外雲茫茫。淜湃淵沖❻不見底，飛輪❼剪渡艨艟❽衝。七鯤洲外古天塹❾，安平鹿耳幾戰場。青草湖❿邊南吼夕，白沙崙⓫畔鐵火紅。漁團陣伐星散下，海天莽莽搏風沙。黑旗無人壯士死⓬，荒城落日弔古槎⓭。老漁向我話疇昔，一聲嗚咽聞悲笳。寒潮浩浩海門來，潮頭萬里東溟⓮開。天馬行空不可遏，奔雲掣電萬壑雷。將軍如神從天降，一噓蜃氣飛樓臺⓯。暮潮黑黑早潮青，秋潮激激春潮鳴。古來關海推巨鎮，國險有時不能爭。長鯨⓰拍水東海立，舳艫⓱千里壓江平。此時之潮三丈高，巨浪撼山山為凹。孝陵王風望江南⓲，力挽迴瀾奈狂何。桓桓靖海壯請纓⓳，王師十萬逼東寧⓴。此時之潮高五丈，天下陸沉西台傾㉑。我台將種挺人傑，鵜鶘軍聲蜚閩浙㉒。樓船伏波能用奇㉓，百萬鯨鯢相繼滅㉔。覆舟健兒藏水底，夜行晝伏七百里。贔屭負碑出寧南㉕，大漢天聲固尚矣。三百年來丁國變，鷺鯤衣帶爭傳箭㉖。兩代興廢逝水流，日射扶桑失組練㉗。至今葫蘆墩㉘畔月，髏骷夜泣猶搏戰㉙。八卦星旗動地哀㉚，苦我儒冠不識面。東南大地古山河，慷慨數行發浩歌。一片赤崁忠義血，化作秋風震怒濤。

作者

胡殿鵬（一八六九至一九三三年），字子程，號南溟。台南廩生。少負奇氣，光緒二十一年（一八九五年）清廷割台，與父內渡廈門。數年後返歸，任《台澎日報》記者，與連橫共同主持漢文部。一九〇五年與連橫在廈門創辦《福建日日新報》，停刊之後回台，任職於《全台報》。大正三年（一九一四年）妻子過世，悲痛欲絕，索居里港，生活潦倒。晚年將自己作品編纂成《南溟文言集》，後改為《浩氣集》。殿鵬為南社重要成員，擅長古體歌行，其七古長詩〈五江曲〉最富盛名。連橫《台灣詩乘》謂其文章有奇氣，詩亦汪洋浩蕩，有海立雲垂之概。著有《南溟詩草》、《大冶一爐詩話》。

註釋

❶七鯤：即鯤身嶼，為古代台南沿海分列的七座沙洲，——圍繞著台南海岸，鯤身嶼之首為一鯤身（約在今台南

安平古堡一帶），再依序則為二鯤身、三鯤身、四鯤身、五鯤身、六鯤身、七鯤身（約在今台南二層行溪口南方一帶）。

❷ 婆娑洋：指台灣海面。

❸ 毘舍耶：台灣舊稱之一。

❹ 黑潮：北太平洋重要的暖流，發源於台灣東方，於台灣與琉球的石垣島間流入中國東海，接著再往北流向日本。其寬度約有八〇至一五〇浬，時速約三浬左右，水溫約二〇度。

❺ 罡風：道家稱高處之風為罡風。罡，音ㄍㄤ，山岡。

❻ 淵沖：幽深而廣闊。

❼ 飛輪：指太陽。

❽ 艨艟：古代的戰船。

❾ 天塹：形勢險要之地。

❿ 青草湖：指青草崙一帶的湖水。青草崙地點在今台南市安南區青草里，舊時為一長滿青草的沙崙，故名之。

⓫ 白沙崙：地名，在今高雄縣茄萣鄉福德村一帶，清朝時期屬於海岸外的沙洲地，由於地勢險要，清朝亦派兵駐守，並設有砲台禦敵。

⓬ 黑旗無人壯士死：指劉永福抗日不成逃至中國，而其下的兵勇戰死沙場。黑旗，指劉永福，其率領的部隊稱黑旗軍，故以黑旗稱劉氏。劉氏在唐景崧成立台灣民主國時，擔任南部防衛的負責人，但因不敵日軍，於一八九五年十月逃往廈門，日軍於是占領台南。

⓭ 槎：竹筏。

⓮ 東溟：原指東邊之海，此指稱台灣。

⓯ 一噓蜃氣飛樓台：原指幻化而出的不實事物，此指鄭成功用兵充滿神奇變化。

⓰ 長鯨：指七鯤身，因為這七處沙洲看起來像一尾尾的鯨魚，故稱長鯨。

⓱ 舳艫：古時稱長方形大船為舳艫，此處指戰船。

⓲ 孝陵王風望江南：指清順治十六年（一六五九），鄭成功曾帶兵圍攻南京，並率文武官員遙祭明太祖孝陵一事。

⓳ 桓桓靖海壯請纓：威武的靖海侯施琅，自請領軍攻打台灣。桓桓，威武貌。請纓，自動請求從軍或領軍。

⓴ 東寧：明鄭時期之府治所在，原名承天府，後鄭經改

為東寧府。

㉑西台傾：亡國也。宋末文天祥抗元失敗被害，八年後謝翺與友人登西台痛哭致祭，表達亡國之痛，故西台亦隱含國家之意。

㉒鵜鶘軍聲蜚閩浙：指施琅善於行軍布陣，威名流播於閩、浙一帶。

㉓樓船伏波能用奇：指施琅船隊能利用海上風向襲擊鄭氏軍隊。

㉔百萬鯨鯢相繼滅：指明鄭大將劉國軒的軍隊與施琅激戰於澎湖，官兵死傷慘重一事。

㉕贔屭負碑出寧南：指清乾隆年間福康安平定林爽文之役，乾隆以十塊花崗石刻成御碑，以記述福康安功蹟，這些碑文並以贔屭馱負之。贔屭，音ㄅㄧˋ ㄒㄧˋ，龜名，善負重。

㉖鷺鯤衣帶爭傳箭：指一水之隔的台灣與中國，經常起戰端。鷺，指鷺江，廈門也。鯤，指鯤島，台灣也。衣帶，即一衣帶水，比喻兩地間相隔著狹小的水域。傳箭，本指傳遞軍令，古代北方少數民族起兵號令群眾，每以傳箭為號，故傳箭乃傳令也，然此處引申為起兵作戰。

㉗日射扶桑失組練：指中日甲午戰爭清朝潰敗之事。扶桑，原指日出之處，此指日本。組練，軍隊。

㉘葫蘆墩：台中縣豐原市舊名。

㉙髑髏夜泣猶搏戰：指一八九五年日軍占領台灣時，葫蘆墩人陳瑞昌募兵勇五百人與日軍對戰而遭滅之事。

㉚八卦星旗動地哀：指清光緒二十一年（一八九五年年）台灣割讓日本，日本軍隊至台灣接管，當時儒將吳彭年奉劉永福之命，率領七星旗軍鎮守苗栗、彰化一帶，與日軍發生激戰，後戰死於彰化八卦山的悲痛歷史。

賞析

本詩選自《台灣詩乘》，是一首古體詩。主旨在闡述於台南鯤身嶼觀看海潮的感想，詩中藉由海口船隻的往來，追憶台灣經歷過的數場戰爭以及政權的更迭，可視為一首詠史之作。

本詩主要以台南鯤身嶼為寫作題材，由於荷蘭、明鄭以及清朝時期，台南幾乎都是台灣的行政中心，所以台南的港口就成了台灣對外交通的主要地點，鯤身嶼是當時台南的主要港口，地位之重要，不言可知。台灣從荷蘭以迄於日治時期，幾次政權的更替，外來勢力都是藉由海路進入台灣，在這種情況下，作者於鯤身嶼觀潮，自然容易興起思古之歎。也正因如此，此詩大部分的內容都是在談論台灣政權更迭的幾場戰爭，其中包括了鄭成功與荷蘭之戰、施琅與鄭氏王朝之戰、福康安與林爽文之戰（此役屬內戰）、日本與台人之戰。在這些戰爭中，作者對於海戰的描寫最是精彩，這與本詩以海港觀潮為題有極密切之關係。

胡南溟的詩，近體雖佳，然不如古體之澎湃宏肆，其作品以〈五江曲〉（長江曲、黃河曲、漢江曲、湘江曲、曲江曲）最富盛名，其中〈長江曲〉、〈黃河曲〉皆長達三千言，篇幅之宏偉，氣勢之磅礴，令人讚歎。連雅堂曾讚揚胡詩「汪洋浩蕩」（《台灣詩乘》），龔師顯宗則稱胡詩以「雄奇見長」（《台灣文學家列傳》），本詩以七鯤觀潮為題，其「汪洋浩蕩」與「雄奇」之處，雖不若五江之作，但其渾厚奔騰之音，亦深得箇中之三昧矣。

臺陽詠古（四首選一）

胡殿鵬

夢蝶園

參軍幕府老逋臣❶，夢蝶園❷中草自春。雲月孤高天以外，蕨薇❸長秀海之濱。餘生有恨遼東帽❹，一旅❺難興洛邑民❻。零落瘦梅留傲骨，夕陽憑弔幾詩人。

註釋

❶逋臣：流亡播遷之臣。此指明末遺臣李茂春，在明永曆十八年春，受鄭經之邀來台，後遂定居台灣，成為流寓文人。

❷夢蝶園：李茂春的故居，此園在清康熙二十二年被改建為法華寺，寺址在今台南市法華街。

❸蕨薇：蕨與薇，皆植物名。《詩經．四月》：「山有蕨薇，隰有杞桋。」

❹遼東帽：指淡泊名利、持守清操之人。此一典故出自管寧，管寧為三國時魏人，居住在遼東二十年，孟觀認為他是賢人，於是推薦給明帝，明帝以厚禮待之，管寧再三推辭，甘於貧苦，以節操自持，由於常戴皁（黑）帽，故有遼東帽之典。事見《三國志．魏書》

本傳。

❺一旅：指李茂春一人。

❻洛邑民：播遷之民，指明鄭王朝從中國流徙至台灣。洛邑（亦作雒邑）民之典，源自周代，當時周武王遷殷朝百姓於洛水之濱，而成洛邑。事見《史記．周本紀》。

賞析

本詩選自《台灣詩乘》，是一首七言律詩。詩歌旨在憑弔明末遺老李茂春，歌頌其志節，也藉此興發亡國的悲嘆。

明末遺臣李茂春，字正青，中國福建省龍溪人。明隆武二年舉孝廉，個性恬淡，喜好老莊思想，工於詩文。明永曆年間受鄭經之邀渡海來台，後終老於台灣。由於生性仁慈，又篤好佛法，世人亦稱之為李菩薩。李茂春生前，將住宅題為夢蝶園，此實取意莊周夢蝶之典。此園後為清朝台灣知府蔣允焄改建為佛寺，寺名法華，並在寺前增闢一水池，名曰南湖；湖邊又構築一樓，名曰半月樓，由於景色怡人，建築雅致，歷來有不少名人雅士，常在此駐足歌詠，成就許多美文佳篇，本詩即其一例也。然而此詩的寫作重點，並不在園中美景的上頭，而是著眼於李茂春的氣節以及明鄭衰亡的感嘆，這是藉景抒情的寫法。此詩另一個值得關注的地方，就是詩人藉李茂春故園以攄發亡國之悲，或許也蘊含著台灣被日人統治的黍離之感，畢竟詩人內心是不甘做日本子民的。想當日詩人忍痛與新婚妻子李仙道別，隨父親移居中國廈門，正是不願委事日人的明證啊！在此一心境下，歌詠李茂春不願事奉清廷的氣節，不正是暗示自己的心思嗎？而且詩末「零落瘦梅留傲骨，夕陽憑弔幾詩人」，透露出對李茂春的高度嚮往，若非彼此境遇相似，存在著相同的心志，又哪能如此企慕呢？

延伸閱讀

1. 陳肇興〈法華寺〉，見氏著《陶村詩稿》，台北市：龍文，一九九二年。
2. 林景仁〈李茂春〉，見氏著《林小眉三草》，台北市：龍文，一九九二年。
3. 林朝崧〈夢蝶園〉、〈法華寺〉，見氏著《無悶草堂詩集》，台北市：龍文，一九九二年。
4. 施士洁〈安平晚渡〉，見氏著《後蘇龕合集》，台北市：龍文，一九九二年。
5. 范咸〈二十八日入鹿耳門過七鯤身〉，見龔顯宗編著《鹿耳門詩選》，台南市：財團法人鹿耳門天后宮文教公益基金會，二〇〇〇年。

問題討論

1. 胡南溟的詩歌，以〈五江曲〉最富盛名，請閱讀之，並分析其特色。

2. 與七鯤身相關的詩歌甚多，請試著找出，並歸類出主要的旨趣內涵。

3. 法華寺本為明末遺老李茂春之宅第，後經清朝政府改建為佛寺，在台南市中，是否還有其他寺廟也是由明鄭人士之故宅所改建而來？

參考資料

1. 龔顯宗〈嶔奇侘傺胡南溟〉，《鄉城生活雜誌》第三十九期，一九九七年四月。

2. 楊雲萍〈胡南溟的詩及其詩稿〉，《文獻專刊》第五卷一、二期，一九五四年六月。

3. 盧嘉興〈清末台灣的詩文大家胡南溟〉，《古今談》第三十六期，一九六八年二月。

4. 吳毓琪《台灣南社研究》，國立成功大學中文研究所碩士論文，一九九七年六月。

采蓮詞（四首選二）

施梅樵

（一）

芙蓉❶池北葉鱗鱗，芙蓉池南花入神。郎自采花儂拾子，空手歸來羞煞人。

（二）

勸君采蓮莫采蘋❷，蓮花浪漫見天真。鴛鴦雙宿蓮葉下，休使驚飛過別津❸。

作者

施梅樵（一八七〇至一九四九年），字天鶴，早年自號雪哥，壯歲更號蛻奴，晚年改號可白，彰化鹿港人。梅樵天資甚高，年二十四以案首入泮。台灣割讓日本後，前往大陸避亂，局勢穩定後再回到鹿港，從此以詩酒相伴。曾與洪月樵、許劍漁、蔡啟運倡設「鹿苑吟社」，以鼓吹詠詩風氣。中年之後，四處遷徙教學。晚年生活困頓，牢騷抑鬱。

梅樵詩、文、書法俱佳，其中又以詩最負盛名，章太炎評其下筆時神氣兼到，情景相生，返虛入渾，積健為雄。其文未曾結集，詩稿則有《捲濤閣詩草》、《鹿江吟集》及《玉井詩話》，皆中年以後所作。龍文出版社將《捲濤閣詩草》初集、《鹿江集》合印之，總名曰《梅樵詩集》。

註釋

❶芙蓉：荷花的別名。

❷蘋：水草名，生淺水中，葉有長柄，柄端有四片小葉，成田字形，也叫田字草，夏秋開小白花。

❸津：渡口。

賞析

此詩選自《捲濤閣詩草》，是描寫男女愛情的詩篇，敘述男女追求愛情青澀的模樣，並期望珍惜所愛的內容。

第一首詩，描寫男子對愛情的追求，並將其內心沒有把握，深怕失敗的緊張、生澀表現出來。第二首詩，以作者自身的口吻，勸男子要把握所愛，不要使愛情溜走，方才後悔莫及。可看出情竇初開的愛情，是須小心翼翼的經營與面對，反映出情人的內心世界。

這首詩的風格，與中國南朝時代的民歌極為近似，以清新自然之筆，寫男女的純潔愛情。當時南朝民歌，以吳歌、西曲最富盛名，它們幾乎都是民間的作品，情感真摯樸實，極具文學價值。吳歌盛行於長江下游江南之地，西曲則出於荊、郢、樊、鄧一帶，大約便是古時的楚地。吳歌所歌詠的戀情，多屬農村兒女的單純愛情。西曲則多半寫漢水流域賈客商婦的離情。依此風格觀之，本詩偏於吳歌的情調。今且援引兩首吳歌作品，以見其內涵。先來看〈子夜歌〉四十二首之一：「擥枕北窗臥，郎來就儂嬉。小喜多唐突，相憐能幾時。」又〈子夜四時歌〉七十五首之一：「朝登涼台上，夕宿蘭池裡。乘月采芙蓉，夜夜得蓮子。」這兩首詩都是描寫鄉村男女的戀情，語言樸實自然，不刻意雕琢，但工巧自在其中；至於男女情思的描寫，則是以含蓄之筆，寫誠摯純真之情，如此真切自然的作品，最易打動人心。本詩以采蓮為主題，描繪農村兒女的情思，不論在詩歌內容或語言風格的營造上，都與吳歌的風味相似，寫出了民間百姓最真實的生活情態。

老妓（二首選一）

施梅樵

回首繁華萬感牽，媧皇❶難補是情天。絳紗繫臂曾邀寵，白髮盈頭誰解憐？此日臨粧空惹恨，長宵無夢不成眠。明知脂粉能生色，點染雞皮❷便不妍。

註釋

❶媧皇：此指女媧煉五色石以補天的神話故事。

❷雞皮：指老年人皮膚起粟如雞皮般。

賞析

此詩選自《捲濤閣詩草》，以老妓為描寫對象，道出繁華落盡、年老色衰之後，徒留無盡的空虛愁悵。老妓的一生，雖然曾繁華、曾受邀寵，但一切是如此不切實際，所以當一切只成回憶，心中的悲愁並非一句「媧皇難補是情天」能道盡，只徒留更多感歎。所以內心的感慨就在「白髮盈頭誰解憐」、「此日臨粧空惹恨」、「長宵無夢不成眠」、「點染雞皮便不妍」中展現出來，「白髮」、「臨粧惹恨」、「雞皮」是歲月不饒人的痕跡，「無夢不成眠」是對人生感到惶恐，找不到生命的光輝，整首詩充滿灰色的生命情調，讓人對老妓的處境產生同情，也對老妓的一生，感到無比悲憫。事實上每個人的一生，或多或少都有命運上的不順遂以及年華老去之感，所以此詩表面上是寫老妓，但也可能是針對整個人生形態的反映，所以此詩寫來沉鬱迭宕，特別憂傷動人。

此詩透過成功的意象營造，呈顯年華逝去的愁悵。如「回首繁華萬感牽」、「媧皇難補」、「白髮盈頭」、「臨粧空惹恨」、「點染雞皮便不妍」等描寫，都是強調年華老去的狀況，此即是輻合的意象手法，將中心主題—年華逝去的愁悵突顯出來。

延伸閱讀

1. 陰鏗〈侯司空宅詠妓〉，見氏著《陰鏗集注》，劉暢、劉國珺注，天津：天津古籍，一九八八年。
2. 林爾嘉〈西湖採蓮歌〉，見氏著《林菽莊先生詩稿》，台北市：龍文，一九九二年。
3. 許南英〈采蓮曲〉、〈老妓〉，見氏著《窺園留草》，台北市：龍文，一九九二年。
4. 林資銓〈采蓮曲〉，見氏著《仲衡詩集》，台北市：龍文，一九九二年。

問題討論

1. 〈采蓮詞〉一詩談男女戀情，頗有南朝民歌吳歌、西曲之風味，試比較彼此間之異同。
2. 若從意境上來看，〈老妓〉這首詩的殊勝處在哪裡？
3. 施梅樵詩歌的語言風格如何？此處所引二詩是否足以呈現此一風格特色？

參考資料

1. 林文龍〈鹿港詩人施梅樵資料雜錄〉，《台灣風物》第二十六卷四期，一九七六年十二月。
2. 施懿琳〈自甘冷落作頑民，抵死羞為兩截人─鹿港施梅樵及其詩〉，《鹿港風物》第四期，一九八六年。
3. 吳彩娥〈古典書寫與主體性─施梅樵詩歌的一個考察〉，《中台灣古典文學學術研究會論文集》，台中市：台中縣文化局，第一版，二〇〇二年。
4. 余美玲〈鹿港詩人施梅樵詩歌探析〉，《國文學誌》第八期，二〇〇四年六月。

拆屋行

梁啟超

麻衣病嫠❶血濡足，負攜八雛路旁哭。窮臘慘栗❷天雨霜，身無完裙居無屋。自言近市有數椽❸，太翁所構垂百年。中停雙槥❹未滿七，府帖疾下如奔弦。節度愛民修市政，要使比戶成殷闐❺。袖出圖樣指且畫，尅期改作無遷延。懸絲十命但恃粥，力單弗任惟哀憐。吏言稱貸豈無路，敢以巧語干大權。不然官家為汝辦，率比傍舍還租錢。出門十步九回顧，月黑風淒何處路？祇愁又作流民看，明朝捉收官裏去（彼中凡無業游民皆拘作苦工）。市中華屋連如雲，哀絲豪竹❻何紛紛。游人爭說市政好，不見街頭屋主人。

作者

梁啟超（一八七三至一九二九年）字卓如，號任公，別號飲冰室主人，廣東新會人。光緒十年（一八八四年）考取秀才，光緒十五年（一八八九年）中舉。光緒十六年（一八九〇年）經陳千秋引薦，拜康有為為師。光緒二十一年（一八九五年）馬關條約簽訂時，與康有為發動十八省一千二百名舉人，上書朝廷，向清政府提出「拒和、遷都、變法」三項要求。其後辦《中外紀聞》、《時務報》等報，鼓吹維新變法。光緒二十四年（一八九八年），「戊戌政變」失敗後，流亡日本達十四年之久。光緒二十八年（一九〇二年）創《新民叢報》半月刊，一方面繼續鼓吹「君主立憲」的維新運動，另一方面積極介紹日本的風土民情，以及西方新進的思想，對當時的中國知識份子影響甚大。梁氏與台灣知識界產生互動，便是在他寓居日本的時期。一九一三年返回中國，先後在袁世凱、段祺瑞政府任職，後始知事不可為。一九一九年五四運動後，仍鼓吹改良主義，抵制社會主義思想的傳播。一九二〇年初，自歐洲考察返國後，決定自此放棄政治活動，全力從事國民實際基礎之教育事業。先後任教於北京大學、南開大學、東南大學，後任清華學校國學研究院的導師、北京圖書館館長、司法儲才館館長等職。梁氏一生著作宏富，堪稱晚清暨民國初期一代學術宗師。

註釋

❶嫠：音ㄌㄧˊ，寡婦。

❷窮臘慘栗：歲末嚴冬，因寒冷及恐懼而發抖。栗，同慄，指因恐懼或寒冷而發抖。

❸椽：音ㄔㄨㄢˊ，本指房屋上面承瓦的圓木，此指房屋。

❹椑：粗陋而薄的小棺材。

❺比戶成殷闐：使這屋子成為最盛大豐盈的地方。殷，盛大的樣子；闐，滿盈的樣子。

❻哀絲豪竹：指絃管樂聲，悲壯動人。

賞析

此詩選自《飲冰室文集》，是一首樂府歌行體之詩，以拆屋為主題，將嫠婦、幼雛無家可歸、無枝可依的悽楚哀涼描出；同時也將日人統治下，橫行霸道、欺壓賢良的醜陋面貌展出，是相當寫實，且具有社會現實意義的作品。

從唐代新樂府運動之後，新題新詞的樂府詩不斷出現，不但擴大了樂府詩的創作內涵；也豐富了詩歌的題材與主題，使更多具有社會寫實精神的作品展現出來，此詩即是屬於緣事而發的新題新詞作品。此詩以拆屋為主題進行描寫，全詩共二十六句，可分為四部分論述，第一部分為一至四句，將病嫠、幼雛在天寒霜凍中，身無完衣、無家可歸的悲慘形象描出。第二部分為五至十八句，將日人強制徵收、剋期改建的蠻橫面目刻畫出來。第三部分為十九至二十二句，描繪出病嫠、幼雛被迫逐出家門成為流民，月黑風淒、無家可歸的悲慘境遇。第四部分描寫華屋如雲，卻不見真正房屋主人的現實狀況。全詩不但具有反映現實的社會意義；同時也具有諷刺的精神在其中，詩中以強制拆屋遷出的現實描寫，諷刺橫行霸道、專擅獨斷的日人統治形象。當然，這也突顯日治下的台灣，百姓受到高壓統治，面對不平等待遇的痛苦與悲哀。藉由此詩的描寫，我們能更深刻的體會，也能更深入認識當時社會民生的現實狀況。

就全詩的展現方式，可發現有節奏的快慢變化在其中：詩歌一開始是以緩慢的節奏進行，展現嫠婦、幼雛悲慘處境，似乎這樣的日子冗長而難捱；接著進入日人強迫拆屋的描繪，節奏變得快速強烈，如「府帖疾下如奔弦」、「尅期改作無遷延」中的「疾」、「奔」、「尅」等字，都有明顯的速度感與時間性，讓人感受到節奏的快速與緊迫。最後又以舒緩的節奏作結，如「出門十步九回顧」、「月黑風淒何處路」中，「十步九回顧」就表現出徘徊不定之感；「月黑風淒」則有著悲涼無助之感，這都是屬於緩慢的節奏。可見隨著節奏的快慢變化，我們的心情也會跟著改變而有相異變化，節奏慢容易有著憂傷、悽愴的感受；節奏快容易有緊張、生氣、憤怒的感受。就此詩的表現方式而言，節奏是由慢轉快，再由快轉慢的，所以讀者的心情是由哀憐轉而憤慨，再轉成無奈，整個台灣的社會困境，也就在這種快、慢的變化中顯露無遺。

獻堂繼尊甫兵部公之志築萊園以奉重闈太夫人余游臺館余於園之五桂樓敬賦

梁啟超

周餘重見老萊衣❶，稍喜先疇❷願不違。滿眼雲山隨宴坐，百年花鳥答春暉。滄桑牢落❸供詩健，叢桂招邀有夢歸。我亦敝廬三畝在，可憐游子老征騑❹。

註釋

❶老萊衣：表孝養父母至老不衰。此運用老萊子年七十，猶戲綵娛親的典故。

❷先疇：祖先的田地，此引申為祖先的願望。

❸牢落：寥落、孤寂。

❹征騑：遠行的馬，此用以自比。

賞析

此詩選自《飲冰室文集》，是梁啟超到台灣，於台中林家之萊園賞遊時有感所作，內容除肯定林文欽築萊園以孝親之行止外，也感慨自身無法為雙親盡一份孝心。林文欽為林獻堂之父，其性溫和孝悌，事親至孝，素慕二十四孝中的老萊子，所以築萊園以娛養其母羅太夫人。林獻堂是台灣近代民族運動的領袖，自幼即耽讀梁啟超的著作，受其影響很深。梁啟超於一九一一年到台灣，受到台灣仕紳盛大歡迎，林獻堂也不例外，邀其到台中林家作客。梁任公滯留萊園達二星期，談論古今，鼓吹民族主義，有〈萊園雜詠〉、〈贈林幼春〉、〈次韻酬林癡仙見贈〉等作，本詩也是此期間的作品。梁啟超台灣之行，對台灣日後的民族運動有不少幫助和啟發，對青年的求知慾也有很大的刺激。

此詩從歌詠林家萊園開始，萊園占地寬廣，景色怡人，其中包含了五桂樓、小習池、荔枝島、櫟社二十年紀念碑等，而萊園之命名，正是取二十四孝中，老萊子戲彩娛親的故事，故稱之為萊園。所以詩歌一開始，即言「周餘重見老萊衣，稍喜先疇願不違。」將萊園之興建目的與命名由來道出；接著頷聯內容是接續首聯而來，將萊園景致「滿眼雲山」、「百年花鳥」作一描繪；至頸聯作一轉折，是詩人思緒的跳躍，道出了「滄桑牢落供詩健，叢桂招邀有夢歸。」的寥落心情，原因正是末聯「我亦敝廬三畝在，可憐游子老征騑。」詩人想到自身長年在外，無法盡人子之孝道，而有所感發。

整首詩歌的心情跳躍與轉折是很大的，這與梁啟超當時的處境有相當大的關係，其在光緒二十一年（一八九五年）馬關條約簽訂時，與康有為發動十八省一千二百名舉人，上書朝廷，向清政府提出「拒和、遷都、變法」三項要求，並鼓吹維新變法。至光緒二十四年（一八九八年）「戊戌政變」失敗後，流亡日本達十四年之久，一直到一九一三年才返回中國。可知詩人此時的台灣之行，正是流亡海外期間，到這一年已離開家鄉十二年，也因為如此，某有家不得歸的處境，觸動了他遊子思親，無法奉養的苦悶。所以此詩的意象營造是屬於意象的跳躍，由林家萊園的孝親意象，加上詩人特殊的生活經歷，因而跳躍至感慨自身無法盡孝道的悲愁。由此我們亦可發現，意象的形成，除了外在的象之外（即包含景致、物象等），內在的意（即包含情感、經歷、性格等）是主要的影響關鍵。

延伸閱讀

1. 梁啟超〈萊園雜詠〉，見氏著《飲冰室文集》，台北市：台灣中華，一九七〇年。
2. 林資銓〈癸亥正月十日重集於萊園題名碑下感作〉，見氏著《仲衡詩集》，台北市：龍文，一九九二年。
3. 洪棄生〈田畝嘆〉，見氏著《洪棄生先生全集》，南投市：台灣省文獻委員會，一九九三年。

參考資料

1. 黃得時〈梁任公遊臺考〉，《台灣文獻》第十六卷三期，一九五五年。

2. 謝秋萍〈梁啟超與霧峰林家三傑的台灣情誼〉，《台灣文學觀察雜誌》第八期，一九九三年九月。
3. 鄭淑蓮〈梁啟超之遊臺與林獻堂〉，《弘光學報》第三十期，一九九七年十月。
4. 羅秀美〈破碎山河誰料得，艱難兄弟自相親：梁啟超遊臺詩的家國情懷〉，《元培學報》第七期，二〇〇〇年十二月。
5. 藍偵瑜〈梁啟超訪臺對傳統文人的影響之考察：以林癡仙為分析對象〉，《島語：台灣文化評論》第三期，二〇〇三年九月。

問題討論

1. 請討論梁啟超台灣之行，對台灣知識份子有哪些影響？
2. 梁啟超有何歷史定位與評價？
3. 有關萊園的詩甚多，請試著找出數首作品，並分析其異同之處。
4. 萊園經九二一大地震後，已有部分景觀受損，可嘗試實際走訪此地，看看古今景致有何變異。

夏日村中雜感（五首選二）

蔡碧吟

（一）

夾隴涼雲刈麥天，沙堤梟母❶養兒眠。田家女子閒猶少，晝出鋤禾夜紡綿。

（二）

幾天積雨沾新泥，苔徑深林鷓鳥❷啼。野水石梁初漲滿，半江萍影綠東西。

作者

蔡碧吟（一八七四至一九三九年），台南市人，生於清同治十三年，卒於昭和十四年，享年六十六。碧吟父為清代舉人蔡國琳，由於幼承庭訓，加上資質聰明，碧吟文才極佳，詩文與書法都有出色的造詣。及笄之年，國琳為碧吟擇配高足賴文安（亦清代舉人），然未成親而文安亡，此時碧吟二十二歲，開始過著寡居的生活。四十二歲（一九一五年）時，改適國琳另一弟子舉人羅秀惠。秀惠本是詩妓王香禪的丈夫，為了娶碧吟而與香禪離婚，此段姻緣在當時也引起社會極大的爭議。婚後的生活亦不順遂，秀惠蕩盡碧吟家中之遺產，本來富裕安逸的生活，卻因這樁婚姻而變調。

碧吟的作品多已散佚，有部份收錄於相關文獻中，吳品賢曾加以蒐羅，得九題二十四首（見吳著〈府城才女蔡碧吟〉一文），其中最常為人所徵引者，乃〈臺陽竹枝詞〉五首與〈夏日村中雜感〉五首。其詩歌與書法，皆名重一時，因此有赤嵌才女、府城才女之美譽。

註釋

❶鳧母：母的野鴨。鳧，音ㄈㄨˊ。

❷鶵鳥：俗稱鵪鶉。

賞析

台灣的女詩人並不多見，蔡碧吟即是其中一位，她工於詩文書法，所著《叢桂堂詩鈔》今已亡佚，今之作品從彭國棟《廣台灣詩乘》選出。此二詩主要內容展現出來的是夏日安閒、淡適的田園風貌。

詩人未嫁而寡的際遇，已相當不幸，想不到中年改適舉人羅秀惠，亦無得到疼惜愛護，所以在感情生活上，詩人幾乎只留下空白與落寞。不過儘管際遇不順，詩人表現在作品中的人生態度，卻每有安閒舒適之感，本詩對於夏日村居的描繪，便鮮明地展現了此一風格。詩歌第一首描寫夏日收割，田家女子晝鋤禾、夜紡綿的恬淡安適。第二首是描寫雨後夏日景象，充滿著鳥啼、水漲、綠萍離離的田園閒淡風光。

這兩首詩的語言風格，屬於莊重淡雅的味道。所謂莊重淡雅，即是端莊穩重、高雅不俗的氣度，是以真摯的情感以及莊重淡適的氣氛，展現詩歌的內涵。就真摯的情感而言，詩人將田園生活的安適，內化為自身的生活態度，所以描寫出來的是不造作、不虛偽的真感情，由此而給人生動的感染力，彷彿身處田園逸境。就莊重淡適的氣氛而言，運用順敘、直述的方式，以穩健誠摯的態度，將眼前所見所感描寫出來，呈現安閒莊雅之夏日形象。

由於家學淵源，詩人素有才女之稱，其詩歌廣受世人肯定，本詩以及其〈臺陽竹枝詞〉，更是詩人最膾炙人口的作品。連景初〈赤嵌女史蔡碧吟〉一文，曾讚美本詩「清新可誦，饒有田園風味，足為古都采風之佐，實不愧名媛手筆。」這段話正可為本詩之價值，做一適切之註腳。

延伸閱讀

1. 陳逢源〈入夏山居偶詠〉，見氏著《溪山煙雨樓詩存》，台北市：龍文，一九九二年。

2. 施瓊芳〈夏雨即事〉，見氏著《石蘭山館遺稿》，台北市：龍文，一九九二年。

參考資料

1. 盧嘉興〈記前清舉人蔡國琳與女蔡碧吟〉，《古今談》第四十一期，一九六八年七月。
2. 婁子匡〈臺澎人物傳‧遲婚才女蔡碧吟〉，《台北文獻》直字第六至八期合刊，一九六九年十二月。
3. 王國璠、邱勝安《三百年來台灣作家與作品》，鳳山：台灣時報社，一九七七年。
4. 邱奕松〈府城兩才女—王香禪、蔡碧吟〉，《台南文化》新二十九期，一九九〇年六月。
5. 吳品賢〈府城才女蔡碧吟〉，《台南文化》新五十期，二〇〇一年三月。

問題討論

1. 蔡碧吟婚姻生活並不順遂，這樣的情況對其詩歌創作有無產生影響？試舉例說明之。
2. 試就目前所存詩作，談談蔡碧吟詩歌的寫作特色及其題材類型。

送姪幼春過海游學

林朝崧

吾兄膝上王文度❶，不減謝庭之寶樹❷。先世起家用弓馬，汝獨苦心向詞賦。千金一字不輕下，文成每有驚人句。奇峰狂浪生筆端，擲地鏗鏘協韶頀❸。偶然游藝賈餘勇，巧思亦足相貫注。圍棋不落第二品，蹴鞠❹樗蒱❺皆獨步。只今年才二十四，文采風流遐邇慕。但恨操術與時乖，斑斑❻高隱南山霧。今朝別我西游學，小弟擔簦❼逐芒屨❽。離親去里初作客，越水閔山❾慎行路。邇來震旦❿新學興，說富言強士爭騖⓫。侏離⓬講習紅毛文⓭，糟粕六經誰復顧？二三儒生抱殘缺，拘守人笑書中蠹。低心逐時何足羞，貴令樗櫟⓮化菌簬⓯。物生合用斯為美，章甫適越⓰毋乃誤。汝今此行良有以，竊願知新更溫故。毋忘所能古有訓，博覽兼通問則裕。送汝求師浮海去，祝汝業成早東渡。離筵有酒不能飲，心逐去帆飛似鶩。別後知余日夜思，莫厭頻頻傳尺素⓱。

作者

林朝崧（一八七五至一九一五年），字俊堂，號癡仙，署無悶道人，台中人。自幼習詩，年十九為邑諸生。日人治台，遊歷於中國，數年後遵母命返台。明治三十五（一九〇二年）年創立「櫟社」，與詩友相互酬唱。晚年闢建「無悶草堂」，流連於酒色之間。

癡仙一生以詩名，然生前作品未刊行。後經「櫟社」社友傅錫祺、陳懷澄、陳貫等人輯其遺作，復由從弟林獻堂總其事，按年編次，自光緒二十一年乙未始，迄於大正四年乙卯（一九一五年），計分五卷，附〈詩餘〉一卷，題為《無悶草堂詩存》，昭和八年（一九三三年）排印行世。觀其集中篇什，頗多憂時傷世之作，讀之令人動容。

註釋

❶王文度：即王坦之，字文度，晉人，才幹極高，與謝安共輔朝政，在此用以比喻其姪子林幼春。

❷不減謝庭之寶樹：指林幼春的才華，不輸給謝安家族的優秀子弟。所謂謝庭寶樹，唐王勃《王子安集》五〈滕王閣詩序〉云：「非謝家之寶樹，接孟氏之芳鄰。」寶樹，猶言玉樹。古代以芝蘭玉樹，喻貴族子弟。謝庭：指謝安之門庭。

❸韶護：指廟堂之樂，或泛指古樂。韶，舜樂也；護，湯樂也。也寫作韶護、韶濩。

❹蹴鞠：古代軍中習武之戲，類似今之足球賽。

❺樗蒱：音ㄕㄨ ㄆㄨˊ，古代博戲，即後代的擲骰子。今通稱賭博為樗蒱。
❻斑斑：指頭髮花白。
❼擔簦：執傘。簦，音ㄉㄥ，有長柄的笠，猶今日的傘。
❽芒屩：草鞋。屩，音ㄐㄩˋ，鞋子。
❾越水悶山：即渡過河水，爬過高山；擔心河之湍急，擔心山之險峻。悶，憂患。
❿震旦：古印度語的音譯，即中國。
⓫騖：追求。
⓬侏離：形容異地語音難辨。

⓭紅毛文：本指荷蘭語，此處泛指西洋學術。紅毛，明清時期，稱荷蘭人為紅夷或紅毛夷。
⓮樗櫟：指無用之物。樗，木名。櫟，木名，兩者皆無用之材。
⓯箘簬：竹名。箘，音ㄐㄩㄣˋ，竹的一種。簬，音ㄌㄨˋ，竹名，可製箭。《戰國策‧趙》一：「其堅則箘簬之勁，不能過也。」
⓰章甫適越：指事物不合所用。此典故出自《莊子‧逍遙遊》。章甫，古代禮冠。
⓱尺素：書信。

賞析

此詩選自《無悶草堂詩存》，是一首送別的七言古體詩。作者林癡仙與林幼春是叔姪的關係，當時幼春要出發到中國遊學，於是寫下此首作品送給幼春。全詩表達對姪子才華的肯定，期望他一路順利，並在追求新學的同時，別忘了故有文化的優點，能知新溫故、博覽兼通，最後期待早日學成歸來，並時時保持聯絡。

全詩充滿長輩對晚輩的疼惜與關愛，顯見他們叔姪的感情必定相當好。

此詩七言四十句，共有二百八十字。可分為五部分進行介紹，詩歌一開始，即運用了王坦之與謝安的典故：王坦之與謝安是晉朝人，共同輔佐朝政，兩人當時齊名，在《世說新語・雅量》篇中，有著謝安膽識優於王坦之故事。但本詩卻以「吾兄膝上王文度，不減謝庭之寶樹」的論點，突顯出姪子林幼春的才華膽識，是卓越突出的，甚至是不減謝安的，將典故的故實作了新的轉化與運用。接著針對幼春的才華進行細部描寫，包含詞賦、文采、圍棋、蹴鞠、樗蒲等，皆有傑出的表現，將允文允武、多才多藝的林幼春介紹出來。第二部分，筆鋒一轉，道出「但恨操術與時乖」、「邇來震旦新學興」的現實背景，此也是幼春要出國遊學的原因。第三部分，將大家爭相學習新學，舊學不受重視提出批判。第四部分，期望幼春在學習新學的同時，能兼顧舊學，達到「竊願知新更溫故」、「博覽兼通問則裕」。最後，道出依依離情，將不捨、思念從「別後知余日夜思，莫厭頻頻傳尺素。」中流瀉出來。也將日治時期，知識份子面對時代變遷，西方學說盛行，所遭遇的衝擊與應變呈現出來

整首詩有敘述、有說理、有抒情，理路清晰，情感真摯，深刻而動人。本詩的寫作方式，是以敘事為主，說理與抒情為輔。敘事的主線，從一開始介紹才學兼備的林幼春，到說明新學興起，決定留學開始，加入抒情與議論的副線，將幼春過海遊學的關懷，以「離親去里初作客，越水閔山慎行路。」的抒情語調呈現出來；接著興發議論，道出「侏離講習紅毛文，糟粕六經誰復顧。」傳統文化無人重視的擔憂與不平，並針對此現象提出建議，說道「物生合用斯為美」、「竊願知新更溫故」、「毋忘所能古有訓，博覽兼通問則裕。」這皆是說理的表現。最後以抒情作結，表達對幼春遊學的不捨與依依離情。可看出全詩在敘事的主線下，輔以議論與抒情，此不但增加詩歌的內涵，也讓情感有更豐富的變化，讓人讀來有認知、有體悟、有感動，此即是此詩引人入勝的地方。

濁水溪 （三首選二）

林朝崧

（一）

紅樹青山十驛連，笑談已到濁溪邊。行人今夜雲林宿，回首煙迷半線天❶。

（二）

俯聽渾流響急灘，板橋過盡始心安。此溪疑是黃河水，清比包公❷一笑難。

註釋

❶煙迷半線天：指煙霧繚繞，遮蔽了彰化一帶的天空。半線，彰化舊名。

❷包公：即包拯，執法嚴峻，是清官的典型。

賞析

此詩選自《無悶草堂詩存》，是歌詠濁水溪的作品，濁水溪位於台灣中西部，是台灣最長的河流，長一百八十六公里。

第一首詩，說明到達濁水溪後，夜宿雲林，看到的濁水溪是「回首煙迷半線天」，將長長濁水溪煙霧繚繞的特點呈顯出來。第二首詩，描寫濁水溪的水勢湍急「渾流響急灘」，且水流混濁「疑是黃河水」，突顯濁水溪湍急、混濁的特色。此二詩均扣緊濁水溪的特色進行描繪，包含最長、最混濁等，可見作者最對於濁水溪是有深入的觀察與認識。

本詩的寫作特色善用譬喻與對比，針對濁水溪水流混濁的特點進行描繪，其中「此溪疑是黃河水」是譬喻手法中的暗喻，因喻詞為「是」；而「清比包公一笑難」是對比，將河水要清澈與要包拯展笑顏對比，道出濁水溪清澈比要包拯展笑顏還難。以暗喻與對比手法，將濁水溪的特點展現出來，也讓讀者了解，濁水溪為何稱為濁水溪的原因。

延伸閱讀

1. 林資銓〈題無悶草堂詩存〉，見氏著《仲衡詩集》，台北市：龍文，一九九二年。

2. 林爾嘉〈庚辰十二月二十五日，消寒第三期，因予病，展期五日。次孫慰楨暮春授室後，即奉派出洋研究科學，近日新婦亦赴歐求學，爰作羹湯，藉此敘別，詩以誌之〉，見氏著《林菽莊先生詩稿》，台北市：龍文，一九九二年。

3. 張李德和〈長女女英留學日本女子大學臨別賦示〉，見氏著《琳瑯山閣吟草》，台北市：龍文，一九九二年。

4. 吳子光〈濁水溪〉，見氏著《一肚皮集》，台北市：龍文，二〇〇一年。

參考資料

1. 毛一波〈林癡仙之詩〉，《台灣文獻》第六卷一期，一九五五年三月。
2. 廖振富〈林癡仙詩中的台灣與中國〉，《台中商專學報》第二十九期，一九九七年六月。
3. 洪銘水〈日據時期的隱逸詩人─林癡仙〉，《東海學報》第三七卷一期，一九九六年七月。
4. 張靜茹〈以林癡仙、連雅堂、洪棄生、周定山的上海經驗論其身份認同的追尋〉，台北市：國立台灣師範大學國文研究所博士論文，二〇〇二年六月。

問題討論

1. 濁水溪有那些水文特色？
2. 自然山水的刻畫多運用那些寫作手法？
3. 林癡仙是台中櫟社的創立者之一，請問除了設立文學社團外，其於台灣學界尚有何貢獻？
4. 林癡仙與其姪林幼春同富詩名，也同屬櫟社的重要成員，請問二人詩歌之特色有何異同？

圓山貝塚

連　橫

巍巍台北城，萬瓦魚鱗覆。蜃氣幻樓臺，龍宮耀珠玉。我來淡江濱，獨愛圓山麓。貝塚尚可尋，千年出幽谷。土色隱斕斑，波紋斷復續。云是原人居，穴處傳其族。結繩❶雖云遙，石鋤猶可斸❷。惜無龜甲文，得饋今人讀。今人號文明，猶見狉榛俗❶。倉頡❹製奇書，天愁鬼夜哭。憂患自茲來，貧富日爭逐。富者饜膏粱❺，貧者甘藜藿❻。勞逸苦不均，生涯常侷促。乃知人世間，所爭在飲啄。何如無懷民❼，食飽還鼓腹。緬懷太古前，獨倚潭邊竹。

作者

連橫（一八七八至一九三六年），字武公，一字天縱，號雅堂，又號劍花。其祖籍為中國福建省漳州府龍溪縣，七世祖於清康熙年間渡海來台，定居於台南寧南坊馬兵營，遂為台南人。生於清光緒四年，卒於民國二十五年，年五十九。

連橫身處清末時期，面對列強對中國的欺凌，也看到台灣時局的混亂，激發他改革社會的決心。他主持過《臺澎日報》、《台南新報》等多家報紙，希望藉由媒體來促進革新。除了辦報紙之外，他不斷蒐集資料，歷經十二年而成《台灣通史》一書，為台灣的歷史留下寶貴的文獻資料。

除了史學的專長外，先生的詩文也極具功力。他在光緒二十一年時加入「浪吟詩社」，明治三十九（一九〇六年）年時與蔡國琳等人將「浪吟詩社」改為「南社」，對於詩歌的創作，不遺餘力。此外，其古文造詣亦十分高妙，文筆簡煉，辭藻宏麗，功力猶有勝其詩歌者，其詩文著作後編為《雅堂文集》與《劍花室詩集》。除了它自身的詩文作品外，他也曾依作家年代的先後，編纂《台灣詩乘》一書，蒐羅歌詠台灣的篇什。此外，他又編寫《台灣語典》，以發揚台語；編寫《雅言》，以正定台語文字，這些書籍對於保留台灣文學、文化，有相當之助益。

註釋

❶結繩：文字產生前的一種記事方法。用繩打結，以不同形狀和數量，來表不同的記錄。

❷劚：鋤斷根株，此引申為可找尋、可發現。音ㄓㄨˇ。

❸狉榛俗：比喻如叢林野獸般的習氣。狉，獸名，貔，豹屬。榛，叢木。

❹倉頡：相傳古代創漢字者。

❺饜膏粱：滿足於美食享受。饜，滿足。

❻甘藜藿：滿足於野菜。藜與藿都是野菜，為貧者所食。

❼無懷民：即無懷氏，為傳說中的古帝名。陶淵明〈五柳先生傳〉：「酬觴賦詩，以樂其志，無懷氏之民歟？葛天氏之民歟？」

賞析

此詩選自《劍花室詩集》，是一首五言古詩，主要描寫圓山文化遺址，由詠物進而說理，說明今日雖號文明，仍可見放縱野蠻之氣習，主要原因是人類豪奪強食，紛爭不斷，反而不如太古前，飽食無爭，悠悠自在的生活方式。

圓山貝塚，位於台北盆地西北方，在台北市北區基隆河的一座小山上。是西元一八九七年，由日人依能嘉矩發現的，此貝塚中包含了豐富的考古標本，經過研究後，發現圓山遺址至少包含兩層不同的文化層，上層為圓山文化層；下層為繩紋陶文化層，具有文化及歷史價值，所以在民國七十七年，由內政部評定為一級古蹟。現今在台北市立兒童育樂中心，設有圓山遺址展示室，提供民眾參觀認識，對圓山遺址的文化傳承，有著重要的指標意義。此詩大概可分為兩部分，第一部分為前十四句，主要歌詠圓山貝塚，包含地點、狀貌；第二部分為後十八句，此轉為說理，說明文明進步的今天，卻充斥著貧富的爭逐，轉而緬懷太古之前（此指圓山貝塚遺址的太古居民生活），百姓穴處飽食，恬淡無爭的生活。

此詩詠物兼說理，表達出的正是老子「知識出，有大偽的」思想，所以詩云「倉頡製奇書，天愁鬼夜哭。憂患自茲來，貧富日爭逐。」表達愈文明的情境，人們愈是相互競逐，紛爭愈多，爭奪更烈。詩人想著失去敦厚氣象的人們，望著圓山貝塚遺址，有著追懷，更有著慨嘆，表達出詩人對於進步文明的反思。這正是藉詠物而興發議論，詠物兼說理的表現方式。

詠史一三〇首（選二）

連橫

（一）

塵塵人物界，天演❶日開張。優劣無分別，吾生貴自強。（赫胥黎）

（二）

明亡三十載，海國有田單❷。飼鴨❸宵中起❹，威儀復漢官❺。（朱一貴）

註釋

❶天演：為嚴復所翻譯，赫胥黎所著的《天演論》。《天演論》是《進化論與倫理學》的節譯本，也就是說赫胥黎所著的《進化論與倫理學》，嚴復只翻了其中一部分，成為《天演論》。

❷田單：戰國時齊國人。當時燕國攻齊國，已攻下七十餘城，僅剩莒與即墨二城未被攻下。此時即墨守將戰死，城中人共推田單為將軍。田單用反間計，使燕國撤換名將樂毅，用火牛陣大破燕軍，收復齊國七十餘城，被封為安平君。

❸飼鴨：朱一貴在起義前，是以養鴨為生，此以飼鴨借代朱一貴。

❹宵中起：朱一貴的第一場戰役，就是夜攻岡山汛（在今高雄縣），且獲得成功。

❺威儀復漢官：朱一貴起兵後，節節勝利，大敗官兵，各方響應，七日而全台均被攻陷。此時朱一貴被奉為中興王，尊故明，建元永和，大封諸將群臣。

賞析

此二詩選自《劍花室詩集》，是詩人〈詠史一三〇首〉中的二首。在此百三十首的詩歌中，內容含括中、外人物，有中國古代的帝王、人物，亦有西方的文學、科學家，可看出當時西方的文學、科技對東方知識份子的影響。此選二首，一為歌詠英國生物學家赫胥黎；一為歌詠反清復明的朱一貴。

赫胥黎的《天演論》，是清朝末年嚴復所翻譯的作品，內容主要談論關於「物競天擇，適者生存」、「優勝劣敗」的演化論。清朝政治腐敗，尤其是經過清朝末年幾次列強侵略的敗仗後，知識份子對於此書所闡述的「物競天擇，適者生存」、「優勝劣敗」等理論，有如當頭棒喝，受到相當大的震撼，紛紛追求革新。本詩就在這樣的背景之下，寫出「天演日開張」（《天演論》）對當時社會的影響；在這情況下，詩人以積極的心態來看待，道出「優劣無分別，吾生貴自強。」來相互勉勵。

第二首詩是敘述朱一貴起兵反清的事件，台灣於康熙二十三年（一六八四年）規劃一府三縣，正式進行統治，朱一貴於康熙六〇年（一七二一年），在岡山發動壯烈的反清運動，其後各地響應，燎原莫遏，七日而全台俱得。於是眾奉朱一貴為中興王，遵故明，建元永和，並大封諸將。此次反清運動，最後雖然還是宣告失敗，但卻可見台灣在清朝統治之下，還有不少人依然有著反清復明、興漢滅滿的想法，在朱一貴之後，還有如林爽文之役、陳周全之役、戴潮春之役等戰役。此詩對於朱一貴的反清行為，是以海國之田單予以歌詠，並將朱一貴曾飼鴨為生，且夜攻岡山汛，後來被奉為中興王，並大封諸將的威武行儀展現出來。

此二首詠史詩，除展現一歷史時期的記錄外，也包含作者對於這些歷史事件的評述，有保存史料的積極意義，有助於後人的研究與探討。

延伸閱讀

1. 許南英〈詠史〉，見氏著《窺園留草》，台北市：龍文，一九九二年。
2. 施瓊芳〈晴皋太史同年以題顏希源百美新詠詩索和〉，見氏著《石蘭山館遺稿》，台北市：龍文，一九九二年。
3. 林景仁〈詠史三十首〉，見氏著《林小眉三草》，台北市：龍文，一九九二年。

參考資料

1. 林玉体〈余，台灣人也：論連雅堂先生之鄉土認同〉，《師大學報：人文與社會科學類》第四十二期，一九九七年十月。

2. 王文顏〈連雅堂先生的詩社活動〉，《中國近代文化的解構與重建—連橫》學術研討會論文，台北市：國立政治大學，一九九七年。

3. 黃美玲《連雅堂文學研究》，高雄市：國立中山大學中文研究所博士論文，一九九八年六月。

4. 陳瑜霞〈從劍花室詩集看連雅堂及其時代性〉，《南臺應用日語學報》第二期，二〇〇二年六月。

5. 宋鼎宗〈連雅堂的台灣文學觀〉，《育達研究叢刊》第五卷六期，二〇〇三年十一月。

問題討論

1. 〈圓山貝塚〉一詩提供讀者思考空間，即文明進步的意義到底為何？其真諦又是什麼？請就個人看法討論之。

2. 台灣還有哪些文化遺址？這些文化遺址有何現代意義？

3. 日治時期古典詩人林小眉，亦有詠史之作，可嘗試與連雅堂的詠史詩相互比較，以見二人詩作之獨特處。

4. 詠史詩的特徵是什麼？連雅堂的詠史詩是否符合這些特質，有無特出創新之處？

5. 在連雅堂〈詠史一三〇首〉中，歌詠了許多西洋名人，請問是否能由這些人物的特點上，看出連氏對於寫作對象的取捨標準？這與他選擇中國人物的趨向有何異同？

哭洪月樵❶先生

林資修

憔悴江潭病叟吟，不虞❷橫禍更侵尋。獨居與古為徒室❸，長抱無人可解心。傲士例宜遭毒手，高人誰信拾❹遺金❺。最憐負鼓求亡日❻，一瞑❼千秋此恨深。

作者

林資修，字南強（一八八〇至一九三九年），號幼春，晚號老秋，台中縣霧峰人。資質絕佳，年少時即負有詩名，為櫟社成員之一，梁啟超以「海南才子」稱之，以為其「才氣猶堪絕大漠」。

幼春極富民族氣節，與林獻堂致力於抗日運動，曾擔任「台灣文化協會」的協理，大力傳揚民族思想。為了推動台灣議會的設置，一九二三年發生了「治警事件」，幼春被捕，判了三個月的徒刑，在獄中留下許多可歌可泣的作品。

幼春詩作名為《南強詩集》，其詩各體俱佳，其中又以歌行最為雅健。徐復觀曾為此書作序，認為其詩「雖於從容觴詠之中，亦無以抑其激烈悲歌之概，中原之山川文物常縈迴盤鬱於其筆端，固結而不可解。故其詩意境深而宏，氣象光而大，斯固不可以一島之地籠而域之。」並認為其詩「實萬劫不磨之民族精魂之所寄。」因稱幼春為「一代民族詩人」。總的來說，幼春詩歌在秀麗中蘊含著宏闊的氣勢，是日治時期極具代表性的人物。

註釋

❶洪月樵：洪攀桂，學名一枝，字月樵。台灣淪陷後，改名繻，字棄生。生於清同治六年，卒於昭和四年，享年六十三歲。其學識淵通，文筆卓絕，不論詩、詩論、古文、駢文、歷史等，均有極高造詣，為士林所推重，是一位全才型的文人。其作品充滿反抗精神與民族氣節。

❷不虞：不料。虞，意料。

❸獨居與古為徒室：言死去之後，長眠在時代的洪流中。

❹拾：取。

❺遺金：留給子孫的財物。

❻負鼓求亡日：背鼓敲打以求死那天，說明對於死亡毫無恐懼。負鼓，肩上背鼓。蘇軾《東坡集》十四〈葉濤致遠見和笑幹兒詩次韻〉：「笑我老而癡，負鼓欲求亡。」

❼一瞑：死去。瞑，昏暗，引申為死。

賞析

此詩選自《南強詩集》，寫於己巳年，是為昭和四年（一九二九年），這一年正是洪月樵去逝那年。洪月樵二十九歲那年，台灣割日，從此絕意仕進，並改名為繻，字棄生。在日本統治之下，月樵不受威屈、不受利誘，不畏日人干涉，撰寫史書，並撰寫許多寫實記事的詩歌作品，包含甲午之戰經過、民主國抗日、台胞的英勇抗日、日軍的殘暴、日政的嚴苛等，都是月樵感憤時事之作，不但以詩為史，也展現他威武不屈的氣節。在日常生活上，他拒穿洋服，堅不剪辮，日本當局遂強制剪下，從此他披散長髮，頑強的對抗日人。因為這樣的人格與氣節，他受到知識份子的敬重，當他去世時，也讓許多知識份子感到不捨，此篇即是林幼春表達哀傷悲慟之作。

整首詩將月樵的死，寫得悲壯，寫得憤慨。據學者的考證，月樵的死因是因曾被日警拘捕入獄，最後因病逝世。但被日人拘補的主要原因為何？參考程玉鳳《洪棄生及其作品考述》一書，得知月樵被補入獄的原因，可能與長子虧空公款潛逃，被曾結怨的友人向日警告密有關，月樵因此下獄，並為了替子償還公款，變賣土地，出獄後不久，即一病不起。由這些死因的推測與考察，我們可以得知，月樵在去世之前，心中必定氣憤難平，必定鬱結纏繞，為著自己兒子不成材；為著傾家蕩產還公款；為著自身連累入獄；為著一生的清譽與傲骨……，懷著滿胸的忿恨而離開人世吧！這樣的心情，這樣的歷程，我們可從此詩作中看出端倪：「傲士例宜遭毒手，高人誰信拾遺金。」其中的「傲士」、「高人」都是借代月樵，「例宜遭毒手」說明月樵遭到入獄的陷害；「誰信拾遺金」說明月樵自已也不會相信，會為了替子償還公款而必須將家產變賣一空。在這樣的情況下，最後死時是「長抱無人可解心」、「一瞑千秋此恨深」，這是多麼悲悽忿恨的心情啊！

此詩的語言風格是沉鬱迭宕的，全詩在「憔悴」、「獨居」、「無人」、「毒手」、「誰信」、「最憐」、「恨深」等意象的疊加下，將月樵生不逢時、命運多舛、堅持信念的孤傲形象刻畫出來，因為孤傲，所以不曾為多乖的處境低頭，在亂世中也就更顯孤獨特立，當「負鼓求亡」坦然面對死神之時，或許對這樣的人生旅程，還是有些許遺憾失落吧！

獄中寄內

林資修

板床敗薦❶尚能詩，豈復牛衣對泣❷時。到底自稱強項漢，不防斷送老頭皮。夢因眠少常嫌短，寒入春深卻易支。昨夜將身化明月，隔天分照玉梅枝。

註釋

❶敗薦：毀壞的草墊。薦，蓆子、草墊。

❷牛衣對泣：形容夫妻生活的貧窮和困苦。《漢書‧王章傳》：「初章為諸生學長安，獨與妻居，章疾病，無被，臥牛衣中，與妻決，涕泣，其妻呵怒之。……後章仕宦歷位，及為京兆，欲上封事，妻又止之，曰：人當知足，獨不念牛衣中涕泣時耶！」

賞析

本詩選自《南強詩集》，是林幼春因「治安警察法違反事件」入獄後，寫給妻子的作品。主要傳達自己即使在獄中，為國家民族奮鬥的決心、毅力依舊堅定，並未因外在環境的變化而有所摧折，同時也表達對妻子的思念之情。

「治安警察法違反事件」發生於日治時期，當時台灣受到日本的殖民統治，台灣的知識份子為了民族自覺、民主自由，於是有了台灣議會設置的請願運動。這一運動自一九二一年開始，至一九三四年為止，歷時十四年，共向日本國會提出十五次請願，雖然並未獲得成功，但啟發了台灣人民的民族意識，且在反日、抵日上，扮演著功不可沒的角色。而在台灣議會設置的請願運動過程中，發生了「治安警察法違反事件」，事件的原由，是因台灣議會設置運動的同志，認為要推動此運動，必須組織一政治社團作為主體，所以在一九二二年籌備第三次請願運動時，進一步籌組政治社團「台灣議會期成同盟會」，但在一九二二年十二月二十六日晨，日本當局以「台灣議會期成同盟會」違反治安警察法第八條第二項規定，開始在全台各地拘捕會員及相關人士，於一九二三年一月二十日宣判蔣渭水、林幼春等十三人有罪，禁錮四個月以下者有七人，罰金者有六人，其中林幼春被判三個月的徒刑，這就是所謂的「治安警察法違反事件」。可知「治安警察法違反事件」，是台灣知識份子追求民族自決與自主的過程中，所面臨的重大挫折。

林幼春被判入獄後，在獄中寫下不少作品，包含〈獄中十律〉、〈獄中聞畫眉聲〉、〈獄中感春賦落花詩以自遣〉等，本詩〈獄中寄內〉也是其中一首。本詩前四句，表達對理想的堅持，並置生死於度外的豪情；後四句說明在獄中適應情形，以及對妻子的思念之情。詩一開始，以王章「牛衣對泣」的故事，表明即使面臨困頓、挫折的環境，也不會失去鬥志、失去理想，並且是不惜一死的。詩後半段，以眠少夢短、春深易支，說明在獄中的適應狀況，要妻子不要過分擔心，並以「身化明月」、「分照玉梅枝」來表達對妻子的思念、關懷。

此詩呈現出的內容，包含鐵漢的不屈與柔情，主要運用了典故、白描、借代等修辭手法。就典故而言，用了漢王章「牛衣對泣」的故實，使詩歌語言精煉而深刻；就白描手法而言，詩歌三至六句，以簡潔明白的語言，具體描繪出內心所想所感，直接的傳達文意，一點都不隱晦曲折；就借代手法而言，以「明月」借代自己，「玉梅枝」借代妻子，詩人不直接明說對妻子的關心，而以自身化為明月，照在玉梅枝上，巧妙的將思念、關懷的對象道出，此不但能啟發人的聯想，也能牽動人的感情，具有語言精鍊，內容豐富多變的效果。

輕柔曲

林資修

春來百鳥多好音，黃鸝亦自鳴相尋。初從幽谷振毛羽，旋擇喬木棲蕭森❶。紅襟雙燕翩然至，心會神通不相棄。風裡賡❷為戛玉聲，日中舞作游絲戲。花鬚柳眼媚陽和，方謂人間樂事多。無端壁上落弓影，未免意外驚風波。從來人事不可料，大似危橋踏甋甋❸。明旦萊園❹獨往時，鶯燕枝頭定相笑。

註釋

❶蕭森：錯落聳立的樣子。
❷賡：音ㄍㄥ，繼續。
❸甋甋：高而不平貌。甋，音ㄑㄧㄠˋ。
❹萊園：是霧峰林家其中一部分，是林家子孫為娛親所闢建的花園，主要仿老萊子娛親，所以稱之為萊園。現在位於明台家商校園中。

賞析

本詩選自《南強詩集》，是描寫春日百鳥齊鳴，雙雙對對，悠閒愜意，忽然出現獵人的彈弓，打亂鳥兒的興致，失去自在快樂的生活。藉此諷喻原本安居樂業的台灣，一夕之間割讓給日本，百姓在日人統治之下，受日人壓迫的生活，呈現作者有志不得伸的無奈。

此是一首樂府，因其詩題名為「曲」，一般而言，詩題名為歌、行、吟、弄、篇、章、調、曲、操、引等，具有合樂或樂曲痕跡的，大抵為樂府詩，因為樂府詩的本質是合樂而歌的詩。樂府詩還有反映現實的本實，此詩即是藉此反映台灣割日後，生活秩序打亂，有志不得伸的現況。

全詩共十六句，可分為三部分來說，第一部分是前十句，描寫百鳥生活自在安閒，雙雙對對，是人間一大樂事，藉此說明台灣百姓的生活，是如此的逍遙自在。第二部分是第十一句至十四句，是全詩的第一次轉折，以獵人出現，表達生命受威脅，藉此諷喻在日人的統治之下，生活無保障，生命無憑恃。第三部分是最後兩句，又作了第二次轉折，從前面第三人稱的敘述，轉而以第一人稱作結，說道「明旦萊園獨往時，鶯燕枝頭定相笑。」說明自身有志不得伸、一事無成的無奈。全詩內容的轉折非常大，情緒一再轉變，讀來令人印象深刻。

此詩的寫作特色，是時空的變換與營造，其時間與空間的變換，是依不同的內容與場景進行，時間是以順時間為順序，空間則是在時間的順序下進行推移。正如詩中從台灣割日前到日本治台，這時間與空間的進程，展現不同時、空背景下的心境與處境，不須文詞言說，讀者自能明顯看出前後時空的差異，且達到強烈對比效果。最後，詩人說到「明旦萊園獨往」是未來時空的描述，這種跨越未來時空的描寫方式，增強了對眼前時空的感受與影響，也突顯出作者對於未來的落寞與感慨。所以我們可以說，這時空變換與營造的描寫方式，將台灣割讓給日本前後，百姓生活的衝擊成功展現出來，也道出對未來無法掌控的無奈。

延伸閱讀

1. 洪棄生〈答詩唁幼春喪內〉、〈與林幼春書〉，見氏著《洪棄生先生全集》，南投市：台灣省文獻委員會，一九九三年。
2. 陳逢源〈獄中寄內〉、〈贈同獄林南強〉，見氏著《溪山煙雨樓詩存》，台北市：龍文，一九九二年。
3. 李建興〈獄中寄內〉，見氏著《紹唐詩集》，台北市：龍文，一九九二年。
4. 林朝崧〈憶昔答洪月樵一枝即次其韻〉，見氏著《無悶草堂詩集》，台北市：龍文，一九九二年。

問題討論

1. 討論林幼春與洪棄生二人的交友情況如何？
2. 日治時期，台灣知識份子面對異族統治，有哪些自處方式？

3. 日治時期知識份子曾經倡導哪些民族自決運動？
4. 日治時期許多知識份子被補入獄，是而產生許多的監獄詩，請問此類詩作之特徵為何？
5. 日治時期有許多的抗日詩作，其於日人之批判，寫作技巧不一，請問此首〈輕柔曲〉可歸類為那一種方式？

1. 李漁叔《三臺詩傳》，台北市：學海書局，一九七六年。
2. 鍾美芳《日據時期代櫟社研究》，台中市：東海大學歷史研究所碩士論文，一九八五年。
3. 廖振富《櫟社三家詩研究—林癡仙、林幼春、林獻堂》，台北市：國立台灣師範大學國文研究所博士論文，一九九五年。
4. 施懿琳、許俊雅、楊翠《台中縣文學發展史》，豐原：台中縣立文化中心，一九九六年。
5. 廖振富〈林幼春研究〉，《台灣文學學報》第一期，二〇〇〇年六月。

塵

林獻堂

揚揚飛舞趁狂風，逐隊而來勢不窮。架上有書封未已❶，樽中美酒苦相蒙。微形那得遮青嶂，弱質偏思薄❷碧空。一旦瀟瀟零雨❸下，縱橫萬丈洗餘紅。

作者

林獻堂（一八八一至一九五六年），台中縣人，霧峰林家林文欽的長子。譜名朝琛，名大椿，字獻堂，號灌園，以字行。

獻堂是日治時期台灣政治與文學運動上極為重要的人物。大正十年（一九二一年）時，他與蔣渭水、蔡培火等創立「台灣文化協會」，並任總理一職，於此展開台灣的民族啟蒙，並積極推動議會設置請願運動。台灣光復後，還曾擔任台灣省參議會議員、彰化銀行首任董事長、省府委員、「台灣省文獻委員會」主任委員等等。至於文學活動，他是台中櫟社的重要成員，著作包含《環球遊記》（昭和二年至三年；一九二七至一九二八年環遊歐美所作）、《海上唱和集》（昭和十二年至十五年；一九三七至一九四〇年寓居東京養病時奉和酬唱之作）、《東遊吟草》（民國三十八年赴日，感懷時事，賦詩明志之作）。民國四十九年，葉榮鐘編《林獻堂先生紀念集》，除蒐羅上述作品外，又輯詩二〇五首，名為《軼詩》，總合成林氏之別集。後龍文出版社又根據《林獻堂先生紀念集》排印本影印，名曰《灌園詩集》。

❶已：停止。

❷薄：迫，此指遮住。

❸零雨：斷續不止之雨。

賞析

此詩選自《林獻堂先生紀念集‧海上唱和集》，是一首詠物詩，屬於七言律詩。歌詠的對象，正是我們常視之無見的──塵。

灰塵是沒有生命的，在日常生活中，是我們常見，也常忽略的東西，它的產生是日日累積，逐漸形成的，因為它不起眼，所以我們常視而不見，唯有打掃時，才會忽而驚覺，到處蒙塵。也因如此，少有人會注意到它，更少有人會將之當作描寫的題材，但此詩正是以塵為歌詠對象，且賦予生命。詩歌的前六句，展現出塵的生命力與企圖心，以旺盛的生命力而言，是來勢洶洶趁狂風飛舞；以強烈企圖心而言，是要「遮青嶂」、「薄碧空」的。最後兩句，做了一大轉折，說到如下起斷續不停的雨來，塵就被洗滌一空，不論其生命力與企圖心是多麼強烈，塵其實是力量微小，不堪一擊的。

日治時期，知識份子在這樣的環境下，常是有志不得伸，有苦不能言，詠物詩就是他們抒發情感的最好題材，也因如此，此期的詠物詩多是託辭微諷、寓意深邈，借物抒懷，可以表達心中情志，又可免於得罪日本當局，此也是台灣知識份子在日治之下，自處自適的方式之一。林獻堂此首詠物詩—〈塵〉，或許就是以塵自比，說明自身在日本統治之下，雖有豪情壯志，雖有遠大理想，但渺如飛塵，不堪綿綿細雨一擊，有志不得伸的情志罷！

此詩的表現手法，最引人入勝的即是擬人法的運用，將無生命的塵土賦予了生動的活力，如「揚揚飛舞」、「趁狂風」、「逐隊而來」、「勢不窮」、「遮青嶂」、「偏思」、「薄碧空」等，運用許多動詞，將塵土的生命灌注，展現塵土生命的自由意志。此生動的描繪方式，即是詠物作品成功的表現形式。

延伸閱讀

1. 許夢青〈鳴劍篇〉，見氏著《鳴劍齋遺草》，台北市：大友，一九六〇年。。
2. 陳逢源〈懷人詩四首・林灌園〉，見氏著《溪山煙雨樓詩存》，台北市：龍文，一九九二年。

3. 莊嵩〈古松〉，見氏著《太岳詩草》，台北市：龍文，一九九二年。

參考資料

1. 廖振富《櫟社三家詩研究－林癡仙、林幼春、林獻堂》，台北市：國立台灣師範大學國文研究所博士論文，一九九五年。

2. 廖振富〈欲吐哀音只賦詩－戰後的林獻堂詩〉，《台中商專學報》第二十八期，一九九六年六月。

3. 楊正寬〈阿罩霧之光，台灣人之魂－林獻堂先生行誼與志節之研究〉，《台灣史蹟》第三十七期，二〇〇〇年十二月。

問題討論

1. 〈塵〉屬於詠物詩，請問日治時期詠物詩有哪些鮮明特色？

2. 林獻堂在日治時期的政治與文學上，各有何貢獻？

自題小照

王香禪

寄與人間翰墨場❶，現身休問女人裝。塵心早似禪心靜，鴛夢❷何如鶴夢❸長。因養性靈常聽水，欲參詩思更焚香。歸時直向靈山❹去，不用拈花❺證法王❻。

作者

王香禪（生卒年不詳，然明治四十二年八月二十七日，《漢文台灣日日新報》有一篇題為〈就蔡碧吟議贅羅秀惠言〉的報導，文中有「黛卿（即香禪）年亦將三十」之語，若把「年亦將三十」解為二十九歲，則香禪生年應在清光緒七年、西元一八八一年左右），本名罔市，後改名夢癡，號留仙。台北萬華人。原為永樂座著名藝旦，能唱京戲，雅愛詩文。曾從台北名儒趙一山學詩，藝名頗高。後受台北義軍抗日領袖陳秋菊之辱，南下台南府城，從連雅堂遊，詩藝日進。不久，嫁給台南舉人羅秀惠。後來秀惠移情別戀，與府城才女蔡碧吟交往，兩人婚姻關係結束。離婚後一度遁入空門，法號香禪，不久還俗，另嫁新竹謝介石。婚後同夫婿赴上海，轉居吉林、天津、北京等地。謝介石後出任滿州國外交總長，王香禪則留居天津。戰後，謝介石被捕入獄，王香禪與三子一女仍居天津。中華人民共和國成立後，仍在中國，但下落不明。

註釋

❶翰墨場：即翰墨林，指文壇。翰墨，筆墨。
❷鴛夢：比喻夫妻相會的夢境。
❸鶴夢：此指成仙的追求。
❹靈山：泛指仙山。
❺拈花：為佛教禪宗以心傳心的第一公案，亦即是拈花微笑之公案。相傳釋迦牟尼在靈山會上，拈花示眾，當時眾皆默然，唯迦葉破顏微笑。佛曰：『吾有正法眼藏，涅槃妙心，實相無相，微妙法門，不立文字，教外別傳，付囑摩訶迦葉。』
❻法王：佛教對釋迦牟尼的尊稱。

賞析

此詩是一首七言律詩，因家庭生活不美滿，所以展現出來的是一種消極出世的生活態度。

王香禪本是一藝旦，但因天資聰穎，聰明好學，所以也學得一手好詩，名噪一時，受到當時文人墨客的欣賞。但其婚姻生活過得並不幸福，先是嫁與羅秀惠舉人，因感情不睦，以離婚收場；一時之間，心灰意冷，決遁入空門；或因塵緣未盡，重返塵俗，再嫁謝愷，但第二次婚姻生活，依舊不幸福。因家庭生活與精神生活都無法獲得滿足，而常有出世的想法，此詩即是在這樣的背景下創作出來，將自身的心境作一詮釋與刻畫。詩歌一開始，說明已將心思寄託在文墨中，並試圖跳出女性形象的框架，跳脫婚姻生活的羈絆，全意追求仙人之神佛境界，道出了了悟塵緣，出世消極的人生觀。此詩風格，展現出來正是紅塵打滾後的大徹大悟，與詩人人生經歷有密不可分的關係。

此詩的寫作手法，包含對偶、對比與典故的運用。其中最值得一提者，是對比的運用，例如以「塵心」與「禪心」相比；以「鴛夢」與「鶴夢」相較，在對比下是塵心已如禪心靜；「鶴夢」（成仙成佛）比「鴛夢」（婚姻生活）要來得長久，在這樣的對比下，讀者可清楚獲知，詩人出塵、了悟的出世情懷。

延伸閱讀

1. 連橫〈滬上逢香禪女士〉、〈再寄香禪〉，見氏著：《劍花室詩集》，南投市：台灣省文獻委員會，一九九二年。
2. 施士洁〈自題影象贈答米溪〉，見氏著《後蘇龕合集》，台北市：龍文，一九九二年。

參考資料

1. 梅生〈才媛蔡碧吟與王香禪〉，《台北文獻》第十、十一、十二期合刊，一九六五年十二月。
2. 林文月〈連雅堂與王香禪〉，《中外文學》第四卷二期，一九七五年。
3. 宣建人《台灣人物誌・釵橫夢亦香—記「玩春園」王香禪女士》，台中市：台灣省政府新聞處，一九八七年。
4. 邱奕松〈王香禪與詩〉，《台北文獻》第九十三期，一九九〇年九月。
5. 戚宜君《中國歷代名女人評傳・王香禪的才情與艷名》，台北市：黎明文化，一九九二年。

問題討論

1. 王香禪與連橫二人有許多的詩歌往來，其二人的交往狀況如何？
2. 王香禪與蔡碧吟為台灣著名的女詩人，請比較二人生平、經歷、詩風之異同？

夢游阿里山

王新海

阿里曾登數日游，歸來作夢入林丘。蕭森❶杉檜依雲老，險峻峰巒拔地遒❷。吹鬢谷風來習習❸，呼人山鳥噪啾啾。醒時猶記神仙境，曉坐榕陰一角樓。

作者

王新海（一八八三至一九四八年），字少濤，又字肖陶，別署蕉村、裝塗、笑陶、雲滄、小維摩、木瓜盦主人、一角樓主人、東海布衣雲滄生。祖籍山西，十二世祖由鹿港入台，十三世祖再移居台北府淡水縣擺接堡土城庄（今台北縣土城市）。生於清光緒九年，卒於民國三十七年，享年六十六。

少濤資性聰敏，有過目成誦之才，十八歲修畢大稻埕公學校第二學年課程，受頒「成績優異」及「品學兼優」獎狀。後入稻江「劍樓」，師事秀才趙文徽（號一山），與駱香林、李騰嶽、王香禪等人同門。二十歲就讀於台灣總督府國語學校師範部乙科，二十二歲畢業。二十六至二十八歲期間，任教於枋橋公學校；二十九至三十三歲，任教於廈門旭瀛書院。一九四五年戰後時期，時六十三歲，曾擔任土城首屆民選鄉長。

喜歡寫詩的少濤，二十三歲（一九〇五年）即與台北蔡信其、劉克明，板橋鍾上林，樹林黃純青、王百祿、王希達，桃園葉連三、呂郁文、黃國棟，新竹魏潤庵，大甲莊雲從……等人創設「詠霓吟社」，此社早「瀛社」四年，堪稱北台灣詩社之開祖。詠霓吟社後併入「瀛社」，與中部「櫟社」、南部「南社」，並稱為日治時期台灣三大詩社。少濤喜以詩代文，記錄其人生經歷，而由其自號小維摩可知，其詩亦如王維一般，善於融合詩、畫之風。除了詩歌，少濤亦工書畫及文物鑑賞，曾多次以個人作品或收藏參展。關於少濤詩、詞、文等作品，東海大學吳福助教授曾廣為蒐羅，編為《王少濤全集》行世，頗利於後人之閱讀與研究。

註釋

❶蕭森：錯落聳立的樣子。

❷遒：此處形容山勢蒼勁有力。

❸習習：和煦的樣子。

賞析

此詩選自《王少濤全集‧王少濤詩錄》，是歌詠阿里山的作品，屬於七言律詩。全詩從遊阿里山後，歸家作夢談起，敘述夢遊阿里山的種種，當夢醒時分，方驚覺身處凡囂，而感到若有所失的落寞。

阿里山是構成台灣骨架的五大山脈之一，此五大山脈包含中央山脈、玉山山脈、雪山山脈、阿里山山脈、海岸山脈等。而阿里山山脈是分別由大塔山、小塔山、祝山、萬歲山等，十八座海拔超過二千公尺的山峰所組成，其中大塔山最高有二六六三公尺。在這山巒層疊，萬峰聳立的山系裡，懸崖、峭壁、瀑布分布其間；加上高度的變化，而有雲海、日出、晚霞等等的著名景觀。另一方面，阿里山的動物，如帝雉、山羌、長鬃山羊等；植物如台灣杉、檜木等，都有阿里山的自我特色，遊憩其間，別有風味，至今仍是國家重要的旅遊風景區。本詩描寫詩人遊歷阿里山後，對於阿里山之行魂牽夢縈，所以歸家之後，又夢回阿里山。山中的古林紅檜、崇山峻嶺、蕭蕭雲霧、啾啾鳥鳴、習習谷風等種種景致，歷歷在目，彷彿置身人間仙境，一切是如此真實，但忽而夢醒驚覺，才發現原來是一場夢，而感到些許的失落。

此詩的表現手法，是屬於時空併置的手法。首先以時間為主軸進行描寫，並以順時間為順序，如從遊阿里山—回家—作夢—夢醒—獨坐等，這都符合自然的時間進程。在這時間順序下，空間也得到無限拓展，從山巒—林木—雲—風—鳥等，天空所屬、地上所長，上下空間的交錯出現，將夢迴阿里山的空間感呈現出來。最後醒來，以「曉坐榕陰一角樓」的時間與空間，突顯詩人清晨獨坐角樓的落寞，與前文遊阿里山的空間與時間產生極大的對比，這正是時空併置的表現手法。這樣的表現方式，突顯前後時空差異與心情相異感受，將詩人對於阿里山流連忘返的愛戀，巧妙地展現出來。

延伸閱讀

1. 王少濤〈阿里山游記〉，見氏著《王少濤全集》，吳福助、楊永智合編，台北縣：台北縣政府文化局，二〇〇四年。
2. 陳逢源〈癸酉夏登阿里山〉，見氏著《溪山煙雨樓詩存》，台北市：龍文，一九九二年。
3. 張李德和〈神木〉、〈雲海〉、〈阿里山〉、〈阿里山所見〉，見氏著《琳瑯山閣吟草》，台北市：龍文，一九九二年。

參考資料

1. 王國璠《台北市志》，台北市：台北市文獻委員會，一九八八年。
2. 李汪燦〈王少濤〉，《土城的藝術執著》，台北縣：土城市公所，一九九八年一月。
3. 黃美娥〈北臺第一大詩社：日治時期的瀛社及其活動〉，《第六屆近代中國學術研討會論文集》，桃園：中央大學中文系，二〇〇〇年三月。
4. 吳福助〈王少濤全集序〉，見《王少濤全集》，吳福助、楊永智合編，台北縣：台北縣政府文化局，二〇〇四年。

問題討論

1. 王少濤除了長於詩歌外，還有哪些才華普受世人肯定？
2. 王少濤寫了許多與阿里山相關的作品，除了詩歌外，散文亦有佳作，請比較其詩歌與散文對同一題材的描寫方式有何不同？
3. 王少濤自號「小維摩」，這是否意味其詩歌與王維有神會之處？試閱讀其作品並討論之。

東寧雜詠一百首（選二）

林景仁

（一）

捲地黃沙撲鼻羶，細將風信❶測蠻天❷。秋颱春颶長回憶，辛苦先民渡海年。

台海風信與他地迥異，風大而烈者為颶，又甚者為颱。颶倏發倏止，颱常連日夜不息。正、二、三、四月發者為颶；五、六、七、八月發者為颱。九月則北風初烈，或至連月為九降風。過洋以四月、十月為穩，蓋四月少颱，十月小春，天氣多晴暖故也。

（二）

漫誇門第博陵❸崔❹，世系摩挲❺有剩哀。太息北朝❻遺澤竭，衣冠❼此日半輿臺❽。

台灣縣志曰：「台人雖貧，男不為奴，女不為婢。臧獲之輩，俱從內地來，此亦風之不多覯❾者。」

作者

林景仁（一八九三至一九四〇年），字健人，號小眉，別署蟫窟主人，台北人。師事進士施士洁，精於古典學術，亦曾赴英國牛津大學就讀，通曉英、法、日、荷諸國語言，學問十分淵博。小眉極富詩名，平生所作結為三集：首集《摩達山漫草》，多為采風及懷舊之作；次為《天池草》，則多寫奇景；三為《東寧草》，專詠台灣事物。民國六十三年，台灣風物雜誌社曾彙諸集為一冊，名曰《林小眉三草》。

註釋

❶風信：符合時節而吹的風。

❷蠻天：未開發的地區，此指台灣。

❸博陵：地名，漢桓帝在此為其父立博陵，故此地改稱博陵縣。本文以博陵泛指高官顯要之輩。

❹崔：即崔氏。魏晉南北朝以來，因豪門貴族多把持政權，其中又以山東崔氏、盧氏為大姓，多居高顯之位，當時人以與崔氏、盧氏通婚為榮。本文以崔氏泛指豪門貴族。

❺世系摩挲：不斷追憶先人的顯要，活在過去宗族顯達的記憶中。摩挲，撫摸、追尋。

❻北朝：此指中國。

❼衣冠：本指士大夫的服裝，此用以代稱貴族士大夫。

❽輿臺：指操賤役者。

❾覯：音ㄍㄡˋ，遇見。

賞析

此二詩選自《東寧草》。《東寧草》的內容專寫台灣的事物，舉凡歷史、人物、風俗、民情都是刻畫的對象，讀此集可進一步了解台灣的社會歷史狀況。

第一首為〈東寧雜詠一百首之第四十九首〉，是針對台灣的氣候特色進行描寫。詩歌一開始，以「捲地黃沙」、「撲鼻羶」、「蠻天」等形象，將台灣未被開發的情況作出描述，讓人感受此時的台灣是處於落後、蠻荒、人煙稀少的時代。也因處於此種狀態，我們方能對後兩句詩句，有更深刻具體的體會，體會出先民渡海開墾台灣，面臨秋颱春颶的艱辛與危難。此詩除了本文外，在詩的後面，作者還進一步將台灣的氣候特色，作出詳盡的注解，這些介紹使我們閱讀本詩時，能獲得更具體的形象，有助於詩歌的解讀。此詩所注寫的月分，是指農曆而言，注文中告訴我們，台灣氣候多變，一、二、三、四月有颶風；五、六、七、八月有颱風，九月之後有九降風，只有四月與十月是天氣穩定的時節，此時渡洋過海到台灣開墾，才是最安全的。這些台灣氣候特色的介紹，不但能讓我們了解「秋颱春颶長回憶，辛苦先民渡海年。」的艱辛，也讓我們獲知當時台灣的氣候特色。

第二首為〈東寧雜詠一百首之第六十六首〉，是針對台灣的社會風氣進行描寫。詩歌一開始即從中國的社會風氣談起，說明當地的社會風氣是誇耀著自身的高官顯爵，或仗勢著豪門貴族的身分，每天在那裡不斷追憶先人的顯要，活在過去宗族顯達的記憶中，對於這樣的社會風氣詩人是以「漫誇」、「有剩哀」來評價。有鑑於此，詩人感到無比嘆息，認為中國早失去了純樸、包容、謙遜、含蓄等屬於文明禮教的美德，所以以「太息北朝遺澤竭」來評論中國文明禮教的失落；最後話峰一轉，說到「衣冠此日半輿臺」，表示這些中國的貴族士大夫，今天來到台灣之後，近半數已淪為操賤役的奴僕。詩人藉由此一情況，說明台灣本地的人氏，雖貧賤卻不隨便為奴，因此台灣的奴僕風俗，大抵是來自中國的人氏所形成的。透過詩人的說明，讓我們了解古代台灣的若干風俗現象，這樣的詩作，除了文學價值外，還包含了史料的價值。

九日邀雪漁❶小飲

林景仁

爽氣西來滿碧岑❷，一樽隨分❸亦登臨。人逢令節❹翻惆悵，秋在孤洲更莽深❺。作賦鍾陵❻虛此手，編年栗里獨何心❼？宵來為設迎涼脯❽，應許跫然慰足音❾。

註釋

❶雪漁：即謝雪漁，曾擔任《臺灣日日新報》記者，亦曾擔任瀛社社長，是日治時期重要文人。
❷岑：小而高的山。或崖岸。
❸隨分：照例、照樣。
❹令節：佳節。
❺莽深：指秋意深濃，像草木般茂密。
❻鍾陵：清熊伯龍，晚號鍾陵，文章雅健樸茂。
❼編年栗里獨何心：陶淵明寫文章，皆題年月，然而在義熙以前皆書晉室年號，自永初之後則但云甲子而已，這展現的是何種心態呢？栗里，地名，在中國江西省九江市南陶村，陶淵明曾居住於此，故此處借指陶淵明。
❽脯：音ㄈㄨˇ，乾肉。
❾跫然慰足音：高興朋友的到來。跫然，腳步聲，也作喜悅的樣子。

賞析

此詩選自《東寧草》，為一首七言律詩，主要內容是描寫與朋友相約飲宴，藉以表達內心愁思，是屬於友情慰懷的作品。

林小眉是日治時期重要的作家之一，其學博通中西，不但精於古典學術，亦曾留學英國，對於英、法、日、荷等諸國語言皆能通曉。在這些背景之下，詩人見到西方自由的學術風氣，進步的民主思想；反觀台灣卻因割讓日本，受到日人高壓統治而失去自由，有感於此，在與朋友宴飲中，寫景抒懷，表達內心無限愁思。詩歌從寫景開始，是秋高氣爽的好天氣，與謝雪漁自適的喝著酒。但中間兩聯卻由景入情，說到人逢佳節多愁悵，秋風蕭瑟翻愁思；更進一步利用熊伯龍、陶淵明的典故表達內心情感。其中熊伯龍的典故，用以說明此情此愁，連擅長文章的熊伯龍亦無法道盡；而陶淵明的典故，是取陶淵明為其文章題注年月，在義熙以前則書晉室年號，自永初以來唯云甲子，這表示東晉被劉裕篡位之後，陶淵明作品不再標注年號，表示他恥事二姓的忠貞情感。這裡運用此一典故，說明台灣割日，詩人有著與陶淵明相似的悲愁，突顯出台灣的知識份子，在日治之下身心面臨的龐大壓力，也背負了許多的無奈。最後，以朋友相邀宴飲，藉由友情的相互慰藉，期待將此愁悶拋開。

此詩的寫作手法，最重要的是典故運用，所謂「鍾陵」與「栗里」，這兩個典故的運用，將作者的無限情思含括其中，達到言簡意賅，意境深遠的情境營造。典故的運用包含明用、暗用、化用三種方式，就詩歌而言，因為受到文字的限制，多以暗用及化用為主。所謂暗用，是不標明引用材料的出處；所謂化用，是將引用的材料加工，或刪裁增減，或抽換文字，才化入文章中。本詩的典故運用方式，是以化用為主，是經過詩人刪裁增減方展現出來，也讓全詩更加的含蓄委婉，意境更加深遠。

延伸閱讀

1. 駱香林〈吉達颱風過花蓮十首〉、〈愛美颱風突襲花蓮十首〉，見氏著《駱香林全集》，台北市：龍文，一九九二年。
2. 許南英〈紀暴風〉，見氏著《窺園留草》，台北市：龍文，一九九二年。
3. 林朝崧〈次和謝雪漁〉，見氏著《無悶草堂詩集》，台北市：龍文，一九九二年。
4. 陳逢源〈輓林小眉〉，見氏著《溪山煙雨樓詩存》，台北市：龍文，一九九二年。

1. 毛一波〈林小眉的詠史詩〉，《台灣風物》第二十二期，一九七二年十二月。
2. 李漁叔《三臺詩傳》，台北市：學海，一九七六年。
3. 廖素卿〈冷腸空爾沸，喧蘊苦難伸：試論林小眉「偕五弟遊北投溫泉口占十四韻」之諷喻性〉，《台灣源流》第三十期，二〇〇五年三月。

問題討論

1.〈東寧雜詠一百首〉這組詩作，代表詩人對台灣本土的描述，請問其內容具備何種價值？

2.〈東寧雜詠一百首之第四十九首〉一詩，乃描寫台灣環境氣候的作品，其詩中所言，是否符合台灣實情，或者摻雜了文學的想像與誇張筆法？

3.〈東寧雜詠一百首之第六十六首〉一詩，乃描寫台灣風俗民情的作品，此類作品在清代遊宦文人的詩歌中亦常得見，請試著翻尋《台灣文獻叢刊》，看看此類作品的旨趣大抵為何？

4.〈九日邀雪漁小飲〉一詩，詩中主角謝雪漁的文學活動情形如何？與林小眉的往來情況又是如何？

迎媽祖（三首選二）

賴和

（一）

滿街繚繞紫檀香，萬燭輝輝夾路光。聽說神輿將入市，一時賺得萬人狂。

（二）

茫茫天道尚難憑❶，泥塑木雕詎❷有靈？鼓舞大多街長力，繁榮策❸此亦堪矜❹。

作者

賴和（一八九四至一九四三年），本名賴河，字懶雲，出生於彰化街市仔尾，曾用懶雲、甫三、安都生、灰、走街先等筆名。賴和年幼時接受傳統書房教育，有深厚的漢學素養。一九〇九年五月考入台灣總督府醫學校十三期。一九一四年自醫學校畢業後，曾任職於嘉義醫院，一九一七年返鄉，在彰化故居開設「賴和醫院」。自一九二一年起，加入台灣文化協會，並當選為理事，藉由文化活動的參與和實踐，開啟他積極宣揚抗日與啟蒙等理念的生涯。一九二三年十二月因「治警事件」，被捕入獄，一九四一年十二月八日「珍珠港事變」當天，又遭日方傳喚並囚禁，繫獄四十多天。一九四三年因心臟病逝世，得年五十歲。

賴和自醫學校求學期間，便有大量的漢詩創作。一九二五年十月二十三日，彰化二林的蔗農發起台灣第一次農民運動，是為「二林事件」，賴和為此事件發表了第一首新詩〈覺悟下的犧牲（寄二林的同志）〉，之後在一九二六年一月，發表了第一篇白話小說〈鬥鬧熱〉，從此致力於台灣新文學形式的開創，並藉由新文學來表達台灣知識份子的社會關懷、抗日精神與文化啟蒙等理念。這些成就使他得到「台灣新文學之父」的尊稱。

賴和的作品較完整地收集在七〇年代末期李南衡先生主編出版的《賴和先生全集》（明潭，一九七九）中，由林瑞明教授主編的《賴和全集》及《賴和手稿影像集》（各六冊）（前衛，二〇〇〇）則是目前最完整的賴和作品集。

註釋

❶憑：依仗、倚託。

❷詎：豈。

❸策：謀略。

❹矜：憐憫，引申為擔憂。

此詩選自《賴和全集》。以〈迎媽祖〉為題，將台灣百姓的宗教信仰狀況作一描述，並進一步提出過度迷信所產生的社會隱憂。

媽祖是台灣社會主要的宗教信仰之一，主要護衛航海之安全，台灣先民早期從內地渡海遷到台灣，到台灣之後也有不少人以漁業生，所以媽祖的信仰在民間一直相當風行，甚至從護衛航海安全，擴及到一般生活的種種，都會求得神明保祐，如陳璸有〈媽祖宮求雨文〉，就是向媽祖祈雨的文章。此詩藉媽祖的信仰抒發議論，詩歌第一首，主要描寫百姓迎媽祖的盛況，是滿街、滿巷檀香繚繞，萬燭爭光，百姓爭相膜拜的盛況。詩歌第二首，詩人進一步抒發議論，說到天道難憑，將一切寄託在泥塑木雕的信仰上，這樣真的有用嗎？如果社會要繁榮進步，光依靠這樣的信仰也是值得擔憂的。從此二詩可以發現，詩人是以非常理性的態度來審視宗教觀念，也為一般大眾沉迷於宗教信仰，而失去理性分析能力感到無比憂心。這也許和詩人的工作與學習有關，詩人是一位受過西學洗禮的醫生，長時間以醫生為業，獲得許多西方科學的相關知識，深深的感受到宗教信仰只是一種心靈寄託的力量，並非生活的全部，甚至不能將宗教當作生活的規範，也不能將宗教當作所有生活的依據。詩人有感於此，針對社會大眾的信仰抒發議論與想法。

此二詩的表現方式，第一首多以摹寫的方式呈現；第二首是以白描方式展現。所謂摹寫是對事物的神韻進行勾勒，包含對事物的聽覺、視覺、嗅覺、味覺、觸覺等感受，也是一種廣義的摹擬，對人生、自然各種現象的描摹。如第一首包含視覺的「滿街繚繞」、「萬燭輝輝夾路光」；嗅覺的「紫檀香」；聽覺的「聽說神輿將入市」；情態的「萬人狂」，這些視覺、嗅覺、聽覺、情態等摹寫方法之運用，生動具體的將媽祖出巡的熱鬧景象展現出來，有如親見親受一般。所謂白描，就是以簡潔明白的語言，直接表達文意，不隱晦曲折，具體將內容與感受傳達出來。本詩第二首，說明人事間的變化本難以掌握，此即「茫茫天道尚難憑」；接著道出對神明力量的懷疑，此即「泥塑木雕詎有靈」；最後將宗教信仰的迷失，以「繁榮策此亦堪矜」表達出來。可看出詩人不用華麗的辭藻，不加渲染、烘托，也少用修辭格，直接將社會大眾對媽祖信仰所產生的迷信問題突顯出來。

於同安見有結帳幙於市上為人注射瑪琲者趨之者更不斷

賴和

人病猶可醫，國病不可醫。國病資仁人，施濟起垂危。今無醫國手，坐視罹瘡痍。禹域四百州❶，鴉片實離離❷。無賢愚不肖，嗜毒甘如飴。沉痼❸去死近，惘惘❹誰復知？又嫌費吐吞，倩人❺注射之。受毒日以深，轉喜得便宜。四體針既遍，癥結成蛇皮。受者滋感悅，我淚滂沱垂。作俑❻而有後，天道益堪疑。

註釋

❶禹域四百州：指中國。大禹治水，別九州，故以禹域指稱中國。而這裡的四百州，是表多且大的意思，泛指中國。

❷離離：繁多的樣子。

❸沉痼：沉迷在這長期的習慣嗜好中。

❹惘惘：迷惘，不知所以的樣子。

❺倩人：請他人幫自己作事。

❻作俑：原義是製造殉葬的偶像，後將作俑引申為開始作壞事者。

賞析

本詩選自《賴和全集》，是一首五言古詩。內容是說明百姓在鴉片的殘害下，猶不自知，繼續注射瑪琲，詩人有感於此，抒發了議論，認為毒品害人，而提供毒品的始作俑者，更應遭受天道的處罰。

此詩是作者二十六歲那年，在廈門博愛醫院任職時所作的作品，詩題「同安」，即是福建同安。此詩在鴉片毒害百姓的背景下發出怒吼，喊出了「人病猶可醫，國病不可醫。」、「今無醫國手，坐視罹瘡痍。」的錐心感慨，但感嘆痛心又如何，眼前所見的是「禹域四百州，鴉片實離離。」的毒品氾濫狀況，而百姓更是「嗜毒甘如飴」，更有甚者是「又嫌費吐吞，倩人注射之。」點出百姓注射瑪琲且趨者不斷的主題。其中尤可悲者，是這些遭受毒品殘害的人並不自知，還沾沾自喜，於是詩人道出了「受者滋感悅，我淚滂沱垂。」的悲慟心情，最後發出了「作俑而有後，天道益堪疑。」的怒吼。一個國家的百姓如果沉溺在毒品上，不但身心遭腐蝕，更是亡國滅種的毒藥，這正是詩人激動憤怒的主要原因。

台灣百姓有許多是來自閩粵的移民，內地人吸食鴉片的習慣，也隨之傳入。一直到日治時期，雖然總督府將吸食鴉片、辮髮、纏足等三項，視為台灣社會三大陋習，但並不積極的禁止，只有採取漸禁政策，日本於明治三十年（一八九七年），於台灣總督府以律令發布「台灣鴉片令」，開始實施台灣的鴉片專賣，從此也揭開了日治時期專賣制度之序幕，而鴉片即是專賣制度的重要收入之一。在「台灣鴉片令」頒布後，雖禁止一般人民吸食鴉片，但有醫師証明領有牌照的煙癮者，還是可購買官方製作的鴉片煙膏。在這些政策之下，台灣吸食鴉片的風氣並沒有減少，就如《台灣史綱》所記載：「日政府此舉表面上是欲禁絕鴉片，不得不處罰無照癮者，其實乃在確保其專賣權益。故民國十八年（一九二九年，昭和四年），日政府改訂鴉片令，對於密吸者放寬尺度，輕癮者則矯正戒絕，重癮者特許吸食牌照。」可看出日政府對於台灣百姓吸食鴉片的管理是非常鬆散，甚至有不斷放寬的現象，更甚者有些與日人友好的士紳，竟發出鴉片有益論，或從中獲取暴利，實讓人感到無比痛心！或許是詩人在福建同安看到毒品氾濫，同時有感於台灣的百姓也在鴉片毒害中，因而有更深的觸動，感受也更加深切，是以全詩展現強烈的感染力，將毒品害人的憤懣、悲切突顯出來。

此詩的表現手法，是屬於情理交融的方式，詩歌一開始先發表議論，說明人病可醫，但國病不可醫，且醫國之病需要仰賴志士仁人；接著由理轉情，敘述著鴉片氾濫，百姓又爭相注射瑪琲的情形；最後由情入理，說出了賣毒品的始作俑者，應受天道的處罰。全詩在情與理的交融展現下，深刻的體會毒品殘害百姓，荼毒家國的嚴重性，更可發現詩人憂國憂民的慈愛情懷。

延伸閱讀

1. 施士洁〈乩童〉、〈普渡〉，見氏著《後蘇龕合集》，台北市：龍文，一九九二年。

2. 張李德和〈天上聖母〉，見氏著《琳瑯山閣吟草》，台北市：龍文，一九九二年。
3. 駱香林〈迷信〉、〈吸毒〉、〈迷幻藥〉，見氏著《駱香林全集》，台北市：龍文，一九九二年。

參考資料

1. 林瑞明《台灣文學與時代精神：賴和研究論集》，台北市：允晨文化，一九九三年。
2. 陳淑娟《賴和漢詩的主題思想研究》，台中市：靜宜大學中國文學研究所碩士論文，一九九九年六月。
3. 施懿琳《從沈光文到賴和—台灣古典文學的發展與特色》，高雄市：春暉，二〇〇〇年。
4. 葉俊谷〈迷信下的反動：試析賴和的迷信書寫〉，《中外文學》第三十二卷一期，二〇〇三年六月。
5. 陳建忠《書寫台灣．台灣書寫—賴和的文學思想研究》，高雄市：春暉，二〇〇四年。

問題討論

1. 賴和除了詩歌之外，其文學成就還有哪些值得關注之處？
2. 賴和懸壺濟世，以醫德著稱於世，試就所知，述其行醫事蹟？

3. 賴和的文學思想有許多創新之處，這種特質是否反映在他的古典詩上頭？試就所知論述之。

4. 不論是〈迎媽祖〉或〈於同安見有結帳幙於市上為人注射瑪琲者趨之者更不斷〉，詩中所表達的內容在今日社會是否還具有實質的意義？其教化的功能在哪裡？

夏日醉草園漫興十五首之十四

張達修

雨雲翻覆總無端❶，世態炎涼❷已慣看。更愛搖窗君子竹，朝朝為我報平安❸。

作者

張達修（一九〇六至一九八三年），號篁川，南投竹山人。其祖父士衡、父錫勳皆為當地名醫宿儒，幼年由祖、父教授平仄、楚辭。十九歲，遊於台南新化，入名儒王則修先生門下，奠定紮實的漢學基礎。隨後於各處開帳授徒，並曾遠赴日本神戶與中國上海任職。民國三十七年返台，先後擔任台中女中教師、高雄市政府秘書、台灣省政府農林處專員、彰化市政府秘書、彰化自來水廠廠長、台灣省民政廳秘書、台灣省兵役處專員等職。民國六十年退休後，醉心於詩文山水之間，並且熱心參與各地詩人大會及詩社吟會，詩名享譽全台。

達修所著《醉草園詩集》曾先後三次出版。初版於民國三十八年，後於民國五十七年補充新作再版，亦稱《醉草園詩集》。民國七十年，由弟子林文龍協助編集，輯錄詩歌兩千四百餘首，三度出版《醉草園詩集》。集中所錄詩作，多為家居、歷遊的主題，於彰化、南投一帶名勝風物，歌詠甚多，詩中多田園山水之趣，從中可見其真淳自得之性情。

註釋

❶雨雲翻覆總無端：比喻人情翻覆無常，如同天上的雲雨多變化。杜甫〈貧交行〉：「翻手作雲覆手雨。」

❷世態炎涼：人情冷暖。

❸竹報平安：平安家書。唐人段成式《酉陽雜俎》續集：「衛公（李德裕）言北都惟童子寺有竹一窠，才長數尺，相傳其寺綱維，每日報竹平安。」後稱家書為「竹報」，即本於此。

賞析

本詩藉由「竹報平安朝朝福」的意象，來反襯心中對人情反覆無端與世態炎涼的慨歎。

作者曾在政府機構任職多年（參見作者簡介），對官場生態與人情世故，由詩中首二句「總無端」、「已看慣」之言，可見其閱歷豐富、體會深刻。唐代詩人杜甫也有一首抒寫世風澆薄、人情翻覆的〈貧交行〉：「翻手作雲覆手雨，紛紛輕薄何須數。君不見管、鮑貧時交，此道今人棄如土。」詩中以正反對比的手法，來吐露他困守京師時，「朝扣富兒門，暮隨肥馬塵。殘杯與冷炙，到處潛悲辛。」（〈奉贈韋左丞丈二十二韻〉的鬱結與心酸。相較之下，本詩雖然也是抒發「世事人情經歷多」之後的感慨，卻沒有杜甫對世人「紛紛經薄何須數」的憤慨，與對貧賤之交不可恃的憤懣之情，反倒有一種飽諳人情世故之後的豁達與自得。如同作者在〈續夏日醉草園漫興〉所言：「結廬清境謝繁華，晴聽鳴禽雨聽蛙。」、「婉謝人間冷應酬，草堂樹下聽蟬琴。」與南宋詞人張孝祥〈西江月〉：「世路如今已慣，此心到處悠然。」可說是同一意境。詩作下半，遂以閒坐欣賞窗外搖曳的竹影，化用「竹報平安」的典故，以與上半的人情翻覆、世態炎涼作對比，更見竹韻清幽的可賞、可愛。

值得一提的是，由於作者張達修為南投竹山人，所以在他的詩集中，經常可見與「竹報平安」或「好竹連山」等相關的意象，如「檬果深黃荔子丹，牆陰有竹報平安」（〈夏日書懷〉）、「好竹連山如畫裡，朝朝消息報平安」（〈南投縣行腳・過竹山〉）、「好竹蔚連山，吾廬居亦好」（〈山居春晚偶成〉其二）、「好竹青連山，村居信不俗」（〈村居初夏〉），可見「好竹連山」不僅是作者對家鄉竹山所形塑的風景印象，也是在飽嘗人情世故冷暖之後，內心深處渴望歸隱安居的「桃花源」所在。

食荔支有作

張達修

南國繁果蔬，東墩熟稻麥。牆頭荔子丹，吾髮已灰白。盛夏欣及時，纍纍競攀摘。殼如猩唇紅，形似虯珠❶赤。平生為口忙，酷愛此瓊液。日市一筠籠❷，沁脾信有益。昔我遊東山，吳園歲延客。荔圃鬱千章，瓜邱高百尺❸。銷夏集鷗儔❹，談玄惜駒隙❺。仙館飽天漿，高歌出金石。別來未幾時，主人聞已易。荔樹析為薪，仙源化陳跡。遂令高士廬，變作豪家宅。往事一低徊，拊膺❻長嘆惜。笑我如老饕，栖栖異遷謫❼。烏葉和軟枝❽，肥甘隨所擇。今歲風雨勻，園收告豐碩。願作嶺南人，朵頤日三百❾。滌暑圍南窗，紅綃手勤擘❿。

註釋

❶虯珠：龍所噴出的火球。虯，音ㄑㄧㄡˊ，長角的小龍。詩中以「虯珠」來比喻荔支鮮紅的外殼。

❷筠籠：竹皮編成的籠子。筠，音ㄩㄣˊ，竹皮。

❸「荔圃」二句：言園中的荔支非常茂盛，高約百尺。詩中的荔圃、瓜邸，當為種植荔枝之處。

❹銷夏集鷗儔：朋友們如鷗鳥般聚在一起，銷磨夏日。儔，伴侶，音ㄔㄡˊ。

❺談玄惜駒隙：珍惜相聚的時間，彼此談天說地。駒隙，古人常以「白駒過隙」形容時間過得很快。駒，為日影；隙為壁隙，這裡用來代指「光陰」、「時間」。

❻拊膺：捶胸，形容極為難過。拊，拍打，音ㄈㄨˇ；膺，胸口，音ㄧㄥ。

❼「笑我」二句：作者以老饕自嘲，指自己雖然不像蘇軾般貶官遷謫，卻因愛吃荔枝而到處奔波。栖栖，匆忙奔波，音ㄑㄧ。遷謫，遷調貶謫。由於蘇軾曾被貶謫到廣東嶺南一帶，好食荔枝，作者或而有此聯想。

❽烏葉、軟枝：皆為荔枝的品種名稱。

❾朵頤日三百：形容吃荔枝吃得很痛快。朵頤，鼓動腮頰，嚼食的樣子。蘇軾〈食荔支二首〉之二：「日啖荔支三百顆，不辭長作嶺南人。」

❿紅綃手勤擘：經常剝食荔枝。紅綃，原為紅絲帕，引申為荔枝；綃，音ㄒㄧㄠ。擘，原意為大拇指，引申為用拇指剝食荔枝，音ㄅㄛˋ。

賞析

北宋文豪蘇軾，曾因故而被貶謫惠州（今廣東省境內），有感於嶺南一帶荔枝味美多汁，故而發下豪語：「日啖荔支三百顆，不辭長作嶺南人。」這種對荔枝的篤嗜與偏好，也正是本詩所要表達的情感。

作者張達修為南投人，在他的詩集中，經常可見結合南投當地的風景與農作物的詩作，如「園收凍頂茶，林長孟宗竹」（〈清明偕諸弟侄遊鳳凰山〉）；「山城節過荔支香，龍眼葡萄次第嘗」（〈小暑後偕室人遊水里有作〉）、「水蜜桃香春畹晚」（〈霧社小憩〉）「芭蕉雨後展青旗」（〈東墩夏日漫興〉）。而在眾多水果之中，作者對於「荔支」可說是情有獨鍾，吟詠不絕。例如：「荔支飽啖師蘇軾」（〈五日旅思〉）、「平生擬東坡，丹綃慣自擘」（〈啖荔有作〉）、「嶺南風味在，飽嘗羨坡仙」（〈啖荔〉），可見作者不僅愛啖荔枝，對於蘇軾遷謫嶺南時，好啖荔枝，甚至不惜長住嶺南的韻事，更是津津樂道不已，頗有師法前賢的意味。

詩作前六句，先言荔枝的盛產之地，為「繁果蔬」的南國；盛產季節，則是「稻麥熟」後的盛夏。三、四兩句「牆頭荔子丹，吾髮已灰白」，以牆頭荔枝的丹紅，與人老髮白互相對比，別有一番意趣。至於荔枝的外表，則比之為「唇紅」、「蚪珠」，極力刻畫荔枝殷紅鮮艷的顏色。接著復言荔枝的瓊漿玉液，於「沁脾」有益，所以作者「日市一筠籠」，每天都要吃上一些，足見其對荔枝的「酷愛」之情。

緊接著「昔我」一段，則將筆鋒宕開，敘述重心由荔枝轉移到與荔枝相關的種種美好回憶：在茂盛的荔支園裡，三、五好友聚集談天，在飽啖荔枝、高歌吟詠中，消磨炎炎夏日時光。「別來」一段，則又由往昔轉到現實。別後「未幾時」，隨著荔園易主、荔樹被砍，昔日的「高士廬」變成「豪家宅」，連帶的，作者記憶中的仙鄉桃源，也成了過往雲煙，令人低徊、嘆息不已。詩中這段撫今追昔的內容與感觸，與「牆頭荔子丹，吾髮已灰白」二句前後呼應，使得單純的詠物之作，因注入了作者的情感與回憶，而有了深刻動人的質素。

既然往事不可追，「笑我」以下一段，作者遂將重心放在「食荔支」上面。先嘲笑自己如老饕般，為了吃荔枝而不惜四處奔波；復言荔枝中的烏葉、軟枝品種，風味肥甘，各有所長，可見「老饕」之名，並非浪得。加以今年風調雨順，荔枝豐收，末四句遂以師法蘇軾貶謫嶺南時，日啖荔枝三百顆的韻事作結，而盛夏的暑氣，也就在「紅綃手勸擘」當中，不知不覺消散無蹤了。詩中以「紅綃」代稱荔枝，將荔支襯托得高雅動人，宛如身著紅綃的高貴仕女，足見作者對荔枝的賞愛與鍾情。

本詩起首先描繪荔枝的形、色、味，中間宕開一筆，寄寓作者生平中與荔枝相關的美好回憶，末段則以蘇軾好食荔枝的典故歸結全詩，將「食荔支」這類平凡瑣事，寫得有聲有色，別饒風味，而全詩章法的鋪敘安排，實亦有值得取法、借鏡之處。

延伸閱讀

1. 杜甫〈貧交行〉，見仇兆鰲《杜詩詳注》，北京：中華書局，一九九九年。
2. 蘇軾〈食荔支二首〉、〈荔支歎〉、〈四月十一日初食荔支〉，見氏著《蘇東坡全集》，台北市：河洛圖書，一九七五年。
3. 張達修〈夏日書懷〉、〈南投縣行腳．過竹山〉、〈山居春晚偶成〉其二、〈村居初夏〉，見氏著《醉草園詩集》，台中市：張達修，一九八一年。
4. 張達修〈啖荔〉、〈啖荔有作〉、〈登二坪山四首之二〉、〈仲夏竹城客次有作八首之七〉，見氏著《醉草園詩集》，台中市：張達修，一九八一年。

參考資料

1. 江寶釵〈生事歸清恬——論張達修詩中的身／生命觀〉，發表於《張達修暨其同時代漢詩人學術研討會》，國立中正大學台灣文學研究所主辦，二〇〇五年五月二三日。

2. 林文龍〈張達修先生的漢詩師承〉，發表於《張達修暨其同時代漢詩人學術研討會》，國立中正大學台灣文學研究所主辦，二〇〇五年五月二三日。

3. 林翠鳳〈張達修的醉草園描寫〉，發表於《張達修暨其同時代漢詩人學術研討會》，國立中正大學台灣文學研究所主辦，二〇〇五年五月二三日。

問題討論

1. 「竹山」與「荔支」在作者的詩作中，具有什麼樣的情感內涵？

2. 你的故鄉有什麼特殊的農作或景點，讓你念念不忘的嗎？為什麼？

春柳

陳虛谷

楊柳垂絲萬萬條，含煙帶露不勝嬌。看他一識東風❶面，便失矜持自動搖。

作者

陳虛谷（一八九六至一九六五年），原名滿盈，筆名一村、依菊、醉芬，彰化和美人。畢業於日本明治大學，早年曾參加「台灣文化協會」，為該會重要成員，並曾先後於「台灣民報」及「新民報」擔任撰稿、編輯工作，是日治時期台灣新文化運動的思想啟蒙者。

陳虛谷的作品集以詩作為大宗，新詩、古典詩兼具，詩作則以內容為重，不拘格式，在明白如話的文字中，表現出雋永的情趣。寫詩之外，虛谷也是台灣新文學草創期的重要小說家，其小說具有批評時政與諷刺媚日者的現實意識，曾被近代小說家陳映真讚譽為「再起台灣文學的藥石」。

虛谷的作品集，共有三種版本發行。第一次刊印是由虛谷六女晚翠委託莊幼岳編校，於民國四十九年付梓，書名為《虛谷詩集》。第二次是民國七十四年，值虛谷逝世二十週年時，由虛谷諸公子廣收虛谷生前作品，三子逸雄選註的《陳虛谷選集》，由鴻蒙出版社印行。第三次是民國八十七年，由陳逸雄選編，彰化縣立文化中心出版的《陳虛谷作品集》，本書是在《陳虛谷選集》的基礎上修訂、增補而成，並收錄了大量書信，有助於深入理解虛谷的生平及創作理念。

註釋

❶東風：虛谷在給編者的信中提及此詩的寄意：「東風即春風也，司春之主，比喻勢力家、權力者或有錢人，利用勢力、權力、金錢，能生死人也，故人多諂媚之。柳本善舞，一遇東風便失矜持，自己動搖起來，好比善諂媚者一見了權力者、勢力家，就骨頭都軟了，自己失主張，一任他人擺布了。」

賞析

歷來騷人墨客筆下的「楊柳」，或以之比擬婦女腰肢纖細，如晚唐溫庭筠：「轉盼如波眼，娉婷似柳腰」（〈南歌子〉）；或以清新柳色描繪春光明媚，如盛唐王維的「渭城朝雨浥輕塵，客舍青青柳色新」（〈渭城曲〉）；或者著眼於古代折柳送別的習俗，如北宋歐陽修：「河橋折柳傷離後，更作南雲萬里行。」（〈送李寔〉）。本詩雖題名為「春柳」，卻逸出了楊柳在上述詩詞中的內涵。由作者附給編者的書信內容（參見註釋）中，可知此詩寓有諷刺日據時期的「善諂媚者」，一見到權貴便骨頭酥軟，自失主張、任人擺布的含意。

本詩前二句，仔細地描繪了楊柳的外形、姿態，不但「垂絲萬萬條」，而且「含煙帶露」。而作者極力鋪敘楊柳千嬌百媚、風情萬種的目的，正是為了翻疊出下半段的諷刺之意：「看他一識東風面，便失矜持自動搖。」詩中的「東風」即春風，主掌春天萬物的生長，作者藉之比擬為利用勢力、權力、金錢，掌控他人生死大權的「權力者」。至於隨風起舞的楊柳，則無異於巴結、諂媚權貴的小人，缺乏骨氣與堅持。本詩除了具有翻疊前作、另鑄新意的特色外，也寓有諷刺媚日求榮者的時代意義。

除了本詩之外，作者在小說〈榮歸〉中，對於諂媚日本執政者的王家父子，也極盡譏諷、嘲弄之意，可說是〈春柳〉詩所嘲諷之「善諂媚者」的具體寫照。至於當時某些「狐媚的詩人」趨炎附勢，諂求日本權貴的行為，作者在〈駁北報的無腔笛〉一文中，也曾嚴厲斥責道：「他（山上督憲）的詩不是寄給你們的，並且也和你們素不識面。他是為著自己做詩，不是為你們做詩。誰要你們巴結？你們真不要臉啊！……你們違背了做詩的旨趣，是太把藝術污辱了！太把自己的人格蹧蹋了！台灣出你們這班詩人真要羞死人呀！你們且不要做詩罷！你們且去洗洗你們的腦袋，涵養你們的人格罷！」觀其指斥的要點，正是〈春柳〉詩中的善諂媚者，一見到權力者「便失矜持自動搖」之意。以表現風格而言，詩歌婉轉諷喻，文章直陳激動，但從中都可感受到作者對當時文人狐媚之行的痛心疾首與深惡痛絕，表現了作者的民族大義與剛正不阿的氣節。

延伸閱讀

1. 陳虛谷〈榮歸〉，見陳逸雄編《陳虛谷作品集》小說卷，彰化市：彰化縣立文化中心，一九九七年。
2. 陳虛谷〈駁北報的無腔笛〉，見陳逸雄編《陳虛谷作品集》雜文．書信卷，彰化市：彰化縣立文化中心，一九九七年。
3. 陳虛谷〈荒川賞櫻〉、〈偶成〉，見陳逸雄編《陳虛谷作品集》雜文．書信卷，彰化市：彰化縣立文化中心，一九九七年。

參考資料

1. 施懿琳〈陳虛谷漢詩的創作理念及其實踐〉，收錄於陳逸雄編《陳虛谷作品集》，彰化市：彰化縣立文化中心，一九九七年。
2. 陳映真〈再起台灣文學的藥石——讀陳虛谷「榮歸」〉，收錄於陳虛谷《陳虛谷選集》，台北市：鴻蒙，一九八五年。
3. 張恆豪〈澗水嗚咽暗夜流——陳虛谷先生及其新文學創作〉，收錄於陳虛谷《陳虛谷選集》，台北市：鴻蒙，一九八五年。

問題討論

1. 請舉例說明古人在詩詞中歌詠「春柳」時，多偏向哪些意涵？
2. 「春柳」在本詩中的有何特殊意義？

水鏡

蔡旨禪

澄清一鑑絕塵埃，千古無人鑄得來。磊落儂❶心相照徹，光明一片悟靈台❷。

作者

蔡旨禪（一九〇〇至一九五八年），名罔甘，道號明慧，澎湖馬公人。以父母禱於觀世音菩薩而孕生，九歲即長齋繡佛。賦性貞淑，天資聰敏，就教於名學者陳錫如，研究詩文，並於卅三歲時隻身赴廈門美術專科學校深造。學成後，返澎赴台，先於彰化設帳授徒，後應聘為霧峰望族林獻堂之家庭教師，以執教所得奉養雙親，終身未嫁。生平致力於弘揚佛法，修建佛堂，曾於新竹青草湖名剎靈隱寺靜修，民國四十六年返澎，住持馬公澄源堂，翌年圓寂，享年五十九歲。

旨禪自幼嗜畫，好吟詠，琴、棋、書、畫兼擅。曾與其師友等十二人，於高雄市組設閨秀詩社，名「蓮社」。其平生吟詠存稿，於民國四十六年返澎後，由門生抄錄成冊。民國六十六年，門人將其書、畫六十二幅與詩作合印，名為《旨禪詩畫集》。其畫以人物、花鳥、動物居多；存集之詩，則多感懷之作，詩如其人，樸素無華，可具見其孝親、尊師之德性。

註釋

❶儂：即「我」，古代吳人自稱之言。

❷靈台：此指人的靈心。

賞析

作者蔡旨禪在她所寫的〈自勵〉一詩中，曾自明心志：「為報今生父母恩，年華二八守清門。菩提有樹堪成果，明鏡無塵莫拭痕。」由於作者是父母禱於觀世音菩薩而孕生，並且是獨生女，為了報答父母生養之恩，遂於二八年華矢志清修，終身不嫁，並以執教所得奉養雙親。由上述特殊的生平背景中，不難理解作者何以好以「鏡」為詩作題材，以及「鏡」在其的詩作中所具有的特殊涵意。

作者以「水鏡」為題，共寫了三首七言絕句，本詩所選的是其中的第二首。所謂「水鏡」，是取「池水明澈如鏡」的意思。全詩化用南宋理學家朱熹〈觀書有感〉二首之一：「半畝方塘一鑒開，天光雲影共徘徊。問渠那得清如許？為有源頭活水來」的意境，並注入了自己學佛時的領悟，成為一首「寫物及人」的詩作。前二句，著力於「水鏡」的外在特徵：既澄清如鑑，不染塵埃；又因自然天成，無人能鑄。三、四兩句，則將「水鏡」與作者內心互相映照，兩者同樣光明磊落，同樣不染塵埃，賦予天然外在的水鏡，有了「鑒心」的作用與意義。本詩之外，作者在另一首題名為〈鏡〉的詩作中也寫道：「佛堂高挂影晶瑩，正與禪心一樣清。更得時時勤拂拭，塵埃不染益光明。」可見作者好以「鏡」入詩，與她修習佛法、明心見性的生命歷程是息息相關的；而明澈無塵的「鏡」，也可說是作者內心世界的寫照。

本詩雖是一首詠物之作，但若對照作者歌詠〈陋菊〉所言：「幽香寫到傲霜處，花自孤高筆亦高。」以及歌詠蘭花之作：「祇因怪癖厭囂塵，每藉幽蘭寫性真。」（〈謹和景雲先生惠贈瑤韻〉）可見作者不僅好詠物為詩，更擅長萃取歌詠對象的特質，以與自己內在的性格互相結合。不論是由菊花的孤高以見其「筆高」，由幽蘭的絕塵以寫其「性真」，或是由水鏡以領悟「靈台」之明澈，都具有「寫物及人」的特色，令人由歌詠的事物中，聯想到作者的人格特質，從而讓筆下歌詠的事物，也因「物如其人」而有了更深厚的意涵與境地。

賞析

1. 朱熹〈觀書有感二首〉，見郭齊箋注《朱熹詩詞編年箋注》，成都：巴蜀書社，二〇〇〇年。
2. 蔡旨禪〈自勵〉、〈共對鏡臺〉、〈鏡〉，見氏著《旨禪詩話集》，台北縣：龍文，二〇〇一年。

1. 葉連鵬〈誰曰釵裙定志弱？——澎湖第一才女蔡旨禪的生平與詩作初探〉，《澎湖縣文化局季刊》，二〇〇一年九月。
2. 吳品賢〈花無才思不如伊——澎湖才女蔡旨禪及其詩作探究〉，《台灣人文》（師大），二〇〇一年一二月。
3. 葉連鵬〈詩中之彩——從文學色彩學理論觀蔡旨禪古典詩作之用色意涵〉，《澎湖文化局季刊》，二〇〇二年九月。

問題討論

1. 將本詩與朱熹〈觀書有感二首之一〉相較，請問兩者之間有哪些異同處？
2. 請問作者詩中的「鏡」具有什麼喻意？何以在她的詩集中，常見以「鏡」入詩的作品？

效尤

駱香林

事業苦薰心，整天忙到晚。食宿常後時，回家不同飯。妻子一出門，流連亦忘返。兒女輒效之，不離餐影館。藏嬌❶怕婦聞，打牌恐夫管。出入如參商❷，見面猶撒嬾❸。牌子能不搓，艷色能速遣。兒女命肯從，迷途斯未遠。

作者

駱香林（一八九五至一九七七年），原名榮基，「香林」為其字。原籍新竹，後遷居花蓮。新竹公校畢業後，曾師事名儒趙一山，埋首台灣總督府圖書館讀書十餘載。後與李騰嶽、黃永沛等同門共組「星社」，為文學的傳播奉獻心力。壯年之後，還居花蓮，招生講學，以推動民族思想為職志。台灣光復後，擔任「花蓮文獻委員會」主任委員，致力於文獻的採集與地方志的編纂。閒暇之餘，則浸淫於攝影，蒐集奇石，悠遊於山水之間。

香林著述甚多，曾編修《花蓮文獻》、《花蓮縣志》、《台灣省名勝古蹟集》。文學作品有《俚歌百集》初二輯、《聯語》、《題詠花蓮風物》等，這些生前已結集付印。此外，又有文集、畫集、奇石譜等未加刊行。過世後，其詩友王彥將其俚歌、詩、文、聯語等作品結輯成冊，編為《駱香林全集》。

香林學兼佛、老，是以詩文中常帶玄言禪理，極堪玩味，時人譽為台灣當代詩文大家。

註釋

❶藏嬌：指男子有外遇，另築愛巢。班固《漢武故事》：「漢武帝為太子時，長公主欲以女配帝，問曰：『阿嬌好否？』帝曰：『好！若得阿嬌作婦，當作金屋貯之。』」後即稱男子有外寵為「金屋藏嬌」。

❷參商：二星名，參在西，商在東，此出彼沒，永不相見，故又以參、商二星比喻雙方隔絕。杜甫〈贈衛八處士〉：「人生不相見，動如參與商」。

❸撒嬾：耍賴、敷衍。「嬾」音義同「懶」。

賞析

作者駱香林在《俚歌百首》初集及二集的自序中，曾提到他創作俚歌的動機，乃有感於台灣光復後，國民的生活起居漸趨洋化，一事一物，都有專用名詞，習於創作古詩者多嫌其俗，故不屑以之入詩，作者遂

「作俚歌以別於古」，期能對「群眾醉心洋化，薄視倫常」的風氣，產生警示勸戒之效。至於俚歌的內容，由詩歌的題目來看，如「中日航線」、「石油禁運」、「迷信」、「嬉痞」、「選舉」、「夜市」、「布袋戲」、「歌仔戲」、「不良幫會」等等，舉凡國家經濟建設、社會民情，甚至朋友交際、出入遊樂之事，作者無不細心摹寫，幾無遺漏。

本詩題名為「效尤」，取「上行下效」之意。寫的是台灣在六、七十年代，經濟發展起飛之際，夫妻、親子彼此疏遠乖隔的情形。詩作一開始，先批評為人夫與為人父者，因忙於事業，以致「食宿常後時，回家不同飯」，與家人的關係逐漸疏遠、陌生。而為人妻、為人母者，則是沈迷於牌桌上，疏於整理家務及管教兒女。影響所及，兒女也「不離餐影館」，在外流連忘返。作者接著以「藏嬌怕婦聞，打牌恐夫管。出入如參商，見面猶撒嬾」四句，道出家庭親子關係疏離、上下離心離德的情形。丈夫在外金屋藏嬌，擔心被妻子發現；妻子沈迷於牌桌，也唯恐被丈夫責罵。家中成員各有異心，難得見面；即使見了面，也不過是互相敷衍、耍賴，根本沒有家庭溫暖可言，由此所衍生的社會問題當然也就層出不窮了。詩作末了，作者遂語重心長勸戒世人：只要為人婦、為人母者「牌子能不搓」，為人夫、為人父者「艷色能速遣」，將生活重心移到家中成員身上，多關心家人，作兒女的好榜樣，兒女自然孝敬父母，肯聽從父母的訓誨。末句的「迷途斯未遠」，指的不僅是疏於父母管教、誤入歧途的小孩，也可說是整個社會的綱常倫理，因為唯有家庭功能健全，社會風氣也才能日趨完善。

作者所寫的俚歌，主要取材於五十與六十年間的時代背景、社會風氣，詩作明白如話，題材親切瑣細。但由於時空上的差異，俚歌中的某些作品，以現在的觀點來看，實有過於保守而略嫌狹隘者，如將歌仔戲、布袋戲視為荒誕不經的粗俗娛樂；將熱門音樂與流行歌曲等同黃色書刊，斥其敗壞人心，主張淨化歌曲內容。至於排斥交際舞、選美比賽，反對穿著露背裝、迷你裙等流行服飾，也都與現今社會多元的價值觀扞格不入。然而，社會上的某些價值觀固然與時俱進，因時而異，但維繫人倫綱常的道德觀，如父慈子孝、兄友弟恭、克己守法、愛惜物力等，卻是放諸四海而皆準，不分古今的。如作者在本詩中所描述的親子疏離冷陌的現象，在現今可說是變本加厲；其勸戒世人回歸家庭倫理的論點，也還是值得今人省思、重視的。

延伸閱讀

1. 駱香林《俚歌百首》二集之〈熱門音樂〉，見氏著《駱香林全集》上冊，台北縣：龍文，一九九二年。
2. 駱香林《俚歌百首》二集之〈教師節〉，見氏著《駱香林全集》上冊，台北縣：龍文，一九九二年。

參考資料

1. 吳冠宏〈生命信念的淪喪——讀駱香林俚歌「迷信」有感〉，《東海岸評論》，一九九九年五月。
2. 龔顯宗〈駱香林貞不絕俗〉，見氏著《台灣文學家列傳》，台北市：五南，二〇〇〇年。
3. 吳冠宏〈重見江山麗，再使風俗淳：談駱香林「題詠花蓮風物」〉，《東海岸評論》，二〇〇四年一一月。

問題討論

1. 作者所創作的俚歌，在題材與內容上有何特色？
2. 以目前的家庭型態而言，不論是單親家庭或雙薪家庭，都存在著「事業苦薰心，整天忙到晚」的情形，你覺得親子關係該如何經營，才不會讓家中成員彼此疏離、冷漠呢？

卷下：詞

——陳美朱撰

滿江紅・謁延平郡王詞

許南英

赤手擎天，是明室、獨鍾閒氣❶。想當日、橫師海上❷，孤忠無二。誓死不從關外虜❸，故藩擁戴朱術桂❹。看金、廈兩島抗全師，伸敵愾！亡國恨，遺臣淚。存國脈，回天意。剩廟宇空山，古梅憔悴❺。故國尚存禾黍感❻，荒祠不忘蘋蘩❼祭。聽怒潮、嗚咽草雞❽亡，神鯨❾逝！

作者

許南英（一八五五至一九一七年），字子蘊，號蘊白（一作允白），自稱窺園主人、留髮頭陀、龍馬書生。台南人。清光緒十六年恩科進士，朝廷授以兵部車駕清吏司主事，推辭不就，回到台灣。清光緒廿一年乙未之役，籌辦台南團練局，擔任統領，準備對抗日軍。日軍進入台南後，懸掛南英畫像搜捕，遂渡海到中國避難，不久又隻身遊南洋。武昌革命時，被推舉為閩南革命政府民事局長，兼攝龍溪縣事。民國五年九月間，赴蘇門答臘棉蘭，為僑領張鴻南編輯事略，隔年年底病逝。

南英詩歌成就極高，詞亦是一勝。早年所詠，仍具濃厚士大夫氣息，及至台灣割日後，詩格丕變，不僅反映家破國危幽思淒切的心聲，地方掌故與文人雅會的紀錄，也交織其中，足以為台灣史事作見證。

南英作品存稿經其四子贊堃（許地山）整理為《窺園留草》，計收詩一〇三九首，附〈窺園詞〉一卷，前有南英〈自定年譜〉及贊堃所寫〈詩傳〉，民國二十二年於北平印行五百本。民國五十一年，黃典權以原印本標點，交台灣銀行經濟研究室重印，收入《台灣文獻叢刊》。

註釋

*滿江紅，雙調九十三字，前片四仄韻，後片五仄韻。聲情激越，宜抒豪情壯志與恢張襟抱。本詞韻腳為《詞林正韻》第三部仄聲韻，上片為：氣、二、桂、愾，下片為：淚、意、悴、祭、逝。

❶閒氣：《太平御覽》卷三〇六〈春秋演孔圖〉：「正氣為帝，閒氣為臣。」古人認為帝王、臣、民各稟五行之氣以生。得正氣者生為帝，得閒氣者生為臣。

❷橫師海上：一六四五年，廿三歲的鄭成功從烈嶼起兵，高舉「反清復明」的旗幟；一六五九年，鄭成功率領艦隊北伐南京大敗，退回金門、廈門兩島；一六六一年，鄭成功率軍由金門到澎湖，再由台南鹿耳門登陸。「橫師海上」指鄭成功率領鑑隊反抗清軍之事。

❸關外虜：滿人由山海關外入主中原，故稱「關外」。虜，胡虜、敵人。

❹朱術桂，（一六一八至一六八三年）即明末的寧靖

王。滿清入關後，他曾先後擁戴幾位皇族後代，試圖恢復明朝，但都沒有成功。渡海來台後，住在寧靖王府（今台南大天后宮），也在高雄縣湖內鄉地區開墾良田，與鄭成功齊心從事復國大業。西元一六八三年，清朝大將施琅率軍攻台，朱術桂與他的五位妃子先後自盡殉國。

❺古梅憔悴：許南英寫於民國四年（一九一五年）的〈弔梅〉詩，題下有小序道：「延平郡王祠舊有古梅一樹，今茲來遊，枯萎死矣。樹猶如此，人何以堪！意鐵幹冰枝，亦不忍受新朝雨露乎？悵然有感。」

❻《詩經・王風》有〈黍離〉篇，詩下小序謂西周亡後，周大夫過昔日宗廟宮室，見已傾覆而長滿禾黍，彷徨不忍離去，而作此詩。後人遂以「黍離」代指亡國之悲，本詞中的「禾黍感」也是感慨亡國之意。

❼蘋蘩：《左傳》隱公三年：「苟有明信，澗谿沼沚之毛，蘋蘩蘊藻之菜，……可薦於鬼神，可羞於王公。」蘋，水草；蘩，白蒿，古人取供祭祀鬼神之用。

❽草雞：江日昇《台灣外紀》記載：「萬曆甲辰（一六〇四年）三月初十日，春暖融合，天氣清明。廈門忽爾雲霧四合，雷電閃爍，霹靂一聲，海渚劈開一石，中悉隸篆鳥跡，識者文之曰：『草雞夜鳴，長耳大尾。銜鼠干頭，拍水而起……』等字」。「雞」屬「酉」，再加上草頭、長耳、大尾等字，合之為「鄭」；天干頭為「甲」，銜鼠是「子」，鄭成功乃甲子年所生；「拍水而起」則應在鄭成功盤踞金、廈兩島，起兵抗清。後來台灣詩人遂常用「草雞」代指鄭成功。

❾神鯨：《台灣外紀》記載：「成功踞金、廈，震動濱海。有問黃蘗寺隱元禪師曰：『成功是何星宿投胎？』元曰：『東海長鯨也。』再問：『何時得滅？』元曰：『歸東即逝。』」鄭成功襲台時，荷蘭人曾事先夢見有人騎鯨從鹿耳門入港，後來鄭成功的船隊果由此入港。癸卯年四月間，鄭成功的副將楊明夢鄭氏跨騎鯨魚，由鯤身之東出於外海，醒後大異，不數日，鄭成功即卒。

賞析

作者許南英在〈台感〉詩中曾言：「三遷母教起儒聲，鄭祠馬廟鄰觀舍。」詩下另有一行小註云：「祖居北門，次遷西門，後遷南門。祖居左有馬伏波廟，右有鄭延平郡王祠。」由於世居於台南延平郡王祠一帶，飲水思源的鄉土情懷，讓許南英寫下了許多拜謁、感懷延平郡王祠的作品。本詞之外，其他如：「遙憶延平祠宇下，古梅搖落不勝春」（〈已亥春日感興十首之六〉）、「剩有延平祠入夢，已無花下詠花人」（〈題畫梅，贈汪杏泉〉）、「故山梅樹放新枝，惟有春知」（〈畫堂春．思故園梅花〉），都是與郡王祠故居相關的作品。

本詞上片，旨在歌詠延平郡王鄭成功的志節與生前所建立的功業。一開始兩句「赤手擎天，是明室、獨鍾閒氣」，先以春秋史筆，稱頌鄭成功為明室賢臣。緊接著歷數鄭氏生前的功蹟：縱橫東南沿海，反抗清軍；擁戴寧靖王，積極恢復明室；於永曆十四年（一六六〇年）在金門、廈門兩島大敗清軍，使清軍不敢進犯兩島。以上六句，都是兩句記一事，作為首二句的「赤手擎天」、「明室閒氣」的具體例證。

詞作下片的重心，由鄭成功轉移到拜謁延平郡王祠的所見所思。一開始連用四個三言短句——「亡國恨，遺臣淚；存國脈，回天意」，來緬懷鄭成功以亡國遺臣身分，從事反清復明大業的苦心孤詣。接著以「剩廟宇空山，古梅憔悴」，含蓄地點出鄭成功「存國脈，回天意」的志業終究還是失敗了，句中的「剩」、「空」、「憔悴」等字，體現了作者對鄭成功「出師未捷」慨嘆與惋息。「故國尚存禾黍感，荒祠不忘蘋蘩祭」兩句則是提筆而起，不以成敗論英雄，而著眼於鄭成功在台建立功業的遺澤，與台灣百姓對其感念、愛戴之情，一掃鄭氏復明大業不就的陰霾。末三句「聽怒潮、嗚咽草雞亡，神鯨逝」，巧妙的結合了

「草雞」、「神鯨」這兩則與鄭成功相關的傳說，在漲起的怒潮聲中，讓人彷彿聽見鄭成功霸業未就的怒號與長呼，與杜甫〈蜀相〉一詩感懷諸葛亮：「出師未捷身先死，常使英雄淚滿襟」，可謂千古同慨。

本詞韻腳皆為入聲字，音節激越拗怒。加以詞中多三言短句，或是「上三下四」（如「想當日、橫師海上」）與「上三下五」（如「聽怒潮、嗚咽草雞亡」）的特殊句型，使得全詞具有拗峭勁挺的激越情調。既表現出鄭成功反清復明的慷慨激昂，也流露出作者在拜謁延平郡平祠時，心中悲壯蒼涼的情懷。

延伸閱讀

1. 許南英〈弔梅〉、〈台感〉、〈題畫梅〉，見氏著《窺園留草》，台北縣：龍文，二〇〇一年。
2. 陳貫〈疏影・延平郡王祠古梅〉，見氏著《豁軒詩集》，台北縣：龍文，二〇〇一年。
3. 林緝熙〈早梅芳・過延平郡王祠〉，見氏著《荻洲吟草》，台北縣：龍文，二〇〇一年。

參考資料

1. 毛一波〈許南英的詩詞〉，《台灣文獻》第十五卷一期，一九六四年三月。

2. 關綠茵〈許南英先生及其詩詞〉，《台南文化》（新）第二期，一九七六年一二月。
3. 龔顯宗〈龍馬書生許南英〉，見氏著《台灣文學家列傳》，台北市：五南，二〇〇〇年。

問題討論

1. 本詞從哪些方面來歌詠鄭成功？
2. 前人歌詠鄭成功的詩作甚多，請你就其中的作品，挑選一、二則佳作。
3. 請你列舉兩、三個與鄭成功開台相關的歷史古蹟。

錦纏道・樓上即事

洪　繻

檀氣蘭芬，排遣黃昏時候，喜良朋夜來相就。燈光燭影明如畫，麈尾❶春風，談柄閒消受❷。倚樓頭煮茶，爐中溫酒。愛惺惺❸不評花言柳。古來煙月江山，供我曹吟嘯。清福誰能有。

作者

洪繻（一八六七至一九三九年），學名一枝，字月樵。原籍福建南安，後定居於台灣鹿港。清廷割台後，改名繻，字棄生，從此絕意仕進，潛心於詩歌、古文，於扢揚風雅，居功厥偉。卒於民國十八年，享年六十三歲。

棄生少攻舉業，文采斐然。於割台後，閉戶著書，舉凡兵燹之慘烈、人民之流離、新政之苛暴，皆一一寓之於詩文中。其詩古體、今體皆備，古體又多於今體，五古之〈台灣土匪紀事〉、〈台灣官府紀事〉、〈遺兵棄地紀事〉、〈叛將獻船紀事〉、〈台灣淪陷紀哀〉等紀事詩，可說是以詩為史，足徵史實。詞作三卷，則多傷時感歲之作。

棄生著述頗豐，遺著有《寄鶴齋詩集》、《寄鶴齋古文集》、《寄鶴齋駢文集》、《寄鶴齋時文集》、《寄鶴齋試帖集》、《寄鶴齋詩話》、《八州遊記》、《八州詩草》、《瀛海偕亡記》、《中東戰記》、《中西戰記》等書都百餘卷，其子洪炎秋彙編其著作後，由台灣省文獻委員會於民國八十一年重新整編印行，名為《洪棄生先生全集》，為研究台灣史的重要文獻資料。

註釋

*錦纏道，一名錦纏頭，雙調六十六字，上片四仄韻，下片三仄韻。下片的第一、第五句都是上一、下四句法。本詞韻腳為《詞林正韻》第十二部仄聲韻，上片為：候、就、晝、受；下片為：酒、柳、有。

❶麈尾：即拂塵。古人以駝鹿尾為拂塵，故稱。魏晉名士清談，常持麈尾，後因稱客座清談為麈談。麈，音ㄓㄨˇ，鹿屬，角類鹿，蹄類牛，尾類驢，頸背類駱駝，故俗稱「四不像」。

❷消受：享受、受用。馬致遠〈漢宮秋〉：「量妾身怎生消受的陛下恩寵。」

❸惺惺：聰明機警之人，此指志趣相投的良朋益友。

賞析

本詞旨在敘寫夜晚與友人在小樓書房中清談吟嘯的情形，從中可以想像前人的風雅清韻。

詞作上半闋，前三句「檀氣蘭芬，排遣黃昏時候，喜良朋夜來相就」，以黃昏時薰點檀香，為良朋的夜晚造訪預作準備。第二句的「排遣」，除了顯示作者漫漫長日等待時的孤寂、無聊之情，也透露出作者對良朋的夜間造訪，心中有著無限的喜悅與期待。第三句首的「喜」字，則是為夜晚即將開始的聚會拉開序幕，營造出歡欣的氣氛。接下來三句「燈光燭影明如畫，麈尾春風，談柄閒消受」，寫良朋造訪時，兩人在樓上書房談笑互動的情景。書房的環境，作者僅以燈光明亮如畫帶過，將重點放在書房中的「人物」身上。「麈尾春風」一句，描繪賓主效法前人雅韻，手持麈尾清談，既能增長見聞，也能切磋琢磨。「春風」二字，讓人感受到賓主間談笑風生、如沐春風的暢快舒適，末句遂以「閒消受」結束上半段，可見作者對良夜秉燭清談一事，是興致飛揚、樂在其中的。

詞作下片，則進一步描繪與良朋在小樓清談的細節。清談之餘，自然少不了茶、酒助興，所以或「倚樓頭煮茶」，或「爐中溫酒」，茶沸聲與溫酒香，為燈燭明亮的閣樓，增添不少雅緻的情韻。至於清談的話題，則是「古來煙月江山」，與唐代詩人張若虛在〈春江花月夜〉中所歌詠的「人生代代無窮已，江月年年只相似」的無常盛衰之感，當有相似之處，而不是坊間市井所熱衷的「評花言柳」，耽溺於歌樓酒館的風月情懷，或是品評歌妓酒女的姿色體態。可見作者感興趣的話題，並不是感官物慾，而是著重在精神層次，能遇到志趣相投的良朋秉燭夜談，實在是「清福誰能有」，是一種可遇而不可求的機運與緣分，無怪乎作者要以「喜良朋」、「愛惺惺」來表達欣逢知己時酣暢的快感了。

古代文人對於書房布置擺設一向講究，以明人陸紹珩《醉古堂劍掃》卷四所載為例：「書屋前，列曲檻栽花，鑿方池浸月，引活水養魚。小窗下，焚清香讀書，設淨几鼓琴，捲疏簾看鶴，登高樓飲酒。」猶如嫏嬛福地。但精緻的擺設之外，能夠「談笑有鴻儒，往來無白丁」（劉禹錫〈陋室銘〉），有知己良朋在此互動往來，才稱得上是內外俱全的「文人仙境」，而這也是本詞所述寫的「景」與「事」，所以令人稱羨欣慕之處了。

延伸閱讀

1. 唐・劉禹錫〈陋室銘〉，見氏著《劉禹錫集》，北京：中華，一九九〇年。
2. 明・陸紹珩《醉古堂劍掃》，台北市：金楓，一九九四年。
3. 洪棄生〈連理枝・小樓即事〉，見氏著《寄鶴齋詩集》之〈詩餘〉，南投市：台灣省文獻委員會，一九九三年。

參考資料

1. 田啟文〈洪棄生山水散文的藝術表現：以「遊珠潭記」、「遊關嶺記」二文進行觀察〉，《新竹師院學報》第一七卷，二〇〇三年一二月。
2. 謝崇耀〈洪棄生「寄鶴齋詩話」初探〉，《古今藝文》，第二九卷第二期，二〇〇三年二月。
3. 劉振維〈略論乙未遺民洪棄生的民族精神——以「寄鶴齋詩話」為例〉，《南台科技大學學報》，二〇〇二年一二月。

問題討論

1. 作者在本詞末句言「清福誰能有」，請問詞中所述的「清福」有哪些？
2. 假設你像作者一般，擁有一間閣樓上的書房，你要如何安排布置呢？

滿江紅・宣南❶旅感

施士洁

舊緒如麻，這部史、從何說起？甚無賴❷、斗然❸悲憤，斗然驚喜。蘇季敝裘❹仍作客，馮生長鋏❺誰知己？看庭前草色醉東風，魂銷矣！

煙渺渺，鯤洋❻水；塵擾擾，燕山市❼。且琴書劍佩，自家料理❽。泥上征鴻空印爪❾，轅前劣馬頻加齒❿。算花猶一歲一番開，人何似？

作者

施士洁（一八五五至一九二二年），名應嘉，字澐舫，號芸況，又號喆園、楞香行者、鯤澥棄甿，晚號耐公，或署定慧老人，台南市人，居赤崁樓旁。生於清咸豐五年十二月廿九日，與蘇軾出生月日相同，年辰相應，故頗有蘇軾再世自況之慨，遂以「後蘇龕」冠其各類著作。

士洁自幼聰慧過人，二十三歲成二甲進士，點內閣中書。雖得功名，但生性不喜仕進，因而選擇歸鄉教學。先後掌教白沙書院（位於彰化）、崇文書院、海東書院（以上二者位於台南），作育英才。常與名士唱和，與唐景崧、丘逢甲、羅大佑過從甚密，四人唱和之作被輯為《四進士同詠集》。台灣割讓日本後，攜眷歸泉州；民國六年，往福州，入「閩省修志局」，負責撰修史料，不久寄居廈門鼓浪嶼，民國十一年病逝。

士洁淡於仕宦而勤於吟詠，平生所歷、所見、所為、所聞，概入詩文。其文多屬傳記，具有史料參考價值。其詩於割台前所作，意態悠閒，語多淡雅；割台西渡後，則激憤悲涼，語多痛切。詞作則多以長調抒發內在慷慨激昂之情，近於蘇、辛之豪放。

士洁生平著述甚豐，生前手寫之《後蘇龕文稿》、《後蘇龕詩鈔》、《後蘇龕詞草》，於民國五十三年秋，施氏後裔讓售予黃典權，黃氏合編為《後蘇龕合集》，並將其作品中有關台灣史料者，彙為補編，以為研究台灣文獻之資料。

註釋

＊滿江紅，雙調九十三字，前片四仄韻，後片五仄韻。聲情激越，宜抒豪情壯志與恢張襟抱。本詞韻腳為《詞林正韻》第三部仄聲韻，上片為：起、喜、已、矣；下片為：水、市、理、齒、似。

❶宣南：北平舊城有九門，其南之西門，明代改為宣武，因位於北平南門，又稱宣南。是北平文人薈萃之地。

❷無賴：百無聊賴、無可奈何之意。秦觀〈浣溪沙〉：「漠漠輕寒上小樓，曉陰無賴似窮秋。」

❸斗然：同「陡然」，即突然、猛然之意。

❹蘇季敝裘：《戰國策．秦策》：「（蘇秦）說秦王，書十上而說不行，黑貂之裘敝，黃金百斤盡。資用乏絕，去秦而歸。」此處借用蘇秦遊說秦王不成後，身上貂裘破敝的窘境，來形容自己的困頓。

❺馮生長鋏：以馮諼彈鋏（長劍）抒發牢騷的典故，來表明知己難求。《戰國策．齊策》：「（馮諼）倚柱彈其劍，歌曰：『長鋏歸來乎，食無魚。』」

❻鯤洋：台灣安平外海，有七鯤身小嶼，嘉義外海有南北鯤身、青鯤身等小嶼，故台灣海峽又叫鯤洋。施士洁〈韻香來詩，有「願拜門牆」之語，如韻答之〉：「北燕市上南鯤客，誰料今吾即故吾。」可知作者詩中時或以「南鯤客」自稱。

❼燕山市：河北北部及東北一帶，古為燕山府，北平古名為「燕京」。詞中的「燕山市」當即為北平。

❽料理：原為安排、處理之意，此引申為排遣。

❾泥上征鴻空印爪：以征鴻泥上印爪難憑，喻指流離飄蕩的無常之感。蘇軾〈和子由澠池懷舊〉：「人生到處知何似？應似飛鴻踏雪泥。泥上偶然留指爪，鴻飛那復計東西？」後以「雪泥鴻爪」喻指往事遺留的痕跡。

❿轅前劣馬頻加齒：「轅」是車前駕馭牲畜的直木。「馬齒」，馬的牙齒會隨年增加，用以比喻人的年歲增長。「劣馬頻加齒」是作者謙稱自己徒增年歲，卻一事無成。

賞析

作者施士洁自幼聰慧，少年得志，年僅二十三歲即考中二甲進士，被授與內閣中書一職。對照作者另一首〈虞美人〉詞作內容：「少年作客燕京市，春夢隨流水。」本詞所抒發的，當是早年赴北京趕考進士，旅居宣南（今北平城南一帶）時的思鄉愁懷。

詞作一開始，便言「舊緒如麻」，不知從何說起，緊接著又以「斗然悲憤」、「斗然驚喜」，這種連自己都理不清頭緒的感覺，來回應上句的「舊緒如麻」、「從何說起」。五、六兩句，透過蘇秦敝裘、馮諼長鋏的典故，抒發長期旅居外地的窮愁牢騷。句中「仍作客」、「誰知己」等言，可見其內心抑鬱不平之氣。末句以景結情，眼看著「庭前草色醉東風」，又是一年的開始，自己卻依然羈旅外地，不禁黯然銷魂。

過片二句，以「煙渺渺，鯤洋水；塵擾擾，燕山市」互相對比。由於燕山市（即北京）塵俗紛擾，瑣事纏身，加以家鄉遠隔重洋，在水一方，儘管思鄉情切，卻無法如願，正如周邦彥〈蘇幕遮〉詞中所言：「故鄉遙，何日去？家住吳門，久作長安旅。」這種欲歸而不得歸的苦悶，只好以「琴書劍佩」來自我排遣。「泥上」兩句宕開一筆，以征鴻、劣馬自況，既言東飄西蕩，一事無成；復言馬齒徒長，虛度年華。末二句以「花猶一歲一番開，人何似」的感慨作結，在「花開猶有日，人歸杳無期」的對比下，真可說是情何以堪，再度將羈旅抑鬱之情推上高潮，也與上片末句因見庭前春草綠而黯然神傷的情緒，前後呼應。

本詞上片的「蘇季敝裘」兩句，與下片的「泥上征鴻」兩句，將典故融入詞中，形成工整的對偶句。除了寄寓旅居外地的無聊抑鬱之感外，也因七言長句的插入，而起了鋪張排比的作用。在結構安排上，慢詞長調一般都採用上景下情的方式，本詞卻是全詞寓情於景，情景交替錯雜。再者，〈滿江紅〉一調，一般都是選用短促的入聲韻部，來發洩慷慨激壯的感情，如岳飛的〈滿江紅〉（怒髮衝冠）一詞即是。本詞的韻腳改用上聲韻（按：詞中的「市」、「似」二字，在《詞林正韻》中，歸第三部之「上聲」韻，若以閩南語音讀之，當更能體會其要），因而聲情效果偏於沈鬱淒壯，與選用入聲韻部的〈滿江紅〉所表現出的決絕激烈，是略有不同的，讀者在欣賞本詞時，不妨細心體會這一點。

延伸閱讀

1. 周邦彥〈蘇幕遮〉（燎沈香，消溽暑），孫虹《清真集校注》，北京：中華書局，二〇〇二年。
2. 施士洁〈台江感舊〉，見氏著《後蘇龕合集》，台北市：龍文，一九九二年。

參考資料

1. 龔顯宗〈東坡後身施士洁〉，見氏著《台灣文學家列傳》，台北市：五南，二〇〇〇年。
2. 王建國〈施士洁《後蘇龕詩鈔》之鄉愁書寫〉，《文學台灣》第四三期，二〇〇二年七月。
3. 余美玲〈海東進士施士洁的詩情與世情〉，《逢甲人文社會學報》，二〇〇〇年一一月。

問題討論

1. 本詞的內容，在結構安排與聲調的選用上，有哪些特殊之處？
2. 龔顯宗《台灣文學家列傳》中，將施士洁比擬為「東坡後身」，請問施士洁有哪些特質與蘇東坡相近？

唐多令・連雨台中臥病作

林朝崧

倚枕句慵❶敲，蕙爐香炷銷，醒無寥❷、睡也無寥，簾外雨絲吹不斷，才昨夜、又今朝。　綠水漲平橋❸，籠煙山黛描，小紅樓、幾處吹簫。惆悵茂陵多病客❹，空負了、酒旂❺招。

作者

林朝崧（一八七五至一九一五年），字俊堂，號癡仙，署名無悶道人，台中人。自幼習詩，年十九為邑諸生。日人治台時，遊歷於中國，數年後遵母命返台。清光緒二十八年創立「櫟社」，與詩友相互酬唱。櫟社與後來南部的「南社」、北部的「瀛社」，成為日治時期台灣三大詩社，對古典詩歌的傳承，有著重大的影響力。

朝崧生前文名頗著，但作品並未刊行。後經「櫟社」社友傅錫祺、陳懷澄、陳貫等人輯其遺作，復由從弟林獻堂總其事，按年編次，自光緒二十一年乙未始，迄於民國四年乙卯，計分五卷，附〈詩餘〉一卷，題為《無悶草堂詩存》，於民國二十二年排印行世。集中篇什，頗多憂時傷世之作，讀之令人動容。

註釋

*唐多令，又名南樓令，雙調六十字，前後片各押四平韻。本詞韻腳為《詞林正韻》第四部平聲韻，上片為：敲、銷、寥、朝；下片為：橋、描、簫、招。

❶慵：懶，即做事提不起勁。

❷無寥：字意同「無聊」。

❸綠水漲平橋：河中的綠水高漲到與橋相平了。秦觀〈滿庭芳〉：「秋千外，綠水橋平。」

❹茂陵多病客：《史記》：「司馬相如，蜀郡成都人，字長卿。……常有消渴病，既病免，家居茂陵。」作者借此典故，意指自己如司馬相如般多病。

❺旂：音ㄑㄧˊ，通「旗」字。

本詞題為「連雨台中臥病作」，詞中寫的正是作者病中百無聊賴的情景。

上片首句「倚枕句慵敲」，扣緊題中的「臥病」二字而發。由於生病而倚枕在床，根本提不起勁來推敲詩句。「蕙爐香炷銷」一句，既點出時間隨著「香銷」而不斷流逝，也與上句的「慵」字互相呼應——只是怔怔的望著爐中的薰香不斷飄散著，什麼事都不想做，也都做不了。以下遂有「醒無寥、睡也無寥」之句，生動傳神的寫出病中懨懨悶悶之感。末兩句「簾外雨絲吹不斷，才昨夜、又今朝」，以簾外日夜飄雨的景象結束上片，與北宋詞人秦觀的「無邊絲雨細如愁」（〈浣溪沙〉）同一意境，不難想像作者在病中百無聊賴、輾轉難眠的情景。

詞作下片，將景象由室內移到室外。近處，有綠水漲橋；遠處，有煙籠山黛，恍若一幅煙雨朦朧的潑墨山水圖。這時，耳邊傳來「小紅樓幾處吹簫」的聲音，為眼前的雨景增添了一抹詩情畫意，令人神往。末兩句「惆悵茂陵多病客，空負了、酒旂招」，則筆鋒一轉，眼前的賞心樂景，卻因為「多病」而無法出遊欣賞，文友的詩酒之會，遂只能「空負」而不克前往赴約了。

以藝術技巧而言，本詞寫的是雨中臥病時的無聊、惆悵之情，這種抽象的情思，是只可意會而難以言傳的。作者成功的結合了眼前具體的物象來抒發情感，如上片以蕙爐香銷、簾外雨絲來表達病中慵倦、無力的感受；下片則以綠水平橋、煙籠山黛的視覺美景，與紅樓簫聲的聽覺享受，對比出「多病」的惆悵與無奈。全詞層次井然，情景交融，是本詞值得取法之處。

在聲情效果上，本詞上、下片的句子結構相同。一、二兩句皆為五言，連押平聲韻，宛如病中的呻吟長吁聲。第三句以「上三下四」的句型作變化，音節較迫促，彷彿是長吁之後的短歎聲。第四句改為不押韻的七言長句，有提振之後再拉長的效果。詞末的「三、三」句型，又回復到短歎無奈的聲調。全詞句式長短交錯，讀之猶如長吁短歎聲不絕於耳，與作者所要抒寫的「病中愁感」是一氣渾成，聲情合一的。

在作者的詩集中，另有〈久雨〉詩與〈江樓睡起〉，附錄如下，讀者不妨取而並觀，透過「相近主題以不同文體表現」的作品比較，當能對詩、詞的體性，有更進一步的掌握與理解。

附錄

1. 〈久雨〉：終日昏昏睡不醒，出門流潦苦縱橫。夕陽只在遙山外，誰掃浮雲見太清。
2. 〈江樓睡起〉：覺來窗全白，天陰日未上。倚樓眺大江，早潮來泱漭。柳岸翠迎眸，前汀平若掌。水禽波際戲，漁笛煙中響。臥病久跡陶，覽茲覺神爽。惜無騷客來，同持一樽賞。

延伸閱讀

1. 林朝崧〈久雨〉，見氏著《無悶草堂詩存》，台北市：龍文，一九九二年。

2. 林朝崧〈江樓睡起〉，見氏著《無悶草堂詩存》，台北市：龍文，一九九二年。

參考資料

1. 連橫〈哭林癡仙〉、〈柬林癡仙並視台中諸友〉，見氏著《劍花室詩集》，南投市：台灣省文獻委員會，一九九二年。
2. 廖振富《櫟社三家詩研究——林癡仙、林幼春、林獻堂》，台灣師範大學國文所博士論文，一九九六年。
3. 洪銘水〈日據時代的隱逸詩人——林癡仙〉，《東海學報》（文學院）第三七卷一期，一九九六年七月。

問題討論

1. 病中慵倦無聊的感覺原本是抽象的，本詞作者是如何表現這種抽象的感覺？
2. 在作者詩集《無悶草堂詩存》中，另有〈久雨〉及〈江樓睡起〉（參見附錄）與本詞相較，你在讀後有哪些不同的感受？

浣溪沙・台灣歸舟晚望

梁啟超

老地荒天閟❶古哀，海門❷落日浪崔嵬❸，憑舷❹切莫首重回！　費淚山河和夢遠，彫年❺風雨挾愁來，不成拋卻又徘徊。

作者

梁啟超（一八七六至一九二九年），字卓如，號任公，別號飲冰室主人。廣東新會人。十七歲即中舉，後來師事康有為，師生二人於清末同倡「戊戌變法」維新，人稱康、梁，失敗後曾流亡日本，並於宣統三年（一九一一年）遊台。在台期間，與各詩家名流唱酬，共成詩八十九首，詞十二首，原擬刻集名為《海桑吟》，惜無定本流傳，後收錄於陳漢光主編之《台灣詩錄》下冊，於民國六十年由台灣文獻出版印行。

在文學創作上，梁啟超先後提出「詩界革命」、「小說革命」的口號，主張以明白曉暢的語言，表達新時代的精神與思想。與詩歌、小說相比，梁氏在散文方面取得的成就更高，他的散文議論縱橫、氣勢磅礡，筆端常帶感情，富鼓動性，對讀者而言，別具有一種魔力。其使用的語言半文半白，務為平易暢達，時雜以俚語、韻語及外國語法，縱筆所至，不受拘束，在當時影響極大，可說是「每一文出，則全國之身目為之一聳」，是古典散文轉向現代白話散文的開路先鋒。

梁啟超於民國初年，曾任司法、財政總長等職。晚年不談政治，專以著述講學為務。一生著述頗豐，分別有《飲冰室合集》、《先秦政治思想史》、《清代學術史》等。

註釋

＊浣溪沙，雙調四十二字。前段三句，三平韻；後段三句，兩平韻。本詞的韻腳上片為：哀、嵬、回（《詞林正韻》第三部平聲韻）；下片為：來、徊（第五部平聲韻）。由於這幾個字同屬《詩韻》上平聲第十「灰」部，故常見古人將兩個詞韻通押的作法，如北宋晏殊〈浣溪沙〉（一曲新詞酒一杯），即是一例。

❶閟：音ㄅㄧˋ，關閉、止息。

❷海門：海上門戶，即出海口、港口。王昌齡〈宿京江口期劉昚虛不至〉：「霜天起長望，殘月生海門。」

❸崔嵬：音ㄘㄨㄟ、ㄨㄟˊ，高聳的樣子。

❹舷：音ㄒㄧㄢˊ，船邊。

❺彫年：殘年、衰世之意。彫，音ㄉㄧㄠ，通「凋」字。

賞析

光緒二十四年（一八九八年，歲次戊戌），作者梁啟超與其師康有等人倡導推行變法維新，但新政只歷時一百零三天便宣告失敗。隨後作者流亡日本，並曾於宣統三年（一九一一年）遊歷台灣，直到民國元年（一九一二年），才由日本返抵天津，結束其自戊戌變法失敗後，長達十四年的流亡生涯。寫作本詞時，作者仍處於「有家歸不得」的情形，舟行茫茫大海，心中自然百感交集，難以言喻。

上片首句「老地荒天閟古哀」，與作者〈台灣雜詩〉第一首開端所言：「千古傷心地，畏人成薄遊」的意思有相通之處。由於台灣在明鄭時期，才有大規模的漢人進駐開發，直到康熙廿三年（一六八四年）定名為「台灣府」，始正式納入中國版圖。但在中原文士心目中，台灣仍是一塊洪荒未闢的化外之地，清代沈葆禎題延平郡王祠的楹聯，即有「洪荒留此山川，作遺民世界」之言。兼且早期流落台灣冤死者甚多，因而台灣又有「埋冤」之名（參見連橫《台灣通史》）。對作者而言，台灣可說是一處洪荒未闢的千古傷心地，加上梁氏是以流亡的身分遊台，首句隱隱可見其天涯流落之感。次句接以「海門落日浪崔嵬」，海港的落日、洶湧的浪花，構成一幅洪荒險境，也暗喻了作者抑鬱低落、忐忑不安的心情。然而，眼前茫茫大海雖然有未可預知的凶險，但中原故國卻又不堪回首，有家歸不得，故而第三句接以「憑舷切莫首重回」，「切莫」二字，有堅定心志、勉力把持之意，可見中原故國在作者的心中，還是有著無法割捨的眷懷之情。

詞作下片，儘管作者一再叮嚀自己莫再回首故國，卻還是忍不住眺望如夢境般的遙遠山河，「費淚」二字，道盡內心無法掩抑的傷心。次句「彫年風雨挾愁來」，寫回首故國所見凋零衰敗之景，喻有國勢積弱不振之意。末句遂以「不成拋卻又徘徊」，來概括內心矛盾、複雜的心情。

本詞是一首短調小令之作，詞中的「海門落日浪崔嵬」、「彫年風雨挾愁來」，是以比興的手法，藉由外在的景物來引發聯想，抒寫內心的感受，使得短小的篇幅，從而有了深刻的內容與廣闊的想像空間。

在聲情方面，〈浣溪沙〉這個詞牌上下片共六句，除了換片的第四句不押韻，略趨舒緩外，其餘句句押韻，一氣而下，故能與詞中所要表達的感情，產生相乘加分的效果。如本詞所要抒發的是流亡海外的心情，加以選用的韻腳為萎而不振的平聲韻「灰」部，使得全詞具有情急調苦、淒咽低沈之感。反之，如北宋詞人蘇軾所作的〈浣溪沙〉：「軟草平莎過雨新，輕沙走馬路無塵，何時收拾耦耕身？　日暖桑麻光似潑，風來蒿艾氣如薰，使君元是此中人。」由於選用的韻腳為舒緩的平聲韻部「真、文」，讀來猶如行雲流水般舒緩自在，表現了蘇軾在春日出遊時輕鬆自適的心情。

延伸閱讀

1. 梁啟超〈念奴嬌．基隆留別，用玉田韻〉，收錄於陳漢光主編《台灣詩錄》下冊，台北市：台灣文獻，一九七一年。
2. 梁啟超〈台灣雜詩〉，收錄於陳漢光主編《台灣詩錄》下冊，台北市：台灣文獻，一九七一年。

參考資料

1. 藍偵瑜〈梁啟超訪台對傳統文人的影響之考察——以林癡仙為分析對象〉，《島語》第三期，一九九三年。
2. 羅秀美〈「破碎山河誰料得，艱難兄弟自相親」——梁啟超遊台詩的家國情懷〉，《元培學報》第七期，二〇〇〇年一二月。
3. 鄭淑蓮〈梁啟超之遊台與林獻堂（一九〇七至一九一一年）〉，《弘光學報》第三〇期，一九九七年一〇月。

問題討論

1. 梁啟超遊台時的詩詞作品，呈現出什麼樣的內心世界？
2. 本詞在刻畫內在複雜的情感時，有哪些藝術手法值得取法、借鏡？

滴滴金・地瓜

賴惠川

鐙前讀到雞聲起，握霜毫❶，展冰紙❷，夜半點心好滋味，地瓜煨❸鑪底。　人言近日寒無比，我何知？斯為美。貧賤惟求適吾志，短褐狐裘擬❹。

作者

賴惠川（一八八七至一九六二年），本名尚益，以字行，號頤園，別署「悶紅老人」，嘉義人。生於清光緒十三年，卒於民國五十一年，享年七十六歲。

惠川是日據時期及戰後台灣重要文人，因地緣之故，往來文友多為嘉義當地詩人，如譚康英、林緝熙、黃文陶、張李德和……等。其文學成就主要在古典詩、詞、曲方面，著作先後刊行的有詩集《悶紅小草》、《悶紅墨餘》、《悶紅墨滴》、《增註悶紅詠物詩》；詞集《悶紅詞草》；竹枝詞集《悶紅墨屑》、《續悶紅墨屑》；曲集《悶紅墨瀋》等八種，合稱《悶紅館全集》，取「綠悶紅愁」之意。其作品所歌詠景物，多為台灣山川地理、風土民情，可說是鄉土教育的最佳素材；詠懷之作，則多淡泊知足之志與任真自得之感。

註釋

＊滴滴金，雙調，五十字。前後兩段各四句、三仄韻。本詞韻腳為《詞林正韻》第三部仄聲韻，上片為：起、紙、底；下片為：比、美、擬。

❶霜毫：白色的毫毛，代指毛筆。

❷冰紙：細潔雪白的紙。

❸煨：音ㄨㄟ，把食物埋在熱灰裡烤熟。

❹短褐狐裘擬：若能安貧樂道，即使身穿粗布衣，也如同狐裘一般溫暖舒適。褐，音ㄏㄜˋ，粗毛或粗麻織的短衣，泛指貧苦人所穿的衣服。

賞析

地瓜，又名蕃薯。台灣本島形似地瓜，也盛產地瓜，而地瓜更是台灣早期貧窮人家的主食。時至今日，地瓜的「主食」地位雖然早已被米飯取代，但在街頭巷尾，仍可見小販烘烤地瓜販售，是一道美味可口的道地點心。本詞以「地瓜」為主題，抒發作者安貧樂道的胸懷，令人讀後猶如品嚐地瓜一般，平實有味。

詞作前三句「鐙前讀到雞聲起，握霜毫，展冰紙」，寫的是作者在燈前夜讀寫作，直到天亮的情景。句中的「霜」、「冰」兩字，除了用以形容筆、紙的潔白之外，也令人感受到夜讀時的冷冽與沍寒。但因有了

「夜半點心好滋味，地瓜煨鑪底」，讓作者能夠徹夜讀書，不以夜寒為苦。

過片三句：「人言近日寒無比，我何知？斯為美。」儘管徹夜讀書，但作者卻感受不到一絲寒意，甚至當旁人告以「近日寒無比」時，也渾然不覺，可見煨在鑪底的烤地瓜，不僅滋味甜美，也具有令人暖而忘寒的功效。末兩句則由地瓜宕開一筆，歸結到作者身上，以「短褐狐裘擬」抒發內在安貧守道的心志，從而讓不起眼的地瓜，有了不凡而高尚的本質。

古人常以詩詞詠物，而詠物的上乘之作，必須做到「不即不離」。一方面，作品內容要與作者主觀情思結合，所謂「詞中有人」，才不會讓作品成為單純的寫物，甚至淪為猜謎的題面；另一方面，又不能「言之無物」，專寫主觀抽象的情思。唯有情寄於物、物因情見，既表出客觀對象的特殊性，又能寄寓作者內在的情思，主客合一，物情交融，才算是一首成功的詠物之作。前人的詞作中，如北宋蘇軾的〈卜算子・黃州定惠院寓居作〉：「缺月掛疏桐，漏斷人初靜。誰見幽人獨往來，縹緲孤鴻影。　驚起卻回頭，有恨無人省。揀盡寒枝不肯棲，寂寞沙洲冷。」詞中縹緲冷落的孤鴻，寧可遺世獨立，孤高悲愴，也不肯隨枝棲息，反映了蘇軾不肯隨俗屈就的堅持。寫鴻即是寫人，語語雙關，可謂高妙至極。又如南宋陸游〈卜算子・詠梅〉：「驛外斷橋邊，寂寞開無主。已是黃昏獨自愁，更著風和雨。　無意苦爭春，一任群芳妒。零落成泥碾作塵，只有香如故。」詞中以寂寞自開、不與群芳爭春的梅花為歌詠對象，末二句更是將梅花的高格勁節顯露無遺，同時寄寓了陸游忠忱不屈的志節。以上兩首詞作，都可以令人從中想見作者的人格特質，堪稱是「詞中有人」的代表作。至於賴惠川這首詠「地瓜」的詞作，既寫出地瓜平實味美的本質，也寄託了作者安貧適志的情操，可說是物我融浹、言簡意深。

作者這種「短褐狐裘擬」的志節，除了本詞之外，其他如在〈尋芳草・怪癖〉一詞中所言：「怪癖本天賦，樂吾樂，破衫殘屨。偶搖頭、髮似迎風絮。問翁年，六十五。　富既不容求，又何必，馬牛勞苦。日垂綸，絕好偷閒處。得金鱗，山妻煮。」因《悶紅詞草》尚未刊印行世，特徵引全首內容如上，從中讀者不難窺見作者的情志與處世態度。

調笑令・鐵馬

賴惠川

頑鐵、頑鐵，得意行空足捷❶。嘶風❷檐下昂頭，一陣丁東❸早秋。秋早、秋早，馳騁之間人老。

註釋

＊調笑令，全詞共三十二字，押四仄韻、兩平韻、兩疊韻。平仄韻遞轉，難在平韻轉為仄韻時，二言疊句必須用上六言的最後兩字倒轉為之，故又稱「轉應曲」。本詞韻腳之四仄韻為：鐵、捷、早、老（《詞林正韻》第八部），兩平韻為：頭、秋（《詞林正韻》第十二部），其中的「鐵」與「早」使用疊韻。

❶行空足捷：形容人騎在鐵馬上，腳下如騰雲駕霧一般，速度很快。

❷嘶風檐下昂頭：鐵馬馭風而行或停在屋檐下，都是昂然抬頭的。嘶風，馬迎風嘶鳴，此指騎著鐵馬馭風而行。檐，同「簷」，即屋簷。

❸丁東：鐵馬行進時的聲音，同於「叮咚」。

賞析

腳踏車，俗稱「鐵馬」，本詞則代稱之為「頑鐵」。前三句寫人騎在車上時，如騰雲駕霧般的迅捷；第四句以馬嘶叫、昂頭的動作來比擬鐵馬，讓原本沒有生命的鐵馬，具有駿馬般的神采，也讓「頑鐵」一詞中的「頑」字，有了靈活生動的想像空間。第五句「一陣丁東早秋」，寫的是人騎在鐵馬上馳騁，發出一陣「丁東」的聲音，轉眼間已由春而夏，而到了早秋時節。後三句由鐵馬的運轉，聯想到人的一生，也在來回騎乘之間，不知不覺的消失，剎那芳華，轉眼人老。與古人因「人生苦短」所引發的感慨，如〈古詩十九首〉的「人生寄一世，奄忽若飆塵」；曹操〈短歌行〉的「對酒當歌，人生幾何？譬如朝露，去日苦多」；李白〈將進酒〉的「君不見、高堂明鏡悲白髮，朝如青絲暮成雪」，以及元人馬致遠的〈秋思〉：「百歲光陰一夢蝶，重回首，往事堪嗟」，可說是古今同調，千古一嘆。本詞歌詠的內容，由外物而延伸至人生，可說是一首雋永的小詞，餘味不盡。

在藝術技巧上，〈調笑令〉這個詞牌，唐代詞人王建題作「宮中調笑」，可知原本是專寫玩笑、諧趣這類的內容。印證於作者筆下的鐵馬，不但名之為「頑鐵」，而且行空足捷、嘶風昂頭。將沒有生命的鐵馬，寫得猶如奔騰跳躍的駿馬一般，神氣活現，契合了詞牌本身「諧趣」的特質。另外，本詞的韻部由「鐵、捷」的仄聲韻，轉為「頭、秋」的平聲韻，再轉為仄聲韻「早、老」，不但聲調平、仄遞轉，宛轉相生；內容上，也由鐵馬的神采，轉為季節的更替，再一宕為人生短暫的哲理。短短三十二字之間，曲折變化，節奏緊湊，堪稱是小詞中的傑作。

本詞之外，在作者賴惠川的《悶紅詞草》中，經常可見類似寄寓「人生苦短」、「世事無常」的詞作，如〈柳梢青・茅亭〉的「去年媚柳，今日凋零，跳丸（按：即日月）起落無情，一轉眼，榮枯幾更。」〈中興樂・為難〉：「人生空老兩跳丸，辛辛苦苦之間，一日何堪，萬事為難。」以及〈迎春樂・裝痴〉：「烏飛兔走人空老，畢竟是、愁兼惱。」不僅可作為警世名言，亦可從而想見作者的處世之道與內心世界。

延伸閱讀

1. 賴惠川〈尋芳草・怪癖〉，見氏著《悶紅詞草》，作者自刊本（黃哲永藏），一九五〇年。
2. 蘇軾〈卜算子・黃州定惠院寓居作〉，陸游〈卜算子・詠梅〉，參見陳滿銘、陳弘治、簡明勇編著《唐宋詩詞評注》，台北市：文津，一九九七年。
3. 賴惠川〈柳梢青・茅亭〉、〈中興樂・為難〉、〈迎春樂・裝痴〉，見氏著《悶紅詞草》，作者自刊本（黃哲永藏），一九五〇年。
4. 韋應物〈調笑令〉（胡馬，胡馬，遠放燕支山下）；見張淑瓊主編「唐詩欣賞叢書」之《韋應物》，台北市：地球，一九八九年。

參考資料

1. 吳福助〈台灣漢人民俗風情畫——賴惠川《悶紅墨屑》竹枝詞選析〉，收錄於《台灣歷史與文學研習專輯》，台中市：國立台中圖書館，二〇〇一年一〇月。
2. 王惠鈴《台灣詩人賴惠川及其悶紅墨屑》，台北市：文津，二〇〇一年。
3. 王惠鈴〈賴惠川「悶紅墨屑」的文體特色與史料價值〉，《中國文化月刊》第二四七期，二〇〇〇年一〇月。

問題討論

1. 請就蘇軾〈卜算子・黃州定惠院寓居作〉及陸游〈卜算子・詠梅〉這兩首詞作，分析其如何達到「不即不離」的詠物妙境？
2. 試比較賴惠川〈尋芳草・怪癖〉與〈滴滴金・地瓜〉這兩首詞作的異同之處？
3. 古人的作品中，有不少書寫「人生如寄」或「人生苦短」的主題，請試舉一、二首為例。
4. 請問〈調笑令〉這首詞牌有哪些特色？

蕙蘭芳引・阿里山檜

林緝熙

人傑地靈。玉山下、密林葱鬱❶。鎮大海洋中，高聳六千海拔❷。接天巨木。莫不是、廟廊❸文物。　節勁堪用世，迥異尋常樗櫟❹。萬古雲封，千秋神秘，一旦塗說❺。嘆當日牛山，朝夕斧斤砍伐❻。人間華屋，仙園絕蘖❼，無奈何、空剩一山明月。

作者

林緝熙（一八八七至？年），字荻洲，嘉義市人。幼聰穎好學，畢業於台南師範學校，曾於嘉義附近公立學校執教。後與同里同學王殿沅同入羅山吟社，王殿沅創組玉峰吟社，緝熙也是吟社主要成員。昭和十九年（一九四四年）冬，隱於鹿滿山，不履市井十餘年，與悶紅館賴惠川交契，詩筒往返，唱和不倦。晚歲歸里，吟詠以終。

緝熙秉性嚴毅，耽於詩而工於詞，平生所作，集為《荻洲吟草》，賴惠川曾為之序。其詩皆近體，詞多小令，雖率意言情，然嚴謹典雅，一如其人；稍耽禪悅，亦足以見其心境。

緝熙筆硯之餘，另撰有《仄韻聲律啟蒙》，又名《荻洲墨餘》，賴惠川為之作註。本書乃仿邵陵車萬育

《聲韻啟蒙》而作，全書對仗工整，運典自然，較諸前人，並無遜色，對有志於從事古典詩詞創作者，亦有啟蒙引領之功。

註釋

*蕙蘭芳引，為北宋詞人周邦彥首創，雙調八十四字，前後片各八句，各押四仄韻。本詞韻腳上片為：鬱、木、物、櫟；下片為：說、伐、蘖、月。八韻腳中，「木」為《詞林正韻》第十五部入聲韻；「櫟」為第十七部入聲韻，其餘都是第十八部入聲韻。原則上，詞作的韻腳應位於同一韻部，但由於入聲韻腳的字數，較平、上、去三聲來得少，本詞係採入聲字通押的方式，擴大使用韻目的範圍。這種通用相鄰韻部，或將不相鄰韻部也納入韻腳的情形，讓填詞者有較大的用韻範圍，稱之為「寬韻」。

❶蔥鬱：草木青翠茂盛。

❷高聳六千海拔：阿里山海拔標高二二七四公尺，約為七五〇四台尺，作者當是以台尺計算高度，並取大概數目而言。

❸廟廊：「廟」、「廊」都是古代帝王和大臣議論朝政的地方，後因稱朝廷為「廊廟」。

❹迥異尋常樗櫟：與一般平凡無用的樹木大大不同。迥，音ㄐㄩㄥˇ，遠、大之意。樗，音ㄔㄨ；櫟，音ㄌㄧˋ，兩者都是大而無用的樹木。

❺一旦塗說：阿里山的千年檜木被砍伐後，一夕之間化

為傳說，不復存在。塗說，又作「途說」，傳說之意。

❻牛山朝夕斧斤砍伐：本句引用《孟子．告子上》：「孟子曰：牛山之木嘗美矣，以其郊於大國也，斧斤伐之，可以為美乎？」的典故，感嘆阿里山的檜木不斷的被砍伐，不復當年盛況。

❼仙圜絕蘖：圜，音ㄏㄨㄢˊ，圍繞；蘖，音ㄋㄧㄝˋ，樹木砍去後重生的枝條。意指因人間大興土木，修建華屋，使得千年檜木在阿里山這個世外仙境喪失生機，無法重生。

賞析

清光緒二十一年（一八九六年），台灣割讓給日本。當時台灣林木資源非常豐富，日本人遂開始有計畫的拓展台灣林業。光緒二十二年（一八九六年），日本人發現阿里山有巨大檜木林，經過多次的勘察，於民國元年至二年間，陸續修築興建阿里山森林鐵路，也開啟了阿里山的森林浩劫。伐木作業持續了三十年，直到民國三十四年台灣光復，阿里山原始檜木林，已採伐殆盡，令人望而浩嘆不已。本詞感懷的內容，便是以上所述的時代背景。

詞作首句以「人傑地靈」來概括阿里山所在之嘉義縣的人文環境。由於阿里山是東南亞最高峰玉山的支脈，位於台灣中部，海拔標高約二千公尺（折合七千多台尺），林相茂盛蔥綠，作者故而又言：「玉山下、密林葱鬱。鎮大海洋中，高聳六千海拔。」將焦點放在阿里山與山上的檜木。除了歌詠阿里山的接天巨木，堪為「廟廊文物」，值得政府重視、保存，「節勁堪用世，迥異尋常樗櫟」二句，則讚嘆阿里山檜木歷經千年風霜的勁節，與種種有用於世的價值，是一般無用之木所無法比擬的。前半闋以層遞的手法，由嘉義而阿里山而阿里山檜，逐步縮小範圍；並藉由尋常樗櫟的對比，襯托出阿里山檜的勁節與大用。

過片三句，則以惋息的語氣，感慨「萬古雲封、千秋神秘」的阿里山檜，由於日本人的砍伐、破壞，而在一夕之間化為烏有，不復存在，只剩下種種的故事與傳奇，供後人憑弔。四、五兩句，引用《孟子》「牛山之木嘗美矣，以其郊於大國也，斧斤伐之，可以為美乎？」的典故，以見阿里山檜在人類的「朝夕斧斤砍伐」之下，已不復當日的美景盛況，為阿里山的森林浩劫發出沈痛的悲嘆。六、七兩句「人間華屋，仙園絕蘗」，除了補述「斧斤砍伐」阿里山檜的用途與後果外，也譴責人類因貪婪物欲而破壞自然環境。末句以「空山明月」總結全詞，與上片的「密林葱鬱」前後對比，既寫阿里山檜被砍伐後，整座山似乎為之一空，在一輪明月的映照下，更顯得空曠蒼涼；而這也是後世子孫面對「接天巨木」、「廟廊文物」被盜伐後，既沈痛而又無奈的心情。

本詞屬於長調慢詞，選用音節短促的入聲韻為韻腳，加上多是間隔兩句或三句押韻，因而全詞的聲情效果是淒咽紆徐，掩抑低沈的。與林緝熙另一首押平聲韻，且三句韻腳連協的〈賣花聲・椋圃風清〉，所展現出的流暢輕快，有很大的不同，讀者不妨細心體會。

賣花聲・樣圃風清❶

林緝熙

消夏客爭先，知縣衙邊，葱籠❷樣子樹參天。小院涼生秋未到，團扇先捐❸。　熱汗一時乾，羽化登仙❹。好風時送鳥聲喧。最愛此間詩味好，市井林泉❺。

註釋

＊賣花聲，為詞牌「浪淘沙」之別名。雙調五十四字，上下片各押四平韻。本詞韻腳為《詞林正韻》第七部平聲韻，上片為：先、邊、天、捐；下片為：乾、仙、喧、泉。

❶樣圃風清：樣，音ㄕㄜˋ，即芒果。「樣圃風清」是舊時諸羅（嘉義舊名）八景之一。據周鍾瑄、陳夢林編著《諸羅縣志》卷一所載，樣圃在諸羅縣署後，占地六、七畝，種有數株高大芒果樹。盛夏酷暑之際，於樹下小坐乘涼，真有不減羲皇上人之感。今日的嘉義八景則改名為「林場風清」，位於嘉義市山仔頂，與中山公園及忠烈祠相毗鄰的「植物園」。園內遍植各種熱帶植物，樹群挺拔高聳，椰林蔽日，清風送涼，故而有「林場風清」之號。

❷葱籠：草木青翠茂盛。

❸團扇先捐：扇子已先丟到一旁。捐，棄。

❹羽化登仙：讓人飄飄欲仙。羽化，仙人飛昇成仙。

❺市井林泉：雖然置身繁華市井，也猶如林下山泉間的閒適、幽靜。

賞析

本詞是作者以「嘉義新八景」為題的系列詞作之一，寫的是平民百姓在檨圃一帶乘涼消夏的情景與感受。

詞作前三句「消夏客爭先，知縣衙邊，蔥籠檨子樹參天」，以倒裝句法，點出縣衙旁邊，蔥籠參天的檨圃樹下，是民眾消暑散涼的好去處。四、五兩句「小院涼生秋未到，團扇先捐」，則進一步就檨圃的「風清」來渲染、發揮。由於樹下涼風習習，清風陣陣，即使沒有扇子搧涼，也有秋涼的感覺，為首句的「消夏客爭先」作了最好的註解。

過片三句「熱汗一時乾，羽化登仙，好風時送鳥聲喧。」依然扣緊「風清」二字來發揮。人在炎夏時，不免渾身燥熱、滿頭大汗，於樹下乘涼片刻，享受清風的吹拂，也就「熱汗一時乾」，舒適清爽了。而這種汗乾清爽的快感，如同仙人羽化升天一般的飄飄然。觸覺之外，加上耳邊不時傳來「鳥聲喧」的聽覺，伴隨著涼風吹送，更令人恍若置身人間仙境、世外桃源，無怪乎作者要賞愛、贊嘆「此間詩味好」，因為林場雖然是位於縣衙邊的市井聲喧處，但有了參天的樹木與清風、鳥鳴，令人有恍若置身於林泉般的閒適與幽靜。與陶淵明的「結廬在人境，而無車馬喧。問君何能爾，心遠地自偏」（〈飲酒〉），可謂同一意趣。

本詞除了文字質樸，明白如話之外，另一個值得注意的特色是，上、下片除了第四句不押韻外，其他句句協韻，使得全詞節奏輕快、緊湊，讀來如同涼風陣陣吹拂一般，也讓人感受到作者在樹下休閒、乘涼時的輕鬆愉快心情。

本詞題名為「樣圃風清」，與作者經常酬答唱和的悶紅老人賴惠川，在詞集《悶紅詞草》中，亦有同名但不同詞調的作品。此外，與作者年代相近的林玉書及張李德和，也都有「林場風清」的詩作，題名雖然略有不同，但所歌詠的場景卻是一樣的，讀者不妨取而並觀，一較短長。

延伸閱讀

1. 陳逢源〈癸酉夏登阿里山〉，《溪山煙雨樓詩存》，台北市：龍文，一九九二年。
2. 陳季碩〈重遊阿里山〉，見氏著《陳季碩詩詞集》，台北市：盧大方，一九七二年。
3. 林玉書〈嘉義新八景・林場風清〉，見氏著《臥雲吟草》卷八，台北縣：龍文，一九九二年。
4. 張李德和〈嘉義新八景・林場風清〉，見氏著《琳瑯山閣吟草》卷三，台北縣：龍文，一九九二年。
5. 賴惠川〈憶王孫・樣圃風清〉，見氏著《悶紅墨屑》之《悶紅詞草》，嘉義：作者自刊本（黃哲永藏），一九五〇年。

參考資料

1. 洪致文《阿里山森林鐵路紀行》，台北市：時報文化，一九九四年。
2. 陳玉峰、陳月霞《阿里山：永遠的檜木霧林原鄉》，台北市：前衛，二〇〇五年。
3. 劉麗卿《清代台灣八景與八景詩》，台北市：文津，二〇〇二年。
4. 陳文棋《嘉義諸羅紀》，台北市：愛書人雜誌，二〇〇四年。

問題討論

1. 請概述阿里山檜木的興衰始末。
2. 請比較林緝熙〈蕙蘭芳引・阿里山檜〉與〈賣花聲・檨圃風清〉，兩首詞作在表現手法上有何不同？
3. 試比較本詞與賴惠川〈憶王孫・檨圃風清〉：「琴堂歷盡劫灰餘，風帶腥膻檨已枯。一圃平分半里閭，市聲呼。座上揚威半老屠。」兩首詞作內容與表現手法的差異。
4. 請比較韻腳連協與隔句協韻的詞作，在聲音的節奏上有何不同效果？

長相思・秋閨

張李德和

星影搖，月影搖，捲起窗紗心地焦，鴻雁幾聲飄。　山迢迢❶，水迢迢，欲寫離懷情轉寥❷，黯然魂也銷。

作者

張李德和（一八九三至一九七二年），字連玉，號羅山女史、琳瑯山閣主人、題襟亭主人、逸園主人。為雲林縣儒學訓導李昭元長女，出生書香世家。幼時即勤於習藝，擅長詩文、繪畫，又精通刺繡。台北第三高女畢業，曾任教職四載，婚後，於持家教子之餘，也熱心於藝文活動，曾組琳瑯山閣詩會、鴉社書畫會、題襟亭填詞會、連玉詩鐘會等。文人雅士盤桓於其所居逸園，遠近聞名，有聲於時。

德和之詩，記人、寫景、詠物、傷時，題材豐富；內容或沈痛，或柔美，或秀逸，皆能出之以工巧，予人精妙之感。其詞平實中帶有清麗，深堪玩味。生平之作彙為《琳瑯山閣吟草》，詩作部分，分別經其文友賴惠川、李石鯨、林臥雲點評。

註釋

＊長相思，又名雙紅豆，雙調三十六字，前後片各三平韻，每片開始須用疊韻。北宋詞家周邦彥等另有〈長相思〉之作，為慢詞長調，與本詞調同名異實，不可混為一談。本詞韻腳為《詞林正韻》第八部平聲韻，上片為：搖、焦、飄；下片為：迢、寥、銷。

❶迢迢：路途遙遠。潘岳〈內顧〉詩之一：「漫漫三千里，迢迢遠行客」。

❷寥：寂寥。

賞析

本詞所寫的是婦人在秋夜深閨中思念遠人的心情。首二句以星影、月影搖曳的景象，點出「夜」字；第四句則以「鴻雁聲飄」點出「秋」字。由夜空中傳來鴻雁的唳聲，讓深閨中的婦人捲起窗紗仔細探看，只見窗外夜深霜重，秋天已經悄悄來臨了，但等待的人卻依然不見蹤影，音訊全無，不由得讓她開始揣測伊人「不歸」的種種可能，是病了？或是另有新歡？心中愈想愈焦急，恨不得能夠立刻與伊人重逢。

下片著力於描繪思婦複雜的心情。「山迢迢，水迢迢」二句，既點出兩人分隔兩地，距離遙遠；也暗示兩人之間漸行漸遠，久無音書往來，情緣轉薄。念及至此，讓提筆欲寫離懷的思婦，心情由原先的焦急盼望，轉為寂寥無奈，最後更是黯然魂銷，擱筆長嘆。詞作的上半段以星月影搖的夜景，對應思婦的「心焦」，下半段以山水迢遠的虛景，帶出思婦寂寥的情緒，成功的刻畫了「秋閨」婦人複雜多變的心情。就詞作上、下片的轉折與連結而言，本詞的表現堪稱可圈可點。

在聲情效果上，本詞調上、下片的一、二句，須用疊字、疊韻，兼且句句押韻，用來表達思念遠人的情急、心焦，是非常貼切的。以白居易的〈長相思〉一詞為例：「汴水流，泗水流，流到瓜州古渡頭，吳山點點愁。　思悠悠，恨悠悠，恨到歸時方始休。月明人倚樓。」詞作中的疊字、疊韻，兼且句句押韻，使得全詞具有小橋流水般的民歌風味，可與本詞互觀、對照。

本詞在結構與聲情效果上雖有可觀之處，但嚴格來說，還是有美中不足之處。宋代詞學家沈義父曾對於詞作的結尾，提出以下的看法：「結句須要放開，含有餘不盡之意，以景結尾最好。」其後並以周邦彥的「斷腸院落，一簾風絮」（〈瑞龍吟〉）和「掩重關，遍城鐘鼓」（〈掃花遊〉）為例。以結構而言，詞中的小令之作，由於篇幅短小，要讓人讀後產生「言有盡而意無窮」之感，名家慣用的手法是「以景結尾」，將情思宕開一筆，以外在的景物收場。從這個角度來比較白居易與張李德和的〈長相思〉，兩首詞都是以「相思」為主題，白居易以「月明人倚樓」作結，採用的是「以景結尾」的手法，將詞意由「刻骨相思」宕開至「明月高樓」，從而讓思婦的怨恨哀思，與皎潔的月光化為一片，亦情亦景，餘味不盡。相形之下，本詞以「黯然魂也銷」作結，則是「以情結尾」，不過是重複上句語意而已，言盡意止，並沒有留下太多想像空間，故而有「直致」之病。這也是吾人在創作短詩、小詞時所應當留意的。

延伸閱讀

1. 白居易〈長相思〉（汴水流，泗水流），見氏著《白氏長慶集》，台北市：藝文印書館，一九八一年。
2. 石中英〈長想（相）思‧鄉思〉，見氏著《芸香閣儷玉吟草》，台北市：龍文，一九九二年。
3. 尉素秋〈青玉案‧秋意〉，見氏著《秋聲詞》，台北市：帕米爾書店，一九六二年。

參考資料

1. 龔顯宗〈羅山女史李德和〉，見氏著《台灣文學家列傳》，台北市：五南，二〇〇〇年。
2. 歐宗智〈嘉義琳瑯山閣主人張李德和政治詩詞小論〉，《中國語文》，第九五卷第六期，二〇〇四年一二月。
3. 歐宗智〈嘉義琳瑯山閣主人張李德和漢詩初探〉，《嘉義琳瑯山閣主人張李德和漢詩初探》第九卷第三期，二〇〇三年九月。

問題討論

1. 詞的短調小令何以多用「以景結尾」的手法？
2. 歷來詞家的作品中，有哪些屬於「以景結尾」的成功範例？
3. 「相思」是古人詩詞中常見的主詞，以短調小令（如〈長相思〉）和長調慢詞（如〈雨霖鈴〉）來表現時，手法上自然有所不同，你覺得哪一個難度較高？

聲聲慢・葛禮樂颱風❶

石中英

沈沈宵色，冷靜淒清，誰知造化難測。甫入南柯❷，何來厲聲驚魄？傷心落紅堆積，閉門窗、呆立簾側。只恨透，那風姨任性，何無憐惜？　忍聽哀鴻❸心惻❹，短期裡，定難補全瘡跡。海嘯方騰❺，蜃市❻怎生棲息。狂瀾更添暴雨，嘆滔天怒胥❼誰敵？急煞了，那來媧皇五色石❽？

作者

石中英（一八八九至一九八〇年），字儷玉，號如玉，台南市人，出身台南巨室「石鼎美」，幼嫻閨訓。工詩詞，設「芸香閣」書房教授生徒；又籌設「芸香吟社」，招集女子以切磋詩藝。後與呂伯雄結褵，追隨呂氏從事抗日工作，常往來中國各地，有巾幗不讓鬚眉的豪氣。抗戰勝利後返台，晚年與寓台的文士唱酬不輟。

中英創作以詩詞為主，民國六十四年，其夫婿呂伯雄輯其歷年所撰作品，計得詩千首、詞八十一闋，分為四卷：卷一為台灣光復後詩草，卷二為旅次大陸時詩草，卷三為台灣日據時詩草，卷四為《韞睿軒詞草》，文集題為《芸香閣儷玉吟草》。

中英的作品風格，丘念台曾為序譽道：「其詩幽雅安麗，其詞尤清整纖美，不獨無頹喪淪亡之音，而有懷古攘夷之意。」

註釋

*聲聲慢，歷來作者多用平韻格，但因李清照《漱玉詞》所用仄韻格最為世所傳誦，後世即據以為準。本詞雙調九十七字，上下片各五仄韻，韻腳為《詞林正韻》第十七部入聲韻，上片為：色、測、魄、側、惜；下片為：惻、跡、息、敵、石。

❶葛樂禮颱風：於民國五十二年（一九六三年）九月九日侵襲全台，各地飽受水患之苦，傷亡頗眾。

❷甫入南柯：才剛進入夢鄉。南柯，語出唐人李公佐〈南柯記〉，原指榮華富貴無常，宛如一夢，日後也稱夢境為南柯，南宋范成大〈題城山晚對軒壁〉：「一枕清風夢綠蘿，人間隨處是南柯。」

❸哀鴻：《詩經．小雅．鴻雁》：「鴻雁于飛，哀鳴嗸嗸。」原指哀叫的鴻雁，後用以形容哀傷痛苦、流離失所的人。

❹心惻：內心憂傷、悲痛。

❺海嘯方騰：海水正嘯騰、驟漲。

❻蜃市：濱海地區因折光所形成的城郭幻象。此指濱海

地區飽受風雨海嘯摧殘。蜃，音ㄕㄣˋ。

❼怒胥：泛指洶湧的波濤。胥，音ㄒㄩ，傳說春秋時伍子胥為吳王夫差所殺，屍投浙江，成為濤神，後遂稱浙江海潮為「胥濤」。

❽媧皇五色石：《淮南子・覽冥》有女媧氏煉五色石補天的傳說，這裡借用典故，泛指消弭天災的方法。

賞析

民國五十二年九月九日，葛樂禮颱風侵襲台灣，造成全台傷亡慘重，本詞所寫的內容，即是作者在這次颱風過境時的所見所感。

上闋前三句，以「沈沈宵色，冷靜淒清」，烘托出颱風來襲之前，因低氣壓所產生的凝重沈滯之感，並以「誰知造化難測」一句，開啟了颱風的風狂雨驟。緊接著「甫入南柯，何來厲聲驚魄」兩句，點明颱風登陸的時間，是在夜深熟睡之際，突然被外面呼嘯淒厲的風聲驚醒後，當下的反應便是探查風聲「何來」？等到發現窗外「落紅堆積」，花樹已經被強風吹得七零八落，這才完全清醒過來，立即緊閉門窗，「呆立簾側」一句，與「厲聲驚魄」前後呼應，生動地刻畫出半夜被颱風驚醒之後，因為「嚇呆了」以致不知所措的情景。後三句「只恨透，那風姨任性，何無憐惜」，寓有《老子》：「天地不仁，以萬物為芻狗」之意，既怨恨風災的無情與可怕，從而帶出下闋「忍聽哀鴻心惻」的心情，緊密地聯接起上、下片的內容。

過片後，詞作的重心由自己轉移到災民身上。颱風所帶來的狂風暴雨，造成全台大淹水，百姓流離失所、哀鴻遍野，令人心生憐憫惻隱之情。接著以「短期裡、定難補全瘡跡」，強調風災巨大的損害，不是短期內可以彌補修復的。而「海嘯方騰，蜃市怎生棲息，狂瀾更添暴雨」三句，更將鏡頭帶到受害最慘重的濱海地區。在狂瀾暴雨的侵襲下，已無片土可供棲息；在滔天巨浪的撲擊中，讓人感受到大自然的無情與威力，令人不禁發出「誰敵」的慨嘆。「急煞了」一句，則以救災刻不容緩作結，而詞末的連續兩個問句：「嘆滔天怒胥誰敵」、「那來媧皇五色石」，也生動的傳達出作者內心的無奈與焦急。

在聲情效果上，由於〈聲聲慢〉這個詞調，上、下各押五個仄聲韻，且例用音節短促的入聲字為韻腳，故宜用以表達激烈決絕的思想感情。如北宋詞家李清照便曾用此一詞調，抒寫其於國破家亡後，「尋尋覓覓、冷冷清清，淒淒慘慘戚戚」之情，可令人由音節中，感受其內在的淒厲與絕望。而作者以之抒寫狂瀾暴雨的慘烈，與人在面對自風災時的無奈焦急，也充分發揮了此一詞調的特色。

值得一提的是，在作者的詞集中，有一首題名為〈滿庭芳・改秦少游贈名妓之詞〉。是作者與詞友暢談詩詞時，語及宋代名妓琴操，能以「改詞韻不改詞意」的方式，即席改寫秦觀的〈滿庭芳〉。詞友遂以琴操的捷才來考校作者，而作者也依詞友要求，即席將秦觀原作的「魂」韻，改成「尤」韻，其詞才之敏捷與精銳，從中可見。

延伸閱讀

1. 李清照〈聲聲慢〉，見氏著《漱玉詞》，台北市：台灣商務，一九六五年。
2. 張李德和〈空襲行〉，見氏著《琳瑯山閣吟草》，台北市：龍文，一九九二年。

3. 陳季碩〈葛樂禮過境後作〉，見氏著《陳季碩詩詞集》，台北市：盧大方，一九七二年。

參考資料

1. 龔顯宗〈女中豪傑石中英〉，見氏著《台灣文學家列傳》，台北市：五南，二〇〇〇年。
2. 施懿琳〈南都女詩人石中英《芸香閣儷玉吟草》作品初探〉，《台灣史料研究》第十五期，二〇〇〇年六月。

問題討論

1. 本詞以〈聲聲慢〉來描述風災與焦急的心情，請結合詞調特色來說明作者的表現手法。
2. 歷來詞作多以抒情為主，本詞卻以之紀事，請說說你對「詞以紀事」的看法。

虞美人＊・秋思

呂伯雄

金風颯颯❶彈簾幕，憶起征衫薄。輕羅短袖覺微寒，欲送褐衣❷何處覓芝顏❸？夢魂遶遍關山外，未得伊人會。或生或死竟難量，漏雜梵鐘❹敲斷九迴腸。

作者

呂伯雄（一九〇〇至一九八八年），字伯融，出身台北雙溪三貂嶺望族。素富民族精神與愛國情操，民國二十四年，與張邦傑、卓碩生、許劍英等組「台灣革命黨」，從事抗日復台工作。及「台灣革命同盟會」成立，與夫人石中英馳驅於福建、江西各地，繼續為抗日復台而努力。台灣光復後，攜眷回台。「二二八事件」後，絕意政治，創設台北古亭基督長老教會，並將心力奉獻給教會，閒時與夫人吟詩填詞，安享餘年。

伯雄自幼學詩習詞，早年所作，筆鋒銳利，耿耿孤忠躍然紙上，因而有「愛國詩人」之譽。中、晚年所詠，趨於深沈含蓄，字錘句鍊。其作品不僅可見心路歷程轉折，也可作為台灣近代史事之印證。

伯雄生前曾自選作品精粹，抄錄為《竹筠軒詩詞草》，收詩五三二首，詞三十四闋，聯語十七則，於民國八十年排印行世，名曰《竹筠軒伯雄吟草》，與德配《芸香閣儷玉吟草》並行傳世，相映輝煌。

註釋

*虞美人，又名〈一江春水〉、〈玉壺冰〉、〈虞美人令〉，詞調因楚漢爭霸時項羽作〈虞兮〉歌而得名。目前所見有雙調五十六字、五十八字兩種格律。本詞為五十六字格，上、下片各押兩仄韻、兩平韻。韻腳上片為：幕、薄（《詞林正韻》第六部入聲韻）；寒、顏（第七部平聲韻）。下片為：外、會（第三部仄聲韻）；量、腸（第二部平聲韻）。

❶颯颯：音ㄙㄚˋ，風聲。《楚辭・九歌・山鬼》：「風颯颯兮木蕭蕭，思公子兮徒離憂。」

❷褐衣：褐，音ㄏㄜˋ。粗布衣。

❸芝顏：紅顏，此指思念的人。

❹漏雜梵鐘：更漏聲夾雜著誦經時所敲的鐘聲。漏，更漏，古人計時的工具，相當於時鐘。

賞析

本詞題名「秋思」，寫思婦在秋夜裡，想念遠戍不歸征人的情景。首二句「金風颯颯彈簾幕，憶起征衫薄」，以颯颯秋風，勾起思婦憶遠之情；三、四兩句「羅短袖覺微寒，欲送褐衣何處覓芝顏」，寫思婦欲送征衣，卻不知伊人行蹤之苦。過片兩句「夢魂遶遍關山外，未得伊人會」，寫思婦夜間魂牽夢縈，卻不得伊人入夢；末二句「或生或死竟難量，漏雜梵鐘敲斷九迴腸」，則是寫夢醒後怔忡不寐、腸斷魂銷之情。

詞中的思婦，因有感於秋風的蕭颯寒涼，而憶起遠戍的伊人「征衫薄」，想要縫製征衣，寄送遠方，卻因為征人經常遷調、移防，面臨了「何處覓芝顏」的困境。與杜甫〈擣衣〉詩相較，詩中的婦人「寧辭擣衣倦，一寄塞垣深」，久別經年，固然令人心傷，但至少還有地方可寄征衣，相形之下，本詞的思婦顯得更加愁苦沈痛。下闋由白晝寫到深夜，現實中的無處尋覓，因而希望在夢裡或許有機會相見，絕望之中似乎又湧起了一股希望。然而，夢裡相見的希望終究還是破滅、落空了。「遶遍」兩字，道盡思婦滿腔的思念與幽恨。夢醒之後，生死難量的怔忡之情，讓思婦在「漏雜梵鐘」聲裡，度過漫漫長夜，並藉此為遠人祈福誦禱。將思婦複雜的心思與哀婉之情，刻畫得非常細膩。

在古人詩詞中，常見以秋天為背景，而興起念遠懷歸之情的作品。耳熟能詳者如韋應物「懷君屬秋夜，散步詠涼天」（〈秋夜寄邱員外〉）；柳永「多情自古傷離別，更那堪、冷落清秋節」（〈雨霖鈴〉）；以及李清照的「莫道不銷魂，簾捲西風，人比黃花瘦。」（〈醉花陰〉）。然而，短暫的離別總有再見面的一天，最令人難以忍受的，莫過於因戰爭而被迫分離。由於關山路遙，戰火阻隔，不但會面無期，到最後甚至音訊全無。這種牽掛的心情，誠如杜甫在〈夢李白〉一詩中所寫的：「死別已吞聲，生別常惻惻」，如果確定心中牽掛的人已經不在人世，縱使傷心難過，但總能慢慢平復，唯有「或生或死竟難量」，才最叫人牽腸掛肚，放心不下。本詞所抒寫的，正是因戰爭而使人「常惻惻」的生別之情。詞中「征衫薄」是一愁；「何處覓」是一愁；夢中「未得伊人會」又是一愁；而死生難量的牽掛，更令人魂銷斷腸。全詞兩句一意，層層深入，句句深婉。兼且情景交融，以「金風颯颯」勾起思情念遠之情；以「漏雜梵鐘」寫盡思婦纏綿悱惻之情，表現手法堪為後人借鏡。

延伸閱讀

1. 李白〈子夜吳歌・秋歌〉，王琦《李太白集注》，上海：上海古籍，一九九二年。
2. 杜甫〈擣衣〉，仇兆鰲《杜詩詳注》，北京：中華，一九九九年。
3. 歐陽修〈玉樓春〉（別後不知君遠近），黃畬《歐陽修詞箋注》，台北市：文史哲，一九八八年。

參考資料

1. 龔顯宗〈呂伯雄奉獻教會〉，見氏著《台灣文學家列傳》，台北市：五南，二〇〇〇年。
2. 呂少卿〈故呂伯雄先生略歷〉，收錄於呂伯雄《竹筠軒伯雄吟草》，台北市：龍文，一九九二年。

問題討論

1. 本詞在表現手法上，有哪些值得借鏡之處？
2. 「秋思」是古人詩詞中常見的主題，試就所知，選擇一首加以賞析、說明。

菩薩蠻・海上

溥儒（心畬）

茫茫田野天連海，興亡今古人何在？北望是中原，暮雲秋雨繁。　片時❶楊柳月，又過黃花節❷。莫漫倚闌干，可憐山復山。

作者

溥儒（一八九六至一九六三年），字心畬，號西山逸士，為清代皇室後裔，其祖為恭親王奕訢，其父載瀅。溥儒幼即聰穎，英華外發，北京法政大學畢業後，入德國柏林大學，獲天文學博士學位，時年二十七歲。返國後，奉親隱居於北京西山界台寺，泛覽百家，遍觀歷代名畫，長達十年之久。後出任北京師範大學及北平藝術專門學校教授。七七事變時，日本建立偽滿政權，欲羅致之，溥儒作〈臣篇〉痛詆，表明拒絕的態度。日本投降後，獲遴選為國民大會滿族代表。民國三十八年隨國民政府遷播來台，居陋巷之中，鬻書畫以自給。民國五十二年病逝，葬於陽明山，享年六十八歲。

溥儒為詩，古體宗漢魏，近體擅盛唐。由於身經喪亂，故蒼涼勃鬱，一如杜甫蜀中諸作。文則出入漢魏六朝，閎肆典麗。其於繪畫方面的造詣更是舉世景仰，與張大千並為近世畫壇宗師，有「北溥南張」之稱。

溥儒著作頗豐，有《四書經義集證》、《爾雅釋言經證》、《寒玉堂詩集》、《寒玉堂畫論》等。詞集名之為《凝碧餘音詞》，收錄於《寒玉堂詩集》，以小令居多。清詞麗句之中，往往寄託「舊王孫」的亡國哀思，其哀感頑艷者，頗得李後主詞作的神髓。

註釋

＊又名子夜歌、重疊金。唐蘇鶚《杜陽雜編》：「大中初，女蠻國入貢，危髻金冠，瓔珞被體，號『菩薩蠻隊』。當時倡優遂製〈菩薩蠻曲〉，文士亦往往聲其詞。」可知此調原出外來舞曲。為雙調四十四字，前後片各押兩仄韻、兩平韻，平仄遞轉，情調由緊促轉為低沈，歷來名作甚多。本詞韻腳上片為：海、在（《詞林正韻》第五部仄聲韻）；原、繁（第七部平聲韻）。下片為：月、節（第十八部入聲韻）；干、山（第七部平聲韻）。

❶片時：極短的時間。

❷黃花節：黃花，指菊花；黃花節即重陽節，古人有喝酒賞菊之習俗。孟浩然〈過故人莊〉：「待到重陽日，還來就菊花。」

賞析

本詞題名「海上」，當是溥心畬這位滿清末代皇孫隨國民政府遷播來台，舟行茫茫大海時所見抒懷。起首二句「茫田野天連海，與亡今古人何在」，由船上放眼望去，但見海天相連，茫茫一片，不禁有千古興亡盛衰之感，言下頗近於蘇軾〈念奴嬌・赤壁懷古〉：「大江東去，浪淘盡、千古風流人物」的慨嘆。三、四兩句「北望是中原，暮雲秋雨繁」，船行海上，作者試圖回首北望，卻為暮雲秋雨遮斷，又與辛棄疾「西北望長安，可憐無數山」（〈菩薩蠻・書江西造口壁〉）之詞意相通。

過片前兩句「片時楊柳月，又過黃花節」，以楊柳月、黃花節來點明季節的更迭，而「片時」二字，將浪漫美好的楊柳月、黃花節都化成過眼雲煙，令人有韶光易逝、華年不再之感。末二句「莫漫倚闌干，可憐山復山」，則言勿倚闌遠眺，以免因不見故園而徒增傷感，與李後主「獨自莫憑欄，無限江山，別時容易見時難」（〈浪淘沙〉），可說是今古同喟。

作者以工書畫而為世人所知。在他的許多作品上，都蓋有邊框帶龍紋或無龍紋的「舊王孫」印章，可見來台之後，即使隱居陋巷，以書畫自給，但對其天潢貴胄的身世仍是念念不忘的。這種對舊王室的緬懷眷念之情，對比滿清帝國逐漸消失在歷史洪流中的現實，心中自然充滿著無限的失落與抑鬱。無怪乎溥氏的詩詞作品，經常可見「感舊」、「有憶」、「春愁」、「秋懷」等感時傷情之題，亦不時可見「黃鶯啼斷，海棠如夢，回首成空」（〈秋波媚・乙丑春日〉）、「山河彈指散如煙」（〈踏莎美人〉・乙未中秋海上）、「才知往事真成夢，又著新愁夢不成」（〈鷓鴣天・春恨〉）「往事散如煙，錦瑟華年」（〈浪淘沙・夜〉）等哀感頑艷的詞句，從中不難窺見這位末代王孫內在的惆悵與落寞之情。

在藝術技巧上，本詞明顯帶有南唐李後主令詞的風格，少用典故，直抒胸臆，文字淒婉幽咽。清代詩人袁枚曾說：「凡作詩，寫景易，言情難，何也？景從外來，目之所觸，留心便得。情從心出，非有一種芬芳悱惻之懷，便不能哀感頑艷。」（《隨園詩話》）從這個角度來看的話，則海天相連的景色易寫，千古興亡的感慨難言；暮雲秋雨的景色易見，但心中的愁腸百結卻是難以言傳。而本詞所以感動人心者，主要得力於作者寫景之外所寄寓的情懷。

在韻腳的安排上，本詞兩句一轉，句句押韻，感情也隨著平仄韻遞轉而波瀾起伏，從而表現出「情急調苦」的聲情。至於化用前人詞意，融鑄新詞，則是《凝碧餘音詞》的另一項特色所在，從中亦可見作者在古典詩詞方面深厚的學養與造詣。

延伸閱讀

1. 李後主〈清平樂〉（別來春半）、〈浪淘沙〉（簾外雨潺潺），王次聰《南唐二主詞校注》，台北市：世界，一九六二年。
2. 辛棄疾〈菩薩蠻・書江西造口壁〉，見氏著《稼軒長短句》，台北市：世界，一九六五年。
3. 溥儒〈秋波媚・乙丑春日〉、〈踏莎美人・乙未中秋海上〉、〈浪淘沙・夜〉、〈鷓鴣天・春恨〉，見氏著《凝碧餘音詞》，收錄於《寒玉堂詩集》，北京：新世界，一九九四年。

參考資料

1. 王瓊馨〈舊王孫的人格象徵──溥心畬詠松題畫詩試探〉，《建國學報》第二一期，二〇〇二年七月。
2. 林佩芬〈王孫終古泣天涯──溥心畬的內心世界〉，《歷史月刊》第一一九期，八六年一二月。
3. 王家誠《溥心畬傳》，台北市：九歌，二〇〇二年。

問題討論

1. 溥心畬的詞作，與南唐李後主相較，兩者有何異同之處？
2. 溥心畬在書畫方面的造詣，久為世人景仰推崇，請比較他的書畫內容與詞作之間有哪些相通之處？

西江月・夏至夜酒後螢橋泛舟

沈英名

長日驕陽肆虐，夜來殘熱遲收。蘭橈❶容與❷泛中流，牽動一潭星斗。　明月漸圓天上，人間獨感浮漚❸。遠山濃黛❹費凝眸。湧起滿腔餘酒。

作者

沈英名，字孟玉，籍貫及生卒年不詳。曾執教於中央軍校，後隨國民政府避難來台。來台後，仍繼續擔任教職，於詞學一道鑽研最深，生平所遇所感，多藉填詞抒發。其詞作內容，誠如自題《孟玉新詞》所言，以「懷故苑，惜哀鴻」為主，以愛國憂時為重。至於詞作風格，或慷慨激昂，或悱惻纏綿，莫不音節鏗鏘。友人陳素以「碧山流韻」來評論其詞，謂其詞作風格與南宋末年愛國詞人張炎相近。觀《孟玉新詞》集中內容，多感時傷世之情與復國中興之意，可見「碧山流韻」之目，堪稱中肯貼切。

詞作之外，英名的詞學造詣也頗為深厚，曾先後著有《孟玉詞譜》、《詞學論要》、《宋詞辨正》、《敦煌雲謠集新校訂》等書，可供有志於詞學研究或創作者參考。

英名曾先後出版《玉廬詞草》一百四十四闋、《綺梅詞》一百零二闋，後來又自行將兩本詞集刪削修訂，加上所譜新作，合計為二百七十四闋，命名為《孟玉新詞》，於民國五十二年元月付梓印行。

註釋

＊西江月，又名「步虛詞」、「江月令」。全詞上下片五十字，各押兩平韻，結句各協一仄韻。本詞韻腳為《詞林正韻》第十二部，上片為：收、流（平聲韻），斗（協仄韻）；下片為：漚、眸（平聲韻），酒（協仄韻）。

❶蘭橈：小船。橈，音ㄖㄠˊ，船槳，也指船。

❷容與：緩緩移動的樣子。《楚辭．九章．涉江》：「船容與而不進兮，淹回水而疑滯。」

❸浮漚：原指水面的泡沫，此比喻世事變化無常，如泡沫一般很快消失。漚，音ㄡ。

❹遠山濃黛：遠山形如濃眉彎曲。黛，原為古代婦女畫眉時所用的青黑色顏料，故又用以代指婦女的眉毛。

賞析

本詞原收錄於沈英名的首部詞集《玉廬詞草》中，該部詞集是作者於民國四十二年秋季到四十六年春初所作。本詞應該是作者抵台後的早期作品，詞中透過螢橋泛舟，寄寓其濃厚難言的思鄉情愁。

詞中的螢橋，位於台北市中正區內。詞作首二句「長日驕陽肆虐，夜來殘熱遲收」，由於驕陽肆虐，酷熱難當，以致入夜之後，白日殘留的暑氣依然滯留不去，遂而有夏夜泛舟之舉，期能消散暑氣。一、二兩句扣住題中的「夏至夜」，並順勢帶出三、四兩句於夏夜螢橋泛舟的情景。只見小船緩緩移動，牽動了映照在潭中的點點星光，而作者此時的心緒，也猶如潭中隨波搖曳的滿天星斗，或明或滅，起伏不定。

詞作下闋首句「明月漸圓天上」，由於夏至之後，接著就是「月圓人團圓」的中秋佳節了，句中的「漸」字，契合了題中「夏至夜」的時令。身處異鄉的孤獨寂寞，讓作者不禁興起人生如「浮漚」——如水泡一般的幻滅無常之感。「獨感」二字，與天上明月一圓一獨，又成了巧妙的對比，更突顯作者「獨」在他鄉為過客的漂泊孤寂。末二句以「遠山濃黛費凝眸，湧起滿腔餘酒」作結。只見作者兀自坐在船上費神凝眸，遠處山色暗黑如眉黛，但胸中所湧起的陣陣酒意，卻流露著濃濃的愁緒，無法排遣。類似的思鄉情懷，在作者的詞作中，經常可見，如：「翹首蒼茫煙水，幾魂飛閶闔，夢繞神州」（〈一萼紅・仲夏赤崁樓晚眺〉）；「望處雲飛鳥落，隱約認神州」（〈八聲甘州・遊陽明山〉）之語，可見一水之隔的「神州」大地，才是其魂牽夢縈之處，而形如濃黛的遠山，在沈沈夜色裡，固然與神州山川有隱約相似之處，但身處異鄉，與人生如泡沫幻影的寥落無常之感，不禁讓人「湧起滿腔餘酒」。末句不僅歸結題面的「酒後」二字，也讓夏夜泛舟染上了一抹思鄉情愁。

民國三、四十年代，隨國民政府遷播來台的文人，由於懷抱著倉惶流離、妻離子散的悲痛記憶，即使寶島四季如春、風光明媚，有「小蓬萊」之稱，心中卻還是有無法排遣的寥落之感，誠如作者在其詞集中所言：「人在蓬萊，心向神州繞。」（〈醉花陰．觀士林蘭展〉）；「小蓬萊，何必苦淹留。為喚中華兒女，同赴邦仇。」（〈一萼紅．仲夏赤崁樓晚眺〉）然而，同樣是表達思鄉情愁，與其大聲疾呼吶喊，言盡意止，倒不如像本詞以「湧起滿腔餘酒」一筆帶過，讓人隨著作者所凝眸的遠處山黛，與映照在水面的滿天星斗，更能感受到濃濃酒意背後沈鬱悽愴的情懷。

延伸閱讀

1. 呂伯雄〈浪淘沙．癸已中秋有感〉，見氏著《竹筠軒伯雄吟草》，台北縣：龍文，一九九二年。
2. 楊仲謀〈點絳唇．中秋〉，見氏著《瘦影詞》（壬寅），台北市：川康渝文物館印行，一九八九年。
3. 沈英名〈長亭怨慢．螢橋泛舟〉，見氏著《孟玉新詞》卷一，台北市：中華藝苑，一九六三年。

參考資料

1. 沈英名〈孟玉新詞序〉，收錄於氏著《孟玉新詞》卷首，台北市：中華藝苑，一九六三年。
2. 黃晚青〈孟玉新詞序〉，收錄於沈英名《孟玉新詞》卷首，台北市：中華藝苑，一九六三年。

問題討論

1. 請問民國三、四十年代的思鄉文學作品，具有哪些時代背景及特色？
2. 同樣是泛舟出遊，請問本詞與歐陽修〈采桑子〉：「輕舟短棹西湖好。綠水逶迤，芳草長堤，隱隱笙歌處處隨。　無風水面琉璃滑，不覺船移，微動漣漪，驚起沙禽掠岸飛。」二者在情境上有何不同？

破陣子・古寧頭戰場❶

廖從雲

向晚❷新潮初漲，怒濤激浪雷鳴。想見當年鏖兵❸處，玉壘颷風❹白骨橫，夜空燐火❺明。
信是湯城❻永固。金戈鐵馬連營。劍氣沖霄❼虹貫日，晝角❽聲喧暮雲平，壯懷生死輕。

作者

廖從雲（一九一五至?年），福建省林森縣人，國立廈門大學畢業，革命實踐研究所研一期畢業。曾擔任報社主筆、中學教長、福建省府簡任秘書、文化大學教授等職。著有《中國歷代縣制考》、《榮譽制度與教育》、《梅庵吟草》、《九思堂自選詩》、《歷代詞評》、《中興三頌》等書。

從雲好題詠梅花，有〈梅花百詠〉與〈和名家梅花詩〉，蓋取梅花「任是冰霜摧折久，護取人間正氣」（《梅花詩卷》前自題詞）的特質，詞作也名之為《梅庵詞》，其對梅花的愛好與偏嗜，由此可見。詩歌之外，從雲於填詞之道，也頗有鑽研，其《歷代詞評》一書，對詞運之遞嬗興替，各派詞人之創獻，析述尤詳，為究心詞學者的津梁。綜觀從雲的詩、詞作品，誠如〈自題梅庵詞卷〉所言：「但抒真意存忠愛，鐵板紅牙兩足豪」，但以忠愛為主，不拘一格，堪與梅花的勁節孤芳相互輝映。

從雲歷年所作之詩、詞作品，合輯為《梅庵吟草》，卷一為《梅花詩卷》，卷二為《耕雲心影》，卷三為《梅庵詞》，於民國六十四年排版印行。

註釋

*破陣子，一名十拍子，當是截取唐朝開國時所創的大型武舞曲〈秦王破陣樂〉中的一小段而成，猶可想見激壯聲容。本詞雙調六十二字，上下片皆押三平韻。本詞韻腳為《詞林正韻》第十一部平聲韻，上片為：鳴、橫、明；下片為：營、平、輕。

❶古寧頭大戰：民國三十八年十二月二十四日，中共部隊分乘各型船隻二百餘艘，計約二萬餘人，趁著夜色於古寧頭登陸，進犯金門本島。國、共雙方展開激戰，由火力戰而至白刃戰，國軍海、空軍並肩配合作戰，前後歷經五十六小時，計俘中共部隊七千餘人，連同為國軍殲滅者二萬餘眾，擄獲武器無數，史稱「古寧頭大捷」，此役實關係今日台、澎、金、馬四十餘年之民主與繁榮。政府為紀念此一戰役，特在昔日古寧頭戰場遺址修築「戰史館」，內陳昔日戰爭經過的圖片及戰利品，供後人憑弔、緬懷。

❷向晚：臨近夜晚時分。李商隱〈樂遊原〉：「向晚意不適，驅車登古原。」

❸鏖兵：雙方艱苦激戰，死傷甚眾。鏖，音ㄠˊ。

❹飆風：即暴風。飆，音ㄅㄧㄠ，一作「飇」、

「飆」。

❺燐火：夜間在野地裡忽隱忽現的青光，是燐質遇空氣燃燒發出來的，俗稱「鬼火」。燐，音ㄌㄧㄣˊ。

❻湯城：指護城河。《漢書．蒯通傳》：「皆為金城湯池，不可攻也。」

❼劍氣沖霄：晉武帝時，牽牛、南斗二星之間，常有紫氣，張華向雷煥詢問緣故，雷煥答以：「這是寶劍的精氣上沖雲霄使然。」後雷煥為豐城令，於獄中掘得兩把寶劍，一名干將，一名莫邪。詞中借用以上典故，來代指國軍士氣激昂，直貫雲霄。

❽畫角：古樂器名。古時軍中多用以警昏曉、振士氣，與今日的「號角」相近。

賞析

本詞作者廖從雲篤嗜「詠梅」，由〈梅花百詠〉與〈和名家梅花詩〉，可見其情興之所在。但因詠梅之作多為古調，新意較少，故改選本詞，以印證作者〈自題梅庵詞卷〉所謂：「但抒真意存忠愛，鐵板紅牙兩足豪」之所言不虛。

民國三十八年十二月二十四日，共國趁著夜色登陸古寧頭，擬進犯金門，進而攻擊台灣本島。幸好國軍將士用命，上下一心，奮勇消滅敵人，才有今日台、澎、金、馬四十餘年的民主與繁榮，作者以這種崇敬、景仰的心情，來憑弔當年為國犧牲的英勇將士，所使用的詞調，也是適於表現豪宕感激之情的〈破陣子〉。本詞一開始，以「向晚新潮初漲，怒濤激浪雷鳴」，既寫出的古寧頭驚濤駭浪，也為以下的「當年鏖兵」渲染氣氛，讓人感受到兩軍激戰即將開始的驚險與凝重。接著以「玉壘颷風」、「白骨橫陳」、「夜空燐火」

等令人觸目心驚的畫面，生動描繪了驚險激烈的戰鬥場面，堪稱筆力萬鈞；而國軍將士為捍衛台海安全，不惜個人生死的「壯懷」，也由此可以具體得見。

過片「信是湯城永固」一句，既呼應上文，又暗接下文，使得全詞文意相連，結構緊密。有了國軍昔日的奮勇殺敵，為國犧牲，才能有今日固若金湯的古寧頭，成為捍衛台海安全的軍力重鎮。緊接著以「金戈鐵馬連營」來概括國軍壯盛的軍容，以「劍氣沖霄虹貫日」來形容國軍的豪情壯志，以「畫角聲喧暮雲平」來形塑國軍枕戈待旦、夙夜匪懈的精神，而這也正是古寧頭所以能「湯城永固」的保證。結句的「壯懷生死輕」，把當年為國英勇捐軀的將士，與眼前士氣高昂的國軍聯結起來，全詞的豪情壯志也沸升到最高點，久久不散。可說是一首激昂奮發、蒼涼鬱勃的詞作。

詞作的過片，又稱為「過變」、「換頭」，既要能收住上片的詞意，又要能帶出下片的新境，才能讓上下片血脈相通、文意相連。也因此，前人在安排詞作的過片時，無不特別留意。清人沈祥龍《論詞隨筆》便曾就過片的寫作技巧提出以下的看法：「須辭意斷而仍續，合而仍分，前虛則後實，前實後虛，過變乃虛實轉捩處。」就本詞而論，作者除了善用概括性的文字與畫面，來描繪兩軍激戰的場景，並將國軍激壯慷慨的情志予以形象化之外，詞中承上啟下的過片處理技巧，也是可資後人學習、效法之處。

延伸閱讀

1. 廖從雲〈夜遊宮・料羅灣〉，見氏著《梅庵吟草》，台北市：三文，一九七五年。

2. 辛棄疾〈破陣子〉（醉裡挑燈看劍），鄧廣銘《稼軒詞編年箋注》，台北市：華正，一九八二年。

參考資料

1. 江絜生等人〈梅花百詠〉贈序、題辭、和詩，收錄於《梅庵吟草》卷首，台北市：三文，一九七五年。
2. 張火木〈金門古寧頭戰役〉，《金門》第七四期，二〇〇三年六月。
3. 沈祥龍《論詞隨筆》，收錄於唐圭璋主編《詞話叢編》，北京：中華書局，一九九六年。

問題討論

1. 請概述古寧頭大戰的始末。
2. 將兩軍激戰的場景融鑄於小詞之中，並非易事，請問本詞是怎麼做到的？

南歌子・過清水崖❶

陳季碩

海漲瑠璃碧❷，天垂鴨卵青❸。金沙灘漱❹雪濤明，三兩漁舟，點水似蜻蜓。　危洞穿車過，斷崖揮劍成。茲遊壯絕冠平生❺，翻覺生平險處不須驚。

作者

陳季碩（一九〇三至一九七〇年），字靄麓，浙江寧波人。由其〈重遊阿里山〉詩下題序云：「民國五十二年十一月十六日為余六十生日」；加上作者友人盧大方於民國六十一年為《陳季碩詩詞集》出版所寫的「後記」中，有「值季碩逝世兩週年」之言，可推知其約生於民國前九年，於民國五十九年去世，享壽六十七歲。

季碩曾任事於世界書局，除擅長小說外，也兼精詩、詞，故有「寧波才子」之號。為人豪於飲、好客、重然諾。抗戰時期，曾經投筆經商；後來因中原鼎沸，神州變色，乃移居台北，經營航運。民國四十四、五年間，台北詩壇林立，吟風正熾，季碩週旋於當代詩壇耆舊之間，時吐驚人之句，遂為眾人推為「春六詩社」副社長，於詩詞皆佼佼不群，尤工倚聲之道，力學南宋夢窗（吳文英），自謂數十年精力，悉在於是。

由於季碩好遊，來台之後，更數度環島旅遊，故詩、詞中多見歌詠寶島名勝之作，數量之多，為當時詩家所不及。詞中並多記事感時之言，可作史料參考。

季碩生前所作詩詞，經其友人盧大方彙整成冊，全書不分卷，未編頁數，名為《陳季碩詩詞集》，於民國六十一年自行出版。國內多所大學圖書館均有館藏。

註釋

*又名〈南柯子〉、〈風蝶令〉。原為二十六字，押三平韻，宋人多用同一格式重填一片，成為雙調五十二字，押六平韻。本詞韻腳為《詞林正韻》第十一部，上片為：青、明、蜓；下片為：成、生、驚。

❶清水崖：又稱「清水斷崖」，是蘇花海岸中最具特色的一段。位於花蓮縣的清水車站一帶，長約五公里，隸屬于太魯閣國家公園。清水斷崖上臨危岩斷崖峭壁，下臨碧波汪洋萬頃，形勢雄奇，景觀壯麗。蘇花公路則在崖腰，依勢伸曲。車行其間，上摩危巖，下臨大海，路途蜿蜒，奇險無比。民國四十二被台灣省政府列為「台灣八景」之一。

❷海漲瑠璃碧：漲起的海水碧藍如琉璃。

❸天垂鴨卵青：天色如同淡青色的鴨蛋殼。

❹漱：沖刷。酈道元《水經．江水注》：「懸泉瀑布，飛漱其間。」

❺茲遊壯絕冠平生：清水斷崖的景色，是生平歷遊所見

最奇絕壯麗的。蘇軾〈六月二十日夜渡海〉：「九死——南荒吾不恨，茲游奇絕冠平生。」

賞析

民國五十二年（歲次癸卯）、五十三年（甲辰）、五十五年（丙午），作者陳季碩曾與友人、妻兒先後至蘇花公路、橫貫公路一帶的景點歷遊，寫下了一系列的紀遊之作。「清水斷崖」是作者東遊時的景點之一，本詞所寫的是清水斷崖一帶雄奇壯麗的海岸景觀。

詞作首二句，以遠鏡頭速寫斷崖附近海天一片的景色，句中以「瑠璃碧」、「鴨卵青」來比擬海、天交接處的顏色，以「漲」、「垂」二字形容海、天之勢，鑄詞生動鮮明，令人印象深刻。接著以「金沙灘漱雪濤明，三兩漁舟，點水似蜻蜓」三句渲染近景。只見黃金一般的沙灘上，有雪白的浪濤不斷的沖刷、起落；海面上，則有三、兩漁舟出海捕魚，隨著海水上下起伏，猶如蜻蜓點水一般。本詞前半闋，以「瑠璃碧」、「鴨卵青」、「金」、「雪」等豐富多樣的顏色，為海岸抹上炫彩麗色，復以各種生動的譬喻來描繪海面景觀，景色由遠而近，表現出「狀難寫之景如在目前」的藝術效果。

過片兩句，寫行車由危洞穿過，見斷崖宛如天人揮劍削成，堪稱是鬼斧神工，令人嘆為觀止。由於蘇花公路順著斷崖腰際築成，車行其間，西靠高峻陡峭的崖壁，東臨一望無際的太平洋，猶如凌空高懸，但見腳下白浪滔天，洶湧澎湃，加上道路蜿蜒盤旋，令人如臨深淵、膽顫心驚，下句遂又接以「茲遊壯絕冠平生」之言。本句乃化用蘇軾〈六月二十日夜渡海〉之「九死南荒吾不恨，茲游奇絕冠平生。」而來，兩人所寫的景點，一為台灣，一為海南，但在面對大自然的雄奇壯景時，心中油然生起的震撼與驚奇之感，可說是異代相通的。末句則以「翻覺平生險處不須驚」作結，以「平生險處」來與清水斷崖的奇險作對比，既有古人「登泰山而小天下」、「曾經滄海難為水」的氣慨，也突出了清水斷崖的巉巇陡峭，是別處所無法比擬的。這種讓讀者以自己所經歷的險境，來想像斷崖地勢的險峻，筆法懸宕，令人讀後憑添無限想像空間。

本詞前半多為隔句押韻，後半闋四句，除首句外，其他三句相連協韻，因而在節奏上，有「前緩後急」的聲情效果，也符合了本詞前半寫海天一色之浩翰壯闊，後半則為車行蘇花公路的驚心動魄之感。

值得一提的是，作者填詞雖然自稱「力學夢窗」，但吳文英填詞，好堆砌華藻、典故，以致南宋詞家張炎曾有「七寶樓台，眩人眼目，碎拆下來，不成片段」（《詞源》）之譏；相較之下，本詞用色鮮明，譬喻生動，詞中除了化用蘇軾的詩作之外，並無生字澀典，由此可見作者在學習前人時，善於取長避短，融鑄新意的功力。

延伸閱讀

1. 陳季碩〈橫貫公路紀遊〉，見氏著《陳季碩詩詞集》，台北市：盧大方，一九七二年。
2. 陳季碩〈東游雜詩〉（甲辰八月二十日）、（丙午花朝前一日），見氏著《陳季碩詩詞集》，台北市：盧大方，一九七二年。
3. 駱香林〈清水斷崖〉、〈清水斷崖隧道〉，見氏著《駱香林全集》，台北市：龍文，一九九二年。

參考資料

1. 梁寒操〈陳季碩詩詞集序〉，收錄於《陳季碩詩詞集》卷首，台北市：盧大方，一九七二年。
2. 盧大方〈陳季碩詩詞集後記〉，收錄於《陳季碩詩詞集》卷末，台北市：盧大方，一九七二年。

問題討論

1. 你到過清水斷崖嗎？請嘗試用譬喻的手法，來說明箇中的驚險與奇景。
2. 請你說明本詞在寫景時有何特色？

玉蝴蝶

楊仲謀

聞道探親開放，無端教我，費盡思量。回想來時，猶記遁海倉皇。眼睜睜、妻離子散；一箇箇、國破家亡。試平章❶，這番公案❷，怎樣收場。　茫茫，飄零書劍。八千里路，四十年光。賸得今朝，一肩風月滿頭霜。不還鄉、魂牽夢想；回家去、面赧❸情傷。黯徬徨。兩般滋味，一樣悲涼。

作者

楊仲謀（一九〇九至?年），四川新津人。少時就學成都，嘗從名儒劉鑑泉先生問學，後因時局不靖，乃投筆從戎，隨國民軍行至全國各地，遊遍名山大川。民國三十八年，隨國民政府遷播來台，供職軍中。

仲謀幼即篤嗜為詞，即使置身行伍，仍不廢吟詠。由於在台時間長達四十年，故遷台後的詞作，除懷念原鄉、撫今追昔外，台灣各地風土民情，如佛光山、澄清湖、安平古堡、溪頭、八卦山、谷關、獅頭山、陽明山等地，也常形諸歌詠，讀之親切有味、娓娓動人。仲謀晚年定居台中，詞作中常見其晨起運動或散步等家居瑣事，於平淡中可見其真淳自然。

仲謀詞作命名為《瘦影詞》，取早年所作〈清平樂〉之「古樹杈枒撐瘦硬，挂著斜陽疏影」二句而成，蓋不欲為堆砌玲瓏之態也。詞集收錄民國十六年至七七年間作品，堪為仲謀一生行述，也是老兵在台灣落地生根的歷史見證。全集按年彙編，不分卷，於民國七十八年由川康渝文物館刊印行世。

註釋

＊一名〈玉蝴蝶慢〉，據《康熙詞譜》所載，共有七種格式。本詞為雙調九十九字，前段十句押五個平聲韻，後段十一句押六個平聲韻。本詞韻腳為《詞林正韻》第二部平聲韻，上片為：放、量、皇、亡、場，下片為：茫、光、霜、傷、徨、涼。

❶平章：商議處理。

❷公案：佛教禪宗認為用教理來解決疑難問題，如官府判案，故稱公案。此引申為難解的問題。

❸赧：音ㄋㄢˇ，因羞慚而臉紅。

賞析

唐代詩人杜甫因戰亂而與家人暌違，音訊全無，到最後，「反畏消息來，寸心亦何有」（〈述懷〉）；晚唐詞人韋莊，也因避難而流離異鄉，發出「未老莫還鄉，還鄉須斷腸」（〈菩薩蠻〉）的哀鳴。民國七十六年，政府開放民眾赴大陸探親，海峽兩岸在隔絕近四十年後，出現了良性互動的契機。本詞所寫的，便是在台老兵半生戎馬飄泊後，欲返鄉探親，卻又近鄉情怯、徬徨猶豫的情懷，與杜甫、韋莊上述詩詞中的心境，可說是人同此心、異代相通。

本詞前三句「聞道探親開放，無端教我，費盡思量」，表現出得知政府開放返鄉探親後徬徨的心情。而「回想來時，猶記遁海倉皇」，則是將思緒回轉到當年隨政府遷播來台、倉惶逃難的景象：「眼睜睜，妻離子散；一箇箇，國破家亡。」概括了人民因戰爭而流離失所的沈痛與悲哀。緊接著再以「試平章，這番公案，怎樣收場」三句小結上片，言兩岸分裂的時代悲劇，如今依然難以收場。

過片六句，以「八千里路，四十年光」，來概括自己「書劍飄零」的一生，復以「不還鄉，魂牽夢想；回家去，面赧情傷」四句，寫盡自己在面對「還鄉」與「不還」之間的難處及考量。儘管家鄉令人魂牽夢想，但念及自己離鄉多年，卻老大無成，不禁「面赧」；萬一回鄉後，觸目所及盡是人事已非的景象，則又不免令人「情傷」。左思右想，依然躊躇不定，末三句「黯傍徨。兩般滋味，一樣悲涼」，以黯然徬徨的心情歸結全詞，再度渲染了作者心中複雜矛盾的思鄉情愁的。

作者楊仲謀原籍四川新津，青年時即投筆從戎，隨國民軍征戰大江南北。而後大陸爆發國共戰爭，國民軍節節失利，只好退守台灣，以作為休養與復的根據地。在戰亂中，作者也因此與家鄉妻兒話別，輾轉來台。面對妻離子散的悲痛之情，在作者另一首〈蝶戀花．民國三十六年夏，與雲妻握別成都駟馬橋邊，四十年矣。海天阻隔，竟成永訣，悽痛何如！〉，有更淋漓盡致的抒發。原以為這只是短暫的分離，不料一別竟四十年，箇中心情，誠如其在〈卜算子〉一詞所言：「蜀客寄台灣，漸覺台灣好。平靜生涯四十年，人在閒中老。」不料逐漸平靜的生活，卻因政府在七十年代開放大陸探親之後起了波瀾。「不還鄉，魂牽夢想；回家去，面赧情傷」，這種對故鄉魂牽夢想，與開放探親時近鄉情怯的心情，相信是在台老兵的共通心聲。也是戰爭導致「有家歸不得」的時代悲劇！

本詞的上、下片都有上三、下四的兩個七言對偶句；下片又多兩個四言偶句，構成「奇偶相生」的格局。全詞的句腳也多是平仄相間，構成和諧的音節。而上、下片的七言對偶句，則連用平聲韻，又具有低沈掩抑的聲情效果，這種曼聲低唱的基調，是非常適合表達傷離念遠的柔情的。

臨江仙・台中至溪頭道中

楊仲謀

路坦郊平天地闊。疏林抱水人家，弄晴蜂蝶野田花。柔風梳綠稻，短架挂黃瓜。

新築坳❶邊樓宇店，市招紅日攲❷斜。山姑迓❸客叫停車：孟宗冬竹筍，凍頂烏龍茶。

註釋

*臨江仙，雙調五十八字，上下片各三平韻，有三種不同格式。本詞使用《詞林正韻》第十部平聲韻，韻腳上片為：家、花、瓜，下片為：斜、車、茶。

❶坳：音ㄠ，地勢低凹之處。

❷攲：音一，傾側、傾斜。

❸迓：音ㄧㄚˋ，迎接、接待。

賞析

這是一首寫由台中至溪頭出遊路途所見的小詞。起首二句，以遠鏡頭攝取道路兩旁風光，三、四、五句，則寫田野景象。過片兩句，寫抵達溪頭時所見，末二句以商家趨前迎接來客，兜覽生意時的招呼、叫賣聲作結，讀後親切有味。

寫景之作要能表現成功，必須結合當地風物特色，才能營造出「移用不得」的效果。如果泛泛描寫山光水色，最後再以「人在畫圖中」的詠嘆作結，讓人分不清是南是北？是冬是夏？筆下的風景也就隨之模糊一片，無法引人共鳴了。本詞首二句以遠景入鏡，隨著「路坦郊平」，心胸也為之順暢寬闊。再點綴三、兩戶人家於疏林抱水之間，為畫面注入一股鄉野村居的氣息，以免過於空曠冷清。接著鏡頭一轉，改由近距離角度，攝取蜂蝶、野花、綠稻、黃瓜等田野風光。三句中，有蜂蝶在田花間穿梭、野戲，有綠稻在柔風的吹拂下輕輕擺動，有掛在短架上生長的黃瓜。亮眼的晴空，繽紛的色彩，具體描繪出台灣鄉野間盎然的生機。而「柔風梳綠稻」的「梳」字，更生動的寫出清風徐徐、搖曳生姿的輕柔舒適。過片寫車至溪頭之後，停在一棟棟山邊新築的樓宇民宿前。由「市招紅日欹斜」，可見已是傍晚時分了，全詞也就在山姑殷勤的招徠、叫賣聲中結束，契合了題目裡的「道中」二字。值得注意的是，「孟宗冬竹筍，凍頂烏龍茶」，這兩句不僅是山姑的叫賣聲，也是溪頭當地的特產，以之總結全詞，使得「溪頭」的景物更加清晰、明確，達到了寫景「移置不得」的效果，堪稱是「畫龍點睛」的神來之筆。

在聲情效果上，本詞以隔句一韻為主，韻位分配均勻，加上是平聲韻部，故而音節流美，諧麗婉暢，讓人猶如置身於晴光照耀與和風吹拂中，隨著作者筆下一幕又一幕的田野風光，行過了一程又一程的美妙的旅途。

延伸閱讀

1. 楊仲謀〈蝶戀花・民國三十六年夏，與雲妻握別成都駟馬橋邊，四十年矣。海天阻隔，竟成永訣，悽痛何如！〉、〈鶯啼序・還鄉記恨〉，見氏著《瘦影詞》（續集），台北市：川康渝文物館印行，一九八九年。
2. 杜甫〈述懷〉，仇兆鰲《杜詩詳注》，北京：中華書局，一九九九年。
3. 韋莊〈菩薩蠻〉五首，聶安福《韋莊集箋注》，上海：上海古籍，二〇〇二年。
4. 楊仲謀〈水調歌頭・登溪頭森林遊樂區〉、〈虞美人・自台南回台中，歸途所見〉，見氏著《瘦影詞》（續集），台北市：川康渝文物館印行，一九八九年。
5. 辛棄疾〈清平樂・博山道中即事〉，鄧廣銘《稼軒詞編年箋注》，台北市：華正，一九八二年。

參考資料

1. 楊仲謀〈瘦影詞自序〉，見氏著《瘦影詞》卷首，台北市：川康渝文物館印行，一九八九年。
2. 袁守成〈讀瘦影詞感言〉，收錄於《瘦影詞》卷首，台北市：川康渝文物館印行，一九八九年。

問題討論

1. 「返鄉探親」是近代老兵文學中常見的主題，請試舉一、二例與本詞相對照、比較。
2. 請試著回想你曾經出遊的地方，哪裡讓你留下深刻的印象，試著以二、三百字左右的篇幅，勾勒出當地的風景特色。
3. 〈臨江仙〉一詞在寫景時，有哪些值得取法的地方？

念奴嬌・夜聞秋聲入戶

尉素秋

念故園此日，正楓葉飄丹，長空雁唳時也。乃約中文系四年級諸學子作大貝湖❶之遊，歸次各有述作。南國無嚴冬，時乃辛丑冬至後一日也。

夢迴清夜，透疏窗，一派蛩吟❷淒切。萬里長空無過雁，閒卻嫩寒時節。簾外西風，階前白露，滿地如霜月。楓林此際，應添多少紅葉。　同訪十里名湖，煙波澹蕩❸，秋到偏清澈。岸柳池蓮堪入畫，碧水遙天相接。藉草❹盤桓❺，優遊歌詠，餘韻翻新闋❻。西山日暮，斷霞飛上瑤闕❼。

作者

尉素秋（一九〇九至二〇〇三年），世居安徽碭山尉屯，入中央大學，雅好長短句，嘗鳩集同學數人，結詞社，漫游山水間，倚聲為趣。兼且詞才敏捷，一闋既成，幾不可易一字，工穩自然，時人莫及。學成後，與名政論家任卓宣先生結褵。後隨國民政府遷台，先後任教於中央大學、中國文化大學、東海大學、師範大學，尤其與台南成功大學中文系關係特別深厚。一生任教近四十年，視諸生若子女，亦深受學生敬愛。

先生的詞作匯集為《秋聲詞》。命名緣由，應是其擅長抒寫秋日景物，並多於其中寄寓感時憂國之情使然。詞集於民國五十一年由帕米爾書店刊印行世。民國七十七年，台南成功大學中文系於尉教授八秩壽辰時，結集系友之力，出版《尉素秋教授八秩榮慶論文集》，對於先生的生平與學術成就，有詳盡而深入的闡揚，從中亦可見其春風化雨，卓然有成。

註釋

*念奴嬌，又名百字令、酹江月、大江東去、壺中天、湘月。此調音節高亢，英雄豪傑之士多喜用之。本詞共一百字，上下片各押四仄韻。韻腳為《詞林正韻》第十八部入聲韻，上片為：切、節、月、葉；下片為：澈、接、闋、闕。

❶大貝湖：即澄清湖。古名大埤湖，因形似貝殼，乃更名大貝湖。後因國民政府在此設置「澂清樓」行館，遂又易名為「澄清湖」。

❷蛩吟：蟋蟀吟唱。蛩，音ㄑㄩㄥˊ。

❸滄蕩：蕩漾。

❹藉草：坐臥在草地上。孫綽〈遊天台山賦〉：「藉萋

萋之纖草，蔭落落之長松」。藉，音ㄐㄧㄝˋ。

❺盤桓：逗留、休息。

❻闋：古人稱樂曲一首為一闋。闋，音ㄑㄩㄝˋ。

❼瑤闕：城闕、城樓。闕，音ㄑㄩㄝˋ。

賞析

本詞是作者於民國五十年（歲次辛丑）任教於成功大學中文系時，與學生同遊大貝湖（即澄清湖），歸而有作。

詞作上片，由午夜夢醒寫起。聽到疏窗外傳來陣陣淒切的蛩吟聲，憶起故園「楓葉飄丹、長空雁唳」的秋景。但因台灣位處亞熱帶，四季景色如春，並沒有明顯的季節變化，也沒有大陸江南秋天的景緻，使得作者有「閒卻嫩寒時節」之感。句中的「閒卻」二字，也透露了客居無聊之意。緊接著三句，寫眼前所見的西風、白露、霜月等秋夜常見的景色，末二句「楓林此際，應添多少紅葉」，則宕開一筆，以遙想故鄉楓林紅葉作結。詞作的構思與情境，與李白〈靜夜思〉：「床前明月光，疑似地上霜。舉頭望明月，低頭思故鄉。」有相近之處，而作者的思鄉之情，也躍然紙上。

下片寫的是與學子同遊名湖的情景。先以「煙波澹蕩，秋到偏清澈」兩句渲染湖上秋高氣爽的風光，接著以如畫的岸柳池蓮細描近景，以秋水長天、相連一色來勾勒遠景。至於湖上的學生，或藉草盤桓，或優遊歌詠，與湖光秋色融合一片，營造出師生秋日遊湖的歡樂氣氛。末二句以「日暮」、「紅霞」收束全詞，為此次的秋遊畫下了完美的休止符。

就詞作的結構而言，本詞上片寫的是詞序中「夜聞秋聲入戶。念故園此日，正楓葉飄丹，長空雁唳時也」的秋思之情。詞作下片，則是作者與中文系四年級學子同遊澄清湖的情景。上、下兩片之間，似乎分為二截，並沒有什麼關聯，實則秋日登高念遠，為古人詩詞中常見的主題，如杜甫〈登高〉詩：「萬里悲秋常作客，百年多病獨登台」；陸游〈秋波媚〉詞：「秋到邊城角聲哀，烽火照高台。悲歌擊筑，憑高酹酒，此興悠哉。」都是藉由登樓遠眺，聊以消解內心的哀思與憂愁，本詞的寫作要旨，實亦有類於此。亦即藉由與學子秋遊大貝湖、優遊歌詠，來寄寓內在客居無聊之感與思鄉念遠之情。

在韻腳部分，本詞全押入聲韻。近代詞學家龍沐勛先生於《倚聲學》一書中指出：「〈滿江紅〉、〈念奴嬌〉、〈賀新郎〉、〈桂枝香〉等，如果用來抒寫激壯情感，就必須選用短促的入聲韻，才能情與聲會，取得『讀之使人慷慨』的效果。」細究本詞，所以令人讀後有長空萬里、秋高氣爽之感，迥異於閨閣秋思的哀婉悠長，與入聲韻腳所營造出來的聲情效果，是密切相關的。這是讀者在填寫或鑒賞本詞調時，所宜留意之處。

延伸閱讀

1. 尉素秋〈滿庭芳・台南成功大學中國文學系諸學子，以平日所為詞印製成冊，囑為之序〉，見氏著《秋聲詞》，台北市：帕米爾，一九六二年。
2. 尉素秋〈雙調新水令・贈中文系第三屆畢業諸生〉，見氏著《秋聲詞》，台北市：帕米爾，一九六二年。

參考資料

1. 尉素秋〈一個平凡的教書人——與成大中文系系友閒往日〉，收錄於《尉素秋教授八秩榮慶論文集》，台北市：文史哲，一九八八年。
2. 唐亦男〈甘於平凡的教書人——懷念尉素秋教授〉，《文訊月刊》第二一四卷，二〇〇一年八月。
3. 龍沐勛《倚聲學》，台北市：里仁，一九九六年。

問題討論

1. 請說明本詞在構思與押韻上的特色所在。
2. 登高念遠是古人詩詞中常見的主題，在歷代名家的作品中，常見的「秋日景象」有哪些呢？

揚州慢・馬祖懷古

曹以松

題下小序：民國八十三年五月，大專校長訪問馬祖，歸而有感・

砥柱中流❶，閩江鎖鑰❷，鷹揚海上長城❸。撫金剛巨炮❹，涉北海深坑❺，想辛苦當年築壘，移山開石，十萬雄兵。只漫愁，諸葛仙去，誰守陰平❻？ 相思栽遍❼，遶青山、爭吐黃英。縱赤壁題詩❽，阿房作賦❾，難罄❿心情。世事紛紜多變，望波浪，既去還生。但徘徊瞻眺，神遊穿越青冥⓫。

作者

曹以松（一九三〇年至），字欽禹，出生於浙江吳興。曾擔任台灣大學農工系教授、系主任，宜蘭農工專科學校第一任校長。

先生的學術專長為農業工程與地下水之研究，卻雅好寫詩填詞，曾先後出版《無閒樓詩詞集》一、二集、《惜閒樓詩詞集》。集中各種詩體兼備，題材多元，詞作則小令長調不拘，雖以詩詞為公餘興趣，卻能咏詠不輟，創作頗豐。其早期寫詩填詞的情形，據《無閒樓詩詞集》第二集自序所言：「有的寫成書法贈送友人；有的題在畫上；有的寫在書頁的空白上；有的寫在餐廳的紙巾上；有的寫在會議的發言條上；甚至有些寫在飛機上的嘔吐袋上。」從中亦可見先生「無常師」、「無常體」、「無定法」的創作態度。

先生七十以後不寫詩，專力於詞，正擬將近年所作彙刊為《樂閑樓詩詞集》，內有詞作逾三千五百闋，連同三冊詩詞集中已刊印的五百餘闋，總數已逾四千闋，遠邁清初詞家陳維崧兩倍有餘，詞風亦變化多方，兼具豪放與幽婉之美，與古代名家相較，殊無遜色。

＊揚州慢，此為南宋詞人姜夔自度曲，雙調九十八字。前後片各押四平韻。且上片第四、五句，下片第三、八句，皆為「上一下四」的句法。本詞使用《詞林正韻》第十一部平聲韻，韻腳上片為：城、坑、兵、平；下片為：英、情、生、冥。

❶砥柱中流：砥柱，山名，屹立於黃河中流，故名。此形容馬祖形勢險要。

❷閩江鎖鑰：馬祖正扼閩江口之咽喉。

❸鷹揚海上長城：鷹揚，威武如鷹之飛揚。全句謂島上軍力雄壯，為捍衛台、澎安全的海上城牆。

❹金剛巨炮：馬祖砲台有「四大金剛」，是砲台中的巨

砲。

❺北海深坑：馬祖有北海坑道，是在山中開鑿運河，小艇能駛入山洞之中。

❻諸葛仙去，誰守陰平：漢武帝開陰平道，由甘肅文縣至四川平武縣左擔山。三國時，諸葛亮在陰平設寨駐軍。孔明死後，姜維撤守，以致蜀國不保。全句謂馬祖地勢險要，如果沒有勇將在此駐守，則後方的台、澎堪憂。

❼相思栽遍：馬祖島上綠化極為成功，相思樹遍栽成林，時值花期，山上黃花，搖曳生姿。

❽赤壁題詩：晚唐詩人杜牧有〈赤壁〉詩：「折戟沈沙鐵未銷，自將磨洗認前朝。東風不與周郎便，銅雀春深鎖二喬。」

❾阿房作賦：杜牧又有〈阿房宮賦〉，大要在說明秦朝暴興暴亡，乃因不恤民生之故，以此垂戒後世。

❿罄：音ㄑㄧㄥˋ，盡也。以上三句的意思是：即使有杜牧題詩作賦的文采，也無法寫盡歷覽史蹟的複雜心情。

⓫青冥：青天。

賞析

本詞選自作者的《無閒樓詩詞集》第一集。是作者於民國八十三年五月，隨大專校長參訪團訪問馬祖後的所見所感。

詞作前三句「砥柱中流，閩江鎖鑰，鷹揚海上長城」，先概述馬祖的地理位置與地勢之險要，既是控制閩江口的「鎖鑰」，也是捍衛台、澎安全的「海上長城」。緊接著點出馬祖島上的軍事設施——有「金剛巨炮」可進攻，有「北海深坑」可防守。而作者手撫炮台，親涉坑道，不禁懷想國軍當年為了戍守台海安全，移山開石、辛苦築壘的情形。然而，再險要的地勢、再精良的軍備，若無英勇的將領駐守，也無法發揮作用，故而又有「只漫愁，諸葛仙去，誰守陰平」之言。上片由眼前的金剛巨炮、北海深坑，感懷國軍昔日辛苦築壘抗敵的情形，接著再由往昔而推想未來，期望能有如諸葛亮一般的將領來捍衛後方百姓的安全，切莫因循苟安，招來禍患。上片撫今追昔，再由感昔而漫愁未來，多層次的思緒跳躍，豐富了詞作的內容。

過片的「相思栽遍，遶青山，爭吐黃英」，又將思緒拉回眼前所見的景物。由於馬祖島上因綠化而遍栽相思樹，時值五月，滿山遍野盡是相思樹怒放的黃花，猶如人間仙境，令人難以想像這裡曾經是血流成河的戰場。以下遂由今昔的對比，人事的變遷，想像即使有唐代詩人杜牧一般的才華與文筆，能夠寫出〈赤壁〉詩、〈阿房宮賦〉這一類感懷朝代興衰的作品，也無法平息此刻複雜難言的心情。而作者的心情所以起伏「難罄」——一方面，喜見昔日的戰場綠化為今日的美景；另一方面，則又擔憂國軍昔日的辛苦、犧牲，將因眼前的安逸而化為烏有。以上三句明顯化用南宋詞人姜夔〈揚州慢〉之「縱豆蔻詞工，青樓夢好，難賦深情」的句式，也同樣借用杜牧的詩句來抒發自己的情懷。以下又由眼前既去還生的波浪，感慨世事的紛紜多變，一如潮起潮落、反覆無常。詞末以「徘徊瞻眺，神遊穿越杳冥」作結，將感今追昔的複雜思緒，穿越杳杳青天，留下許多想像的空間。

作者另有一首〈謁金門‧金門懷古〉，抒寫其於七十年秋，首度造訪金門的所見所感。由於海峽兩岸當時仍處於隔離敵對的狀態，詞作上片「秋潮急，千頃怒濤頭白，淘盡當年痕與跡，共誰尋斷戟？」除了慨嘆國共戰爭遺跡，已逐漸為時間洪流湮滅外，詞作下片，作者更忍不住「縱目神州咫尺，舊恨新愁交織」，並以「密霧濃陰瀰故國，朔風天水黑」二句為結。一水之隔的大陸，實無異於黑暗鐵幕，瀰漫著愁雲慘霧。相較之下，寫於十三年之後的〈揚州慢‧馬祖懷古〉，由於大陸經貿逐漸起飛，迥非昔日可比，加以逐步開放台灣民眾前往大陸探親、觀光等政策，促進兩岸人民的交流，影響所及，詞中感懷的內容，遂多了居安思危與世事多變的成分，詞末更將其徘徊瞻望的複雜情緒，以「神遊穿越青冥」帶過，語多保留，與〈謁金門〉一詞中強烈的反共意識，明顯有別，而海峽兩岸的局勢變遷，也由此可略窺一斑。

延伸閱讀

1. 姜夔〈揚州慢〉，見氏著《白石詩詞集》，台北市：華正，一九八一年。
2. 廖從雲〈破陣子・古寧頭戰場〉，見氏著《梅庵吟草》，台北市：三文印書館，一九七五年。
3. 曹以松〈謁金門・金門懷古〉，見氏著《無閑樓詩詞集》第一集，台北市：三民，一九九五年。

問題討論

1. 作者在本詞與〈謁金門・金門懷古〉一詞中，對於海峽彼岸的看法有些什麼改變？
2. 本詞下片，作者的心情明顯起伏不定，並感慨世事紛紜多變，末句為何僅以「神遊穿越青冥」一筆帶過？

Note

國家圖書館出版品預行編目資料

台灣古典詩詞讀本／曾進豐, 歐純純, 陳美朱編著.
--初版.--臺北市：五南, 2006[民95]
面；　公分 --(臺灣文學系列)
ISBN 978-957-11-4429-0（平裝）
839.32　　95013759

1XZ7 臺灣文學系列

台灣古典詩詞讀本

編著者 — 曾進豐(280.3)　歐純純　陳美朱
發行人 — 楊榮川
總編輯 — 王翠華
主　編 — 黃惠娟
責任編輯 — 蔡佳伶　曾彥玲
封面設計 — 童安安
出版者 — 五南圖書出版股份有限公司
地　址：106台北市大安區和平東路二段339號4樓
電　話：(02)2705-5066　傳　真：(02)2706-6100
網　址：http://www.wunan.com.tw
電子郵件：wunan@wunan.com.tw
劃撥帳號：01068953
戶　名：五南圖書出版股份有限公司
法律顧問　林勝安律師事務所　林勝安律師
出版日期　2006年 9月初版一刷
　　　　　2016年 3月初版四刷
定　價　新臺幣420元

凝煉知識品味閱讀